마담뺑덕

마담 뺑덕

백가흠 장편소설

네오픽션

사랑은

가진 것 없고 기댈 것 없는

가난한 사람들이나 하는 것이다.

—전경린, 「물의 정거장」

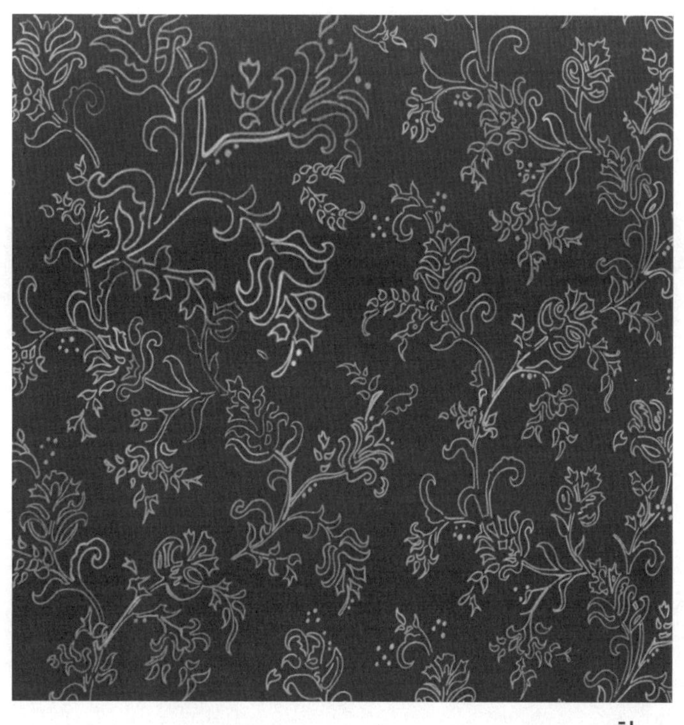

차례

1

아저씨, 여기 금연이요. 저리 가쇼.

S읍 터미널 앞, 매표원으로 보이는 한 남자가 학규의 등에 대고 퉁명스럽게 말을 뱉었다. 학규가 얼른 담배를 발로 비벼 껐다.

아따, 시방, 그걸, 그럼, 거기에 버리면…….

그는 재빨리 꽁초를 집어 호주머니에 넣고는 자리를 피했다. 찬바람이 두툼한 코트 사이를 파고들어 오스스 소름이 돋았다. 그를 째려보는 남자의 눈이 등 뒤로 따라붙었다. 발을 떼긴 했지만 어디로 가야 할지 몰랐다. 쫓겨나듯 나온 그는 그길로 무작정 걷기 시작했다. (15년 전 그랬던 것처럼) 그의 발은 멀지 않은 곳의 한 다방으로 향하고 있었다.

시력을 되찾은 후 가장 먼저 찾은 곳은 S읍이었다. 처음 왔던 때처럼 때 이른 가는 눈발이 내리고 있었다. 거리는 한산했고 고요했다. 햇수로 15년 만이었지만 달라진 것은 별로 없어 보였다. 터미널도 그대로였고, 삼거리다방도 마찬가지였다. 군복을 입은 할아버지가 군밤을 팔던 자리에서 한 젊은 아주머니가 붕어빵을 팔고 있었다. 그는 가만히 서서 한동안 발을 떼지 못했다.

갑자기 담배 생각이 간절했다. 오랜 시간 끊고 지냈지만 시력을 되찾으면서 다시 피우기 시작했다. 그의 곁엔 뭐라 타박할 사람도 남아 있지 않았다. 그는 터미널 앞에 서서 한 개비를 꺼내 물었다. 어느덧 한 번도 내려와볼 생각조차 할 수 없었던 시간들이 흘러가 있었다. 천천히 주위를 둘러보자 한 남자가 그를 째려보고 있었다. 학규는 혹시 아는 사람인가 싶어 움찔하며 고개를 돌렸다.

층계를 오르며 그는 지난 오랜 시간이 마치 어제 일처럼 가깝게 느껴졌다. 많은 일이 있었고 세월은 정처 없이 흘렀지만 자신은 별로 변하지 않은 것 같은 착각이 들었다. 여전한 이 공간이 그를 빠르게 과거의 시간으로 돌려놓고 있었다. 그는 아주 천천히 계단을 올랐다. 하나의 계단을 오를 때마다 시간이 거꾸로 거슬러 가는 듯, 어떤 마법의 시간으로 다가서는 느낌으로 발에 힘을 주었다. 가파른 계단 끝을 올려다보자 갑자기 정신이 아득하고 머리가 어지러웠다. 그는 벽을 짚고 가만히 눈을 감았다.

한순간에 15년의 시간이 머릿속에서 지나쳐 갔다. 그것은 수많은 사람의 얼굴이었다. 대부분 그가 눈이 멀기 전에 본 사람들이었지만, 눈이 먼 이후에 만난 얼굴 없는 이들도 기억이 났다. 그들의 목소리나 냄새 같은 말할 수 없는 느낌은 어떤 얼굴보다 더 또렷하게 남아 있었다. 학규는 한참을 벽을 짚고 서 있었다. 모든 것이 그저 운명이라고 하기에는 너무 가혹하게만 느껴졌다. 그 모든 것이 자기로부터 시작됐다는 것을 알고 있었지만 그는 아직도 억울한 마음이 가시지 않았다.

가파른 층계 하나를 오를 때마다 시간은 거꾸로 흘렀다. 가장 가까운 최근부터 저 먼 과거까지, 건너뛰고 싶은 시간이 떠올랐다. 그는 무엇이 잘못된 것인지 아직도 알 수 없었다. 15년 동안 참회와 반성의 시간을 가졌다고 생각했지만 아무것도 기억나는 것이 없었다. 어쩌면 애써 모르는 척하는지도 몰랐다. 나태하고 무책임했던 그는 지금도 별반 달라진 것이 없었다. 원래 자기는 그런 사람이라 생각하니 마음이 한결 나아졌다.

내가 할 수 있는 것만 하면 돼.

그가 작은 소리로 중얼거리며 계단을 올랐다. 낡은 계단은 세월의 흔적이 그대로 묻어 있었다. 1층에 철공소, 2층에 다방이 있는 건물은 50년도 넘은 아주 낡고 오래된 곳이었다. 수많은 사람이 오르고 내렸을 계단 바닥은 반질반질했다. 삐끗하면 미끄러지고 굴러떨어질 것처럼 계단은 가파르고 위태로웠다.

학규가 발에 힘을 주고 벽을 짚으며 계단을 올랐다. 오래전 다방 문을 들어서던 때와 심정은 비슷했고 절망적이기는 매한가지였다. 그가 천천히 다방 문을 밀었다. 열린 문 사이로 시끄러운 댄스음악이 들려왔다. 학규는 오랜 과거의 문으로 들어서는 것 같아 멈칫했다. 그가 힘들게 발을 뗐다.

15년 만에 찾은 다방은 그때 그대로였다. 첫눈에 들어온 모습은 그랬다. 연탄난로가 있던 한쪽 구석에 낡은 에어컨이 서 있는 것 말곤 별다를 게 없어 보였다. 그는 아무도 없다는 듯 다방 구석구석을 살펴보다 문득 자기가 보고 싶은 것만 보고 있다는 것을 깨달았다. 같은 공간에 돌아왔지만 세월을 돌이킬 순 없었다. 삼십대 중반이었던 학규는 이제 쉰을 바라보는 나이가 되어 있었다.

심학규가 눈을 떴다. 그는 한 기증자로부터 반년 전 망막을 기증받았다. 망막색소변성증網膜色素變性症으로 시력을 잃은 지 10년 만이었다. 하지만 그는 하나도 기쁘지 않았다. 그에게는 아무것도 남은 것이 없었기 때문이었다. 뭔가를 새로 시작할 돈도 있었고, 볼 수 있는 눈도 가졌지만 가장 중요한 것들은 모두 사라져버린 뒤였다. 눈과 부로 바꾼 것들을 되찾고 싶었지만 어디서부터 어떻게 시작해야 하는지 그는 알 수 없었다. 10년은 짧지만 긴 시간이었다.

그가 기억하고 있는 모든 것이 달라져 있었다. 그는 아무것도 보이지 않았을 때의 시간이 그리웠다. 보이지 않을 때 자기 주변에 존재했던, 사랑했던 사람들의 체취가 간절했다. 눈을 뜬 그에게 남은 사람은 아무도 없었다.

그는 바꿀 수만 있다면 다시, 자기의 눈과 사라져버린 사람들을 바꾸고 싶었다. 눈이 멀었을 때엔 벌을 받는다고 믿고 보이지 않는 삶에 순응했지만, 다시 뭔가를 본다는 것은, 보인다는 것은 또 다른 천형의 하나처럼 그에게는 가혹하기만 했다. 볼 수 있으나 가장 보고 싶은 것을 보지 못한다는 것은 옆에 있어도 보지 못하는 것보다 더 큰 형벌임이 분명했다.

그는 그가 사랑이라고 믿었던 모든 것을 보지 못해도 좋으니 다시 자기 곁으로 되돌려달라고 신께 기도했다. 신은 응답이 없었고, 자책에 대한 고통의 시간은 끝날 것 같지 않게 길기만 했다. 그는 그저 외톨이였다.

학규는 다방에 들어서서 주위를 빙 둘러보았다. 오래된 다방은 세월의 무게를 제법 잘 견디고 있었다. 그러다 테이블에 앉아 있는 사람들을 뒤늦게 발견하곤 얼굴이 벌게졌다. 어린 여자 넷이 동시에 고개를 홱 돌려 그를 아래위로 훑어보고 있었다. 그는 순간 불쾌했지만 문득 이 공간 안에 그들이 있다는 게 더 이상하게 느껴졌다. 15년 전에도 마담 혼자 지키던 다방인데, 경기도 좋지 않고 사람도 다 빠져나간 이곳에 젊은 다방 레지가 몇 명씩이나 앉아 있는 상황이 잘 이해되지 않았다. 보나 마나 다른 업종으로 바뀐 듯했다.

학규는 마치 다른 세계에 서 있는 것 같았다. 현실과 비켜선 이질감에 어쩔 줄 몰라 하면서도 순식간에 과거의 한 시대로 빠져들고 있었다. 여자들은 모르는 척, 하던 일을 계속했다. 누구 하나 자리를 권하지도 인사를 건네지도 않았다. 그렇게 그는 멍하니 문 앞에 서 있었다.

뭐, 팔러 오셨어요? 우리 안 사요.

마담으로 보이는 뚱뚱한 여자가 예전에 창고로 쓰던 방에서 나오며 건성으로 말했다. 전화가 쉴 새 없이 울렸다. "네, 없어요" 마담은 짧게 통화하고 전화를 끊었다.

그런데 애는 왜 이렇게 안 오는 거야. 오늘 몇 타임째니?

그녀의 말에 대꾸하는 여자가 없었다. 여자 둘은 한 테이블에 마주 앉아 있었고, 나머지 둘은 멀찍이 떨어져 있었다. 한 명은 소파에 머리를 기대어 자고 있고 나머지 하나는 멀뚱히 앉아 흘러나오는 노래를 따라 부르고 있었다. 테이블에 마주 앉아 있는 둘은 아무 말 없이 휴대전화만 들여다보았다.

학규가 문 앞에 그대로 서 있자 마담이 우두커니 그를 바라보았다. 학규는 이십대의 그녀들을 찬찬히 바라보았다.

어떻게 오셨냐니까? 티켓 끊으러 왔어요?

…… 네에? 티켓이라뇨. 그건 아니고 차를 한 잔…….

여긴 배달 전문 다방인데, …… 아무 데나 앉으세요. 나리야, 차 마시러 왔대잖아.

학규가 엉거주춤 문 가까운 곳에 앉자 창가에 앉아 있던 여자가 터덜터덜 걸어왔다. 여자가 다가오자 향수 냄새가 확 풍겼다. 그녀는 몸에 딱 달라붙고 어깨가 훤히 드러나는 보라색 튜브톱 원피스를 입고 있었다.

뭐 드려요?

…… 메뉴판 좀.

다 있어요. 그런데 비싼 거 시켜야 돼요. 배달도 만 2천 원이 기본이거든요.

그럼, 커피를 한 잔…….

저는 뭐 마셔요? 커피 한 잔은 3천 원밖에 안 되니까.

이십대 중반쯤으로 보이는 여자가 소파 등받이에 양팔을 짚고 귀찮다는 듯 말했다.

…… 아무거나 시켜요, 그럼.

주문을 할 것도 없이 뚱뚱한 여자는 벌써 커피를 타 왔고, 나리라는 여자는 냉장고에서 뭔가를 꺼내 와서 학규 옆에 앉았다. 커피는 마담이 들고 왔다. 마담이 나리를 힐끗 쳐다봤다.

아저씨는 여기 사람 아니죠?

왜, 그렇게 보여요?

당연하지, 그러니까 다방을 진짜 다방으로 알고 들어왔겠죠.

다방이 진짜 다방이 아니라니…….

에이, 숙맥인 척. 아저씨 생긴 것 보니까 젊었을 땐 날렸겠는데 뭘. 음…… 이제 마흔다섯?

학규가 대답은 하지 않고 커피를 한 모금 들이켰다. 대화가 오가자 다른 여자들도 학규와 여자에게 관심을 보이며 힐끔거렸다.

여긴 차를 판다기보다 티켓을 주로 팔아요. 한 시간에 10만 원. 오빠 나 좀 데리고 나가주라.

…… 데리고 나가다니?

나가서 술도 마시고, 노래방도 가고, 또 아저씨가 원하면 음, 뭐. 두 타임만 끊어서 놀자, 우리.

…….

여자가 학규의 팔짱을 끼더니 그의 손을 가져다가 자기의 무릎 위에 놓았다. 학규가 슬그머니 손을 뺐다. 멀리서 그들을 지켜보고 있던 짧은 청치마를 입은 여자가 다가와 앉았다.

오빠, 나도 뭐 마셔도 돼?

학규의 팔짱을 끼고 있던 여자가 청치마를 보며 눈을 흘겼다.

네. 그래요. …… 마셔요.

우리 둘 다 데리고 나가면 안 돼? 우리 잘 노는데.

청치마가 일어서더니 뭔가를 가져왔다. 휴대전화만 들여다보고 있던 여자들도 테이블에 와서 앉았다. 학규는 순식간에 네 명의 여자에게 둘러싸였다.

오빠, 나도.

학규는 멀건 커피를 바라보며 가만히 고개를 끄덕였다.

내 꺼도 가져와.

오빠는 어디서 왔어?

오빠가 뭐야, 아저씨지. 너 너무 장사 티 나게 하는 거 아냐?

내가 뭘. 이 정도면 오빠구만. 할배 아니면 오빠지.

여자들이 웃었지만 학규는 여전히 고개를 떨구고 커피 잔만 바라봤다.

내가 예전에 여기에서 잠깐 산 적이 있어요.

학규가 여자들의 수다를 깨고 입을 뗐다.

이 동네에서?

그땐 정말, 나쁜 놈이었는데…….

나쁜 짓이 생각나서 왔구나? 살인이라도 했어?

좀 들어봐, 왜 자꾸 아저씨 말하는데 말을 끊어.

전화벨이 요란하게 울렸고 뚱뚱한 여자가 잽싸게 전화를 받았다. 그녀가 전화를 바로 끊더니 청치마를 보며 눈짓을 했다. 학규는 고개를 숙인 채 말이 없었다.

싫어, 그 변태 새끼.

나머지 셋은 서로 힐끔거리며 키득거렸다.

오늘 생리한다고 해.

청치마가 뚱뚱한 여자에게 퉁명스럽게 말했지만 그녀는 들은 체도 하지 않았다.

아마, 그 시끼는 생리한다고 하면 더 좋아할걸.

여자들이 까르륵댔다. 청치마가 음료수 잔을 테이블에 신경질적으로 내려놓더니 일어섰다.

니가 먹은 건 니가 치워, 이년아.

그래서 아저씨가 나쁜 놈이었는데, 어쨌다고?

…….

학규가 대답은 하지 않고 고개를 들어 튜브톱을 바라보았다.

살인이라면 살인이지요. 몇 살이에요?

누군가를 죽일 만큼 험하게 생기지는 않았는데? 나 스물둘이야.

뻥까시네, 니가 스물둘이면 난 스물여섯이냐? 얘, 스물다섯이야.

우리 나가서 얘기하면 안 돼? 여기서 이러지 말고?

튜브톱이 학규의 팔을 더 끌어당겼다. 그러면서 학규의 손을 잡아 치마 속 허벅지 안으로 깊숙하게 밀어 넣었다. 학규가 천천히 팔을 빼냈다.

봐, 너 싫다잖아, 이년아.

오빠, 난 어때? 난 지형이야.

지형이라는 여자는 키가 굉장히 작았다. 헐렁한 셔츠에 레깅스를 신고 있었다. 헐렁한 티를 입었지만 풍만한 가슴이 돋보였다. 여자가 티셔츠 한쪽을 끌어내리자 어깨가 훤히 드러났다.

저기…….

학규가 말을 떼자 여자들이 말을 멈추고 귀를 기울였다. 한쪽에서 나누는 대화를 가만히 듣고 있던 청바지는 음료수를 다 마시고선 관심 없다는 듯 자리를 떴다.

저기, 내가 여기 온 이유는…… 사람을 좀 찾고 있어요.

에이, 뭐야. 재수 없어.

학규 옆에 딱 붙어 있던 튜브톱이 그의 팔을 뿌리치더니 일어섰다. 마담이 여자에게 한 소리 했지만 여자는 대꾸하지 않고 담배에 불을 붙였다.

누굴 찾는데?

학규가 맞은편의 키 작은 여자를 물끄러미 바라보았다.

딸을 찾아. 딸들을 찾고 있어.

딸들? 그럼 하나가 아니고 여럿이야? 이 동네에 있대요?

학규가 고개를 숙이며 얼굴을 손으로 감쌌다.

…… 아무것도 몰라. 어디서 어떻게 시작해야 할지 모르겠어요. 그녀들에 대해서 아는 게 아무것도 없어요, 난.

아저씨, 여기 계산 좀 해줘요. 4만 3천 원이에요.

뚱뚱한 여자가 다가오더니 학규의 말을 잘랐다.

여기 티켓 장사하는 곳이라, 애들 데리고 이렇게 오래 앉아 있으면 안 돼요. 얼른 계산하고 나가요.

뚱뚱한 여자가 학규와 마주 앉아 있던 지형을 억지로 일으켜 세웠다. 학규는 아무것도 듣지 못하는 사람처럼 얼굴을 감싼 채 그대로 앉아 있었다. 다방 안에 한기가 돌았다. 학규가 천천히 주머니에서 지갑을 꺼내 뚱뚱한 여자에게 건넸다.

2

오래전 학규는 도망치듯 서울을 떠나 S읍으로 내려왔었다. 아직 가을이 끝나지 않았고, 겨울이 시작되기 전이었지만 가는 눈비가 내리고 있었다. 찬바람이 살 속을 파고들었다. 그는 철 지난 여름 슈트 깃을 세웠다. 그는 큼지막한 트렁크를 옆에 세워두고 터미널 앞에서 담배를 여러 대 피웠다. 딱히 갈 곳이 마땅치 않았고 어디로 가야 하는지도 알지 못했다. 그는 다시 서울로 올라갈지 말지 고민하고 있었다. 아무리 생각해도 자기는 잘못한 게 없었다. 모든 게 다 그 여자애 때문이었다.

시팔.

학규가 내뿜는 담배 연기가 가는 눈비 속으로 흩어졌다. 그는 무거운 트렁크를 질질 끌고 공중전화 부스로 가서 집에 전화를 걸었다.

나 잘 내려왔어.

그의 부인은 대답이 없었다.

일단 내려오긴 했지만, 곧 다시 올라갈게. 뭔가 일이 꼬인 것뿐이야. 내가 자꾸 피하니깐 그 애가 일을 꾸민 거라니까. 오해만 풀리면 괜찮아질 거야. 참, 내일 휴대전화 만들면 번호 알려줄게. 청이는 뭐해?

…… 미친 새끼. 아무 말 않고 그냥 끊으려고 했는데, 넌, 정말 사람 되려면 멀었다. 솔직하게 네가 뭘 하든 어떻게 되든 관심 없는데, 넌 좀 한심한 인간이야. 쪽이 팔려, 정말, 너 때문에. 청이? 청이가 몇 살인 줄은 아니? 네가 건드린 그 애들이 몇 살인 줄은 아니?

여보, 청이 듣겠어. 잘못했으니까 목소리 좀 낮춰.

애가 정말 앤 줄 아는구나? 열다섯이야. 걔가 아무것도 모른다고 생각하는 네가 정말 한심하다는 거야. 15년은 내가 키웠으니 이제 니가 키워.

뚝. 전화가 끊겼다. 학규는 집으로 다시 전화를 걸었지만 받지 않았다. 청이 휴대전화로 전화를 하려다 관두었다. 번호가 생각나지 않았기 때문이었다. 그는 전화 부스에서 담배를 몇 개비 더 피웠다. 날이 점점 어둑해졌다.

학규가 한참을 있다 터미널 앞에 있는 오래된 다방으로 향했다. 마치 오래전부터 알고 있었던 곳으로 향하는 것처럼 그는 걸음을 서둘렀다. 눈발이 굵어지고 있었다.

다방 1층 철공소 앞에는 주인으로 보이는 남자가 의자를 내놓고 앉아 있었다. 남자는 큼지막한 트렁크를 질질 끌며 다가오는 학규를 신기한 눈으로 쳐다보았다.

학규가 가파른 층계를 올랐다. 짐 가방을 끌어올릴 때마다 계단 턱과 부딪쳤다. 철공소 주인이 고개를 빼꼼 내밀고 끙끙대며 계단을 오르는 그를 지켜보았다. 학규는 신경질적으로 가방을 끌어당겼지만 버거운 무게였다.

그러지 말고 여게 놔두고 올라가쇼. 누가 손대면 내가 말할 팅게.

보다 못한 철공소 주인이 말했지만 학규는 못 들은 체하며 기어이 가방을 끝까지 들고 올라갔다. 철공소 주인은 계단 밑에서 고개만 내민 채 학규를 바라보았다.

이상한 냥반이고만. 귀머거린갑서, 싸가지 없이 사람 말한디 대꾸도 안 허고.

계단 밑을 내려다봤을 땐 철공소 주인은 이미 고개를 거둔 뒤였다. 학규는 한 손엔 양복 윗도리를 벗어 들고 나머지 손으론 가방을 끌며 땀을 뻘뻘 흘리고 있었다. 그는 마치 중죄인이 되어 긴긴 탑 위로 끌려가는 기분이 들었다. 순간 계단 밑으로 가방을 홱 떨어뜨려버리고 싶은 충동이 들었으나 꾹꾹 참고 한 발 한 발 힘을 주었다. 계단 틈에선 오래된 흙먼지와 찬바람이 뒤섞여 쿰쿰한 냄새가 났다. 층계 마지막 칸까지 털털 올라선 그는 왼손으로 가방 손잡이를 꼭 잡고 심호흡을 했다. 그러고는 반투명 문에 똑똑히 적힌 상호를 뚫어져라 바라보았다. 가파른 계단 끝에 낙오자처럼 서 있던 그가 주춤주춤 '보라다방' 문을 열었다.

문 위에 달린 종이 딸랑 울렸다. 곧 정적이 흘렀다. 다방 안엔 아무도 없었다. 학규는 문득 너무 낯선 곳에 서 있는 자신을 알아차렸다. 그는 가만히 문을 열었다 다시 닫았다. 딸랑, 종소리 여운이 길었지만 이번에도 인기척이 없었다. 학규가 문 앞에 서서 가만히 다방 안을 둘러보았다. 어디선가 철 지난 가요가 희미하게 들려왔다.

누구 없어요?

한참을 기다려도 아무도 나오지 않았다. 그가 조심조심 음악이 흘러나오는 쪽으로 향했다. 부엌에 딸린 쪽방 앞에 슬리퍼 한 켤레가 놓여 있었다. 학규가 그 앞에서 한참 헛기침을 했지만 안에서는 아무런 말이 없었다. 참다못한 그가 여닫이문을 신경질적으로 두드렸다.

저기요, 좀 나와보세요. 손님 왔어요.

대답이 없자 그가 가만히 문을 옆으로 밀었다. 사람이 지내는 방은 아니었고 창고 같은 곳이었다. 방 안에는 잡다한 물건들이 쌓여 있었다. 작은 라디오가 눈에 들어왔고 그 옆에는 마시다 만 소주병이 뒹굴고 있었다. 꼭 한 사람이 누울 만큼의 공간엔 더러운 요가 깔려 있었다. 흘러나온 소주로 이불은 흥건했다. 그가 손을 뻗어 소주병을 바로 세워놓았다.

한참을 기다려도 다방엔 아무도 오지 않았다. 학규가 참지 못하고 밑으로 내려갔다.

저기요, 위에 장사 안 해요?

철공소 주인은 못 들은 척하며 차곡차곡 쌓인 신문을 끈으로 묶고 있었다.

저기요, 말 안 들려요? 위에 사람 없냐고요.

시벌, 없던 입이 달렸었던개비. 그 주둥이는 지 말만 할 줄 아는 시벌인개벼.

철공소 주인은 신문지 묶음을 한쪽에 던져 차례차례 쌓아 올렸다. 주인의 반응에 학규는 조금 움찔했다.

기다리면 오겄지. 장사하니까 문 열어놨을 테고. 다방 레지가 다방에 없으면 배달 갔겠지, 어디 여행 갔겄어.

철공소 주인이 박스를 정리하며 퉁명스럽게 말했다. 학규가 머쓱하게 고개를 까닥하고 돌아섰다.

사람의 순수한 호의를 무시하고 악의로 대하면 죄 받는 게 이치여, 이 날제비 같은 새꺄. 눈도 빼앗기고 주둥이도 도둑맞은 줄 모르고 당해야, 알 것인게.

계단을 오르는 학규의 등 뒤에 철공소 주인의 저주에 가까운 말이 자꾸 달라붙었다. 아까 다방 앞에서 조금 친절하게 대할 걸, 그는 바로 후회했다. 불쑥 짜증이 솟았다. 뭐든지 되는 일이 하나도 없었다. 친구 동우의 소개로 S읍에 피신하다시피 내려오긴 했지만 이곳에서 지낼 일이 깜깜해졌다.

그는 다방으로 돌아와 주인을 기다렸다. 꼭 뭔가를 마시려는 것도 아니었는데, 그는 무작정 주인을 기다리고 있었다. 다방 안은 점점 적막해졌다. 그가 소파 위에 길게 누웠다. 피로가 몰려왔고, 한기가 올라왔다. 눈을 감으니 잠잠하던 화가 치밀어 올랐다. 자신은 잘못한 게 없다고 생각했다. 모두 남 탓이었다. 모든 문제는 자기로부터 시작됐고 커졌지만, 자신 말고는 모든 것이 원망스럽기만 했다. 자신을 먼저 돌아봐야 했지만, 그러기에 그는 너무 젊었다.

겨우 서른여섯, 너무 일찍 출세한 그는 자신감이 때론 독이 된다는 것을 알지 못했다. 그는 잘못을 저지르고도 늘 당당한 쪽이었다. 잘못을 후회하는 일보다 남을 원망하는 편이 더 속 편하다 여겼던 것이다. 후회할 일 없어 반성할 것도 없던 그때, 세상 모든 사람이 자신을 도와주지 않는다고 불평불만만 쏟아내던 그는 작은 시련에도 쉽게 무너졌고, 별것 아닌 일에 날을 세우며 주위 사람들을 괴롭혔다. 앞으로 느끼게 될 슬픔과 절망의 크기는 짐작도 못 한 채 말이다.

그는 무언가를 잃는다는 건, 눈앞에서만 사라지는 것보다 그로 인해 상실하는 또 다른 것들이 더 큰 상처라는 것을 아주 어렴풋이 느끼고 있었다. 그는 어떻게든 학교에 남아보려 애썼다. 하지만 내쫓으려는 진짜 이유를 학규만 모르고 있었다.

지금 치료를 받고 있어요. 곧 나을 겁니다. 강의를 하는 데는 아무 문제가 없어요. 학교에서 이런 이유로 권고사직을 하는 게 납득이 가지 않아요.

학규가 교무처장에게 상기된 얼굴로 말했다.

그러니까 심 교수님 눈이 다 나아질 때까지 쉬시라구요. 나아지면 다시 복직시켜드릴게요.

교무처장은 굉장히 마른 사람이었는데, 그래서인지 말투가 더 신경질적으로 들렸다.

강의하는 데는 지장이 없어요, 말씀드렸듯이.

정말, 몰라서 그러는 거죠?

네?

역삼동 마레호텔에 자주 가신다면서요?

네? 그게…….

퇴직금 받고 좀 쉬세요. 눈도 많이 안 좋다면서요. 나중에 기회가 또 있지 않겠습니까? 아직 나이도 젊고, 또 글도 쓰시는 분이니까. 다른 문제가 불거져서 해임이나 파면이라도 당하면 어쩌겠어요.

학규는 순간 머리가 멍해졌다. 이상하게도 그때 왜 처음 강의를 나가는 날, 지도교수가 했던 말이 떠올랐는지 몰랐다. '여학생을 믿으면 안 돼. 돌아서면 다른 말을 한다니까. 명심해, 학규야. 그것만 조심하면 선생질 문제없이 오래 할 수 있다' 수줍은 척 머리를 긁적였던가, 잘 기억이 나지 않았다. 지도교수는 젊은 그가 걱정이 되어 진심으로 한 말이었지만, 학규는 단 한 번도 염두에 두지 않았다.

일어나 돌아선 교무처장의 마른 등을 보자 잊고 있었던 음성이 들리는 듯싶었다.

사태는 심각했다. 자신만 모르고 학교 전체가 이미 모든 것을 알고 있었다. 소문의 중심은 언제나 평온하지 않던가. 그는 그때서야 주변에서 일었던 소동들이 이해가 갔다. 이유 없이 남학생들이 강의 시간에 호전적으로 나오는가 하면, 여학생들은 학규의 눈길조차 피했다. 학교에서 마주치는 교수들의 눈도 이상했던 것 같았다. 무엇보다 몇 개월째 냉랭한 아내의 태도가 그런 이유였을지도 모른다 생각하니 학규는 모든 것이 허물어져 내리는 기분이 들었다.

처장실을 나서다 그래도 한 번 더 사정해야겠다고 마음먹었다. 그가 문 앞에서 천천히 뒤돌았다. 교무처장이 뻔히 그를 쳐다보았다.

저기, 정말 실수였습니다. 기회를 주시면 그 학생하고는 잘 해결해보도록 하겠습니다. 한 번만 선처를 해주시면…….

심 교수님, 아직도 분위기 파악 못 하시는가 본데, 우리도 학교 명예도 있고 하니 가급적 조용히 해결하는데, 심 교수님은 상습적이라는 게 문제예요. 진정서를 보낸 학생만 오늘까지 일곱입니다. 잘 기억도 못 하겠지만, 졸업생까지 계속……. 서로를 위해서 빨리 마무리 지으면 좋겠습니다.

학규는 머릿속이 하얘졌다. 그 순간에도 그는 누가 자기를 해코지한 것인지 골똘했다. 그로서는 도저히 풀 수 없는 숙제였다.

학규는 불현듯 떠오른 기억 때문에 벌떡 일어났다, 다시 어깨를 움츠리며 누웠다. 오스스 소름이 돋았다. 주인도 없는 다방에 그는 혼자 한 시간을 넘게 있었다. 밖은 이미 어둠이 깔리고 간혹 지나가는 차 소리가 들렸다. 난로에는 겨우 온기만 남아 있는 정도였다. 그는 몸을 움츠리며 꺼져가는 난롯불을 살리기 위해 몸을 일으켰다. 난로 옆으로 연탄이 차곡차곡 쌓여 있었다.

난로에 연탄을 갈다가 갑자기 설움이 복받쳐 올랐다. 그가 꺼이꺼이 소리 내어 울기 시작했다. 그의 짐승 같은 울음소리가 빈 다방 안에 퍼졌다. 조용히 흘러나오는 라디오 소리가 간혹 그의 울음에 섞였다. 그는 억울했다. 모든 것이 다 자기 때문에 일어난 일이라 하더라도 그는 한없이 억울하고 서러웠다. 그는 서럽게 목 놓아 울었다.

딸랑, 문에 달린 종이 울리고 누군가 들어왔지만 그는 알아채지 못했다. 그는 계속 울었다. 다방 여주인은 다방에 들어서고서도 선뜻 그에게 말을 걸거나 다가서지 못했다. 여자는 가만히 문 앞에 서서 낯선 사내의 울음을 듣고 서 있었다. 학규의 울음은 좀처럼 수그러들지 않았다. 여주인도 그런 그를 내버려두었다.

학기가 한창이었지만 그는 학기를 채 마치지 못하고 학교를 그만두었다. 학규는 아내와 학교의 성화에 떠밀려 도망치다시피 S읍으로 내려왔다. S읍은 서울에서 차로 세 시간 떨어진 남쪽에 있었다. 서울보다 아래 지방이니 마냥 따뜻할 거란 예상은 불길함으로 바뀌었다. 실제 서울보다야 따뜻했지만 학규는 생애 가장 추운 겨울을 맞이하고 있었다.

소읍의 늦가을 밤은 일찍 찾아왔고 밤이 되면 거리는 죽은 것처럼 고요해졌다. 한기가 몰려왔고 학규는 그것이 견디기 힘들었다. 아내는 그와의 연락을 끊었고 이혼 수속을 밟고 있었다. 어떻게든 학규도 살아야만 했다. 그는 이참에 한동안 밀어두었던 소설을 쓸 참이었다. 다시 학교로 돌아갈 수는 없더라도 소설가로서는 명예롭게 복귀하고 싶었다. 그러나 내려온 첫날 모든 것이 허물어지고 있었다. 그는 어디로 가야 할지 길을 잃고 우왕좌왕했다.

학규의 울음이 잦아들자, 다방 여주인은 가볍게 문을 열었다 닫았다. 딸랑, 종이 울리자 학규가 울음을 뚝 멈추었다.

누구세요?

어깨를 들썩이기만 할 뿐, 학규는 말을 잇지 못했다.

차 드시게요?

여주인은 말은 그렇게 했지만 난로로 먼저 다가가더니 연탄을 갈았다.

시월 말인데, 벌써 겨울인가 봐요. 썰렁하네, 정말. 커피 줄까?

…….

아니, 아저씨 술이나 한잔 할래요?

그때서야 학규가 퉁퉁 부은 눈으로 그녀를 올려다보았다. 그녀는 뒤돌아 반코트를 벗고 있었다. 다시 돌아서자 뚜렷한 이목구비의 얼굴이 눈에 들어왔다. 학규는 눈을 가늘게 뜨고 여자의 모습을 보려고 애썼다. 점점 시력이 나빠지는 게 심상치 않았다. 밤이 되면 하루가 다르게 눈이 침침해지면서 사물이 찌그러져 보였다. 아침이 되면 언제 그랬냐는 듯 나아졌다. 여자는 자기와 비슷한 또래, 삼십대 중반 정도였고, 한눈에 보아도 미인이었다.

잘 곳은 있어요? 이 동네 처음이죠?

학규는 무슨 질문에 답하는 건지도 잘 모른 채 고개만 끄덕였다.

잘 곳이 있다는 거예요, 동네가 처음이라는 거예요?

처, 처음이에요. 여기. 아무도 없어서 꽤 오래 있었어요.

여주인이 금세 따뜻한 차를 가져와 그에게 건넸다. 그는 가까이 다가온 여자의 얼굴을 빤히 바라보았다. 여자는 그의 시선을 피하지 않았다.

보라다방에 처음 왔던 날 학규는 마담과 다방에서 술을 마셨다. 어깨까지 들썩이며 울던 학규를 그녀가 따뜻하게 맞아주었다. 마담은 해가 지자 일찍 다방 문을 닫았다. 부쩍 해 길이가 짧아지고 있었다. 찬바람에 몸이 덜덜 떨려오기 시작했다.

안주가 달걀밖에 없는데 괜찮죠?

학규는 연탄난로 옆으로 자리를 옮기며 몸을 녹였다. 마담이 곧 소주 몇 병과 오징어, 달걀프라이를 내왔다. 창고 방 안에서는 유행가가 작게 들려왔고, 늦가을의 적막이 다방에 내려앉고 있었다. 학규는 빠르게 술에 취해 인사불성이 되었다.

내가, 이런 촌구석에서 이러고 있을 사람이 아니란 말이야. 내가 잘나가는 소설가고, 대학교수야. 아 참, 이젠 교수는 아니지. 소설가 하면 돼, 난.

맞아, 훌륭해, 당신.

너, 언제 봤다고 반말이야? 너도 나 무시하는 거지?

아니에요, 잘못했어요. 그러지 않을게요.

울다가 투정을 부리다가 화를 내는 학규를 마담은 잘 받아주었다. 그저 가만히 그의 말을 들어주거나 편을 들어주었다.

학교는 문제도 아니야. 집사람이 이혼하자고 하는데, 까짓것 미련 없어. 나도 맘 떠난 지 오래전이고. 그런데, 그럼 내 딸은 어떻게 하냐고. 이제 겨우 열두 살이야. 애는 어떻게 하냔 말이야. 누가 키우냔 말이야.

학규가 소주병을 집어 던졌다. 병은 카운터 쪽으로 날아가 박살이 났다. 여자는 병이 날아가는 것을 슬쩍 쳐다만 볼 뿐 미동이 없었다.

괜찮아질 거야. 그 정도면 다 컸네, 이제. 다 잘될 거예요. 너무 걱정 마세요.

뭐? 네가 뭘 알아?

잘못했어요. 그렇게 말 안 할게. 자, 한 잔 더 해.

마담은 학규의 잔에 술을 채웠다. 학규가 다시 공손해지며 두 손으로 그녀가 따라주는 술을 받았다. 낯선 남자들을 주로 상대하는 마담은 학규가 많은 남자 중 하나였겠지만 학규는 오랜만에 자기편을 만난 것 같아 우울하고 쓸쓸했던 마음이 누그러졌다. 마음이 편해지자 학규는 평소보다 많은 술을 마셨고 금방 취했다.

학규는 학교 문제부터 아내와의 이혼 문제까지 횡설수설 늘어놓았지만 마담은 빙긋이 웃으며 어린아이를 대하듯 학규를 달랬다. 학규는 술에 취해 조곤조곤 자기의 신세를 한탄하다가도 불쑥 화를 내며 욕을 하고 소주병을 던져 깨뜨렸다. 어지럽게 유리 파편이 흩어졌지만 마담은 대수롭지 않다는 듯 학규에게만 집중했다. 급기야 학규는 술에 완전히 취해 대자로 뻗어 잠이 들었다.

자면서도 학규는 종종 울었다. 마음속 풀리지 않는 앙금이 꿈속에서도 그를 괴롭혔다. 마담은 학규 눈가의 눈물 마른 자국을 손으로 쓸어주었다. 학규는 곧 코를 골며 잠들었다. 마담은 학규가 완전히 잠들자 조용히 깨진 유리 조각을 치우기 시작했다.

학규가 잠에서 깼을 때는 밤에서 새벽으로 가는 한밤이었다. 그는 한기에 몸을 벌벌 떨었다. 다방 안에 불은 모두 꺼져 있었다. 고요했다. 가라앉은 적막함에 학규는 더 외롭고 쓸쓸해졌다. 난로는 연탄을 갈아 넣은 지 얼마 되지 않은 듯했다. 그는 어깨를 움츠리며 주위를 둘러보았다. 마담은 보이지 않았다. 와이셔츠 사이로 찬바람이 훅 들어왔다. 학규가 입고 있는 여름 양복은 너무 얇았다. 그는 몸을 벌벌 떨었다. 학규는 술에서 좀 깬 듯 정신이 돌아오자 지난밤의 일을 떠올렸다. 다방 안을 둘러보았지만 깨끗하게 치워져 있었다.

그는 주방에서 물을 찾아 마셨다. 청량감에 정신이 번쩍 드는 것 같았다. 찬물을 마시니 더욱 몸이 떨렸다. 그는 코를 훌쩍이며 창고 같은 방으로 다가가 조용히 문을 열었다. 온기라곤 거의 없는 그곳에서 마담이 웅크리고 자고 있었다. 침낭 같은 것을 덮고 있었다.

저기요.

그는 아주 작은 목소리로 속삭이듯 말했다. 마담은 죽은 것처럼 미동도 없었다. 귀를 기울이자 가늘게 내쉬는 숨소리가 들렸다.

…… 저기요.

조금 큰 소리로 그가 마담을 불렀다. 작은 방 안은 홀과 다름없이 냉기가 가득했다. 학규는 추운 곳에서 움츠리고 잠든 여자가 좀 안쓰러웠다. 학규가 그녀를 가만히 흔들어 깨웠다. 그녀는 한기 때문인지 쉽사리 잠에서 빠져나오지 못했다. 희미한 신음 소리만 낼 뿐 그녀는 일어나지 못했다.

저기요, 여기서 이렇게 자면 안 돼요. 너무 추워요, 여기.

학규가 흔들어 깨우자 여자가 힘겹게 몸을 일으켰다.

몇 시예요?

그녀의 갈라진 목소리가 냉기 흐르는 방에 적막을 깼다.

1시요.

학규가 떨리는 몸을 주체하지 못했다.

홀도 많이 춥죠? 그래도 난로가 있어서 괜찮을 줄 알았는데. 여기 살림 하는 집이 아니어서 이불이 없어요. 저도 집에 가야 하는데 술에 너무 취하셔서…….

마담은 학규보다 네 살 많았다. 그녀는 홀로 다방을 운영했다. 혼자서 배달을 다니고 다방을 지켰다. 워낙 작은 동네이고, 촌사람들은 커피를 배달시켜 먹는 일이 사치스럽게 느껴지기도 해서 벌이는 영 시원치 않았다. 마담은 딱히 다른 할 일이 없어서 그저 다방을 운영할 뿐, 별 열정은 없었다.

여, 여기서는 안 되겠어요.

학규가 손에 입김을 불어넣으며 말했다.

근처에 여관이 있긴 한데…… 혹시 이곳에 오래 있을 건가요?

두 사람은 초저녁에 술잔을 기울일 때와는 사뭇 분위기가 달랐다. 처음 보는 사람처럼 둘은 데면데면했다.

이번 주말부터 이곳 군립도서관에서 강의를 하기로 했어요. 당장은 6개월인데, 연장될지도 모르고……. 실은 얼마나 있을지 모르겠어요. 당장 서울 일 마무리되면 올라갈 수도 있고요.

우리 집에 남는 방이 있긴 한데, 괜찮으면 우리 집에서 하숙을 하실래요? 돈은 많이 받지 않을게요.

하, 하숙을요?

학규는 마담을 쳐다보았다. 쌍꺼풀이 짙고 콧등은 날렵하게 서 있었다. 나이를 가늠할 수는 없었으나 미인이었다. 학규는 대답 대신 고개를 끄덕였다.

여기서 멀지 않아요. 여기서 자면 동네에 소문 나서 안 그래도 걱정하고 있었어요. 여기는 새벽에 손님이 제일 많아. 아저씨들 새벽에 농사일 나갔다가 여기로 모이거든요.

학규는 이번에도 고개만 끄덕였다. 180센티미터가 넘는 훤칠한 키에 삼십대 중반이었지만 학규는 탄탄한 몸을 가지고 있었다. 마담이 돌아서 무릎을 꿇고 침낭을 갰다. 그녀의 뒷모습을 보고 있자니 학규는 한동안 잠잠하던 욕망이 일었다. 그대로 그녀를 안고 고꾸라지고 싶었다. 여자는 기껏해야 학규 또래로 보였으나 조금 많은 것도 같고, 몇 살 어리게도 보였다. 그 여자에겐 여러 모습이 있었다.

어린 여자만 탐하던 지난 몇 년의 시간 동안 그는 잊고 있었던 무엇인가를 깨달은 느낌이었다. 학규가 자신도 모르게 여자의 엉덩이로 손을 가져갔다. 움푹 팬 허리 라인에 그는 넋을 잃었다. 그가 가만히 마담의 허리를 감싸고 그녀의 등 위에 얼굴을 묻었다. 긴 한숨을 쉬었다. 짙은 술 냄새가 좁은 방 안에 퍼졌다.

아, 안 돼요. 잠깐만.

마담이 학규의 손을 잡고 돌아섰다. 가까이서 보니 미세한 주름이 마담의 얼굴에 잘게 퍼져 있었다. 피부는 너무나 하얬고 가는 목선과 좁은 어깨는 그녀가 여리고 가냘프게 보이도록 만들었다.

학규는 여자의 말에 멈칫했다. 차마 똑바로 보지 못하고 그녀의 품에 얼굴을 묻었다.

미안해요. 제가 요즘 심정이 불안정해서…….

괜찮아요. 괜찮아요. …… 나중에, 나중에 기회가 되면 다 알게 될 거예요.

학규는 마담이 하는 말을 이해할 수 없었지만 가만히 고개를 끄덕였다. 마담이 학규의 머리를 쓰다듬었다.

학규는 마담의 품에 안겨 다른 여자를 생각했다. 자기의 모든 것을 망가뜨린 한 여대생이 떠올라 불쑥 화가 치밀었다. 다 지난 일이었지만 문득문득 그녀가 생각나는 것은 어쩔 수 없었다. 자기 처지와 상황을 강요해 일어난 일이었음에도, 그 여자애에 대한 증오는 사그라들지 않았다.

학규는 조교를 2년이나 몰래 만나왔다. 그녀가 4학년 때 둘의 만남은 처음 시작됐고, 대학원에 진학하면서 끊을 수 없는 관계가 됐다. 그는 아내가 있었고 그녀는 결혼을 앞둔, 오래 사귄 애인이 있었다. 문제는 그녀가 애인과 관계를 정리하면서부터 시작됐다. 그녀는 그에게 도저히 들어줄 수 없는 요구를 하기 시작했다. 아니, 연인 관계라면 당연히 지켜야 하는 것들이었으나 학규는 그럴 수가 없었다. 그녀가 연구실 조교를 시켜달라고 했을 때 거절해야 했으나 학규는 오히려 남의 눈치를 피할 수 있어 좋다고 여겼다. 하지만 거의 매일 붙어 있다 보니 학규는 점점 그녀의 관심이 부담스러웠고 어떻게든 정리해야겠다고 마음먹었다.

그냥 그녀와 아무 생각 없이 일주일에 한두 번 모텔에서 뒹굴 때가 좋았다고 그는 생각했다.

젊은 여자의 몸은 학규를 꼼짝 못하게 만들었다. 여학생들과의 그런 관계가 처음은 아니었으나 그렇게 지속적이고 끈끈하게 오래간 것은 처음이었다. 그녀는 다른 학교에서 학부를 졸업하고 3학년으로 편입한 학생이었는데, 신입생부터 알던 아이들과는 느낌이 달랐다. 첫 수업 날, 그녀는 허리까지 늘어진 긴 생머리에 흰색 면 티셔츠, 라인이 그대로 드러나는 딱 붙는 청바지를 입고 수업에 들어왔다. 이미 수업이 끝나갈 무렵이었다. 그녀는 달랐다. 그는 느꼈다. 수업 시간 자기를 바라보는 시선과 자신이 그녀를 바라보는 시선이 다른 학생들과의 관계와는 다르다는 것을 첫 시간부터 느꼈다. 수업이 끝나고 그녀가 찾아왔다.

선생님, 출석 체크 좀 해주세요.

학생은 수업 다 끝나고 왔지 않나?

그럼, 제가 술 살게요.

술?

그녀는 조금 당돌했고 많이 성숙했다. 남자에 대한 두려움 같은 게 전혀 없었다. 학규도 기껏해야 삼십대 중반이었기 때문에 선생님이라기보다 조금 나이 차이 많은 오빠 같은 분위기여서 그런지 그녀는 더욱 과감하게 그에게 다가왔다. 그는 그녀를 거부할 아무런 이유가 없었다. 윤리 의식이라든가 도덕적인 강박이 이미 그에겐 없었다. 그런 것들은 더 어린 날 소설을 쓰며 소진한 뒤였다.

마담의 품에 안겨 있던 그가 스르륵 잠들었다. 마담은 한동안 가만히 그런 그를 그냥 두었다. 시간은 이미 새벽이었다.

이제 일어나요. 가야 해요.

마담이 그를 흔들어 깨웠다. 따뜻한 온기를 느껴서 그런지 그는 금방 잠에서 깨지 못했다. 그새 그는 짧은 꿈을 꾸었다. 어린 딸과 바닷가에 서 있는 꿈이었다. 딸아이는 자꾸 그의 손을 잡으려고 했으나 그는 슬그머니 손을 빼내고 멀리 바다 아래로 가라앉는 석양을 말없이 바라보기만 했다. 그의 딸 청이가 그의 바지춤을 잡고 흔들었다. 너무나 황홀했던 풍경이 점점 희미해졌다. 눈을 아무리 크게 떠도 그가 볼 수 있는 시야가 점점 줄어

들었다. 시야의 가장자리부터 점점 어두워지더니 가운데 아주 작은 점에만 빛이 남았다. 그가 번쩍 눈을 떴다. 마담이 놀란 듯 그를 내려다보고 있었다.

무서운 꿈 꿨나 봐. 이렇게 추운데 땀을 흘리네. 일어나요. 이제 가야 해.

그가 몸을 일으켰다. 청이는 잘 있는지 궁금했다. 아이 얼굴을 본 지도 한 달이 넘었다는 것을 그는 그때서야 알았다.

밖으로 나오니 추위는 완연했다. 이제 겨울이라고 불러도 좋을 만큼 공기가 차가웠다. 학규는 커다란 트렁크를 끌고 마담의 집으로 향했다. 마담이 앞서 걸었고, 가끔 학규가 따라오기 좋게 멈추어 섰다. 가깝다던 집은 30분을 넘게 걸어서야 도착했다. 어둡고 습한 그림자가 집 전체를 덮고 있었다. 낡은 대문 안으로 마담이 사라졌다. 대문 안은 시커먼 어둠이 도사리고 있었다. 마담의 형체는 보이지 않았다. 학규는 대문 앞에 서서 가만히 어둠을 응시했다. 길게 한숨을 쉬었다. 하루가 길었다. 여전히 잊을 수 없는 그 시간들. 그는 그날 느낀 절망과 의지를 바로 조금 전 일처럼 기억하고 있었다.

뭐해요? 어서 들어오세요.

무거운 트렁크를 들고 대문을 넘기 위해 그는 힘을 썼다. 그럼에도 큼지막한 여행용 가방이 문턱에 걸리는 바람에 낡고 삭은 철제가 내는 쇳소리가 새벽을 깨웠다. 어디선가 동네 개가 짖었다.

학규는 하숙을 든 후 며칠 동안 잠만 잤다. 깨어나지 못할 사람처럼 그는 술을 마시다 잠들기를 반복했다. 한낮이 되어 깨어보면 방 윗목에 밥상이 차려져 있었다. 집안 살림은 스무 살 된 마담의 딸 덕이가 주로 도맡아 했다. 학규가 쓰고 있는 방은 원래 그녀의 방이었다.

대문 옆에 딸린 문간방은 세 평 남짓했지만 정갈하고 깨끗했다. 학규는 짐 정리도 하지 않고 트렁크를 열어놓은 채 그대로 두었다. 큼지막한 여행 가방은 배를 벌린 채 윗목에 몇 날 며칠 방치되어 있었다. 학규는 내려올 때 입고 온 여름 양복을 그대로 입고 있었다. 그는 가끔 술을 사러 나가는 것 말고는 밖에 나가지도 않고 누운 자리에서 꼼짝하지 않았다. 지난날이 차곡차곡 술잔 위에 쌓여갔다. 후회와 반성이 없는 것은 아니었으나 그보다 이런 상황에 내몰린 자신에게 화가 나서 참을 수가 없었다. 자기와 연관된 모두가 원망스럽기만 했다.

예정되어 있던 도서관 문학 강의는 한 주 뒤로 미뤄졌다. 그는 술을 사러 갈 때마다 구멍가게 앞에 놓인 공중전화로 집에 전화를 걸었지만 아무도 받지 않았다. 학교는 정리 수순을 밟고 있었고, 그나마 파면되기 전에 사직서를 내 퇴직금을 건졌다는 게 다행이라면 다행이었다.

며칠이 지났지만 이 집엔 적막만이 흐르고 있었다. 자기를 데려온 마담도, 밥상을 내주던 그녀의 딸도 거의 볼 수 없었다. 마담은 이른 새벽 다방에 나갔다 한밤이 되어서 돌아와 겨우 그의 안부를 묻는 정도였다. 불 켜진 학규 방 앞에 가만히 서서 몇 마디 하고 돌아서는 게 그녀의 마지막 일과였다. 학규는 마담보다 딸이 더 궁금했으나 어쩐지 마주칠 기회가 없었다. 어떻게든 생활을 회복해야 했지만 그는 방 안에만 틀어박혀 있었다. 그나마 다행인 것은 틈틈이 책을 읽기 시작한 것이었다. 그는 트렁크를 뒤적거려 책 몇 권만 끄집어냈다. 모두 여러 번 읽었던 고전들이었다. 실은 그가 짐을 싸며 고민한 것은 무슨 책을 가지고 내려갈 것인가 하는 것뿐이었다. 아내에게 쫓겨나다시피 집을 나온 터라 트렁크엔 뭐가 들어 있는지도 잘 알지 못했다. 그렇게, 챙긴 짐은 책 몇 권이 전부였다.

그는 매일 책을 읽었다. 맨 처음 읽은 것은 도스토옙스키의 『카라마조프가의 형제들』이었다. 이기주의와 탐욕의 집적체라 할 수 있는 카라마조프를 보면서 자기를 반추했다. F. 스콧 피츠제럴드의 『위대한 개츠비』, 블라디미르 나보코프의 『롤리타』, 괴테의 『파우스트』까지 읽다가 그는 책 읽기를 멈추었다. 모두 자신의 지난날들과 겹쳐지며 형체 불분명한 이상한 모멸감 같은 것이 스멀스멀 자기의 몸을 기어 다니는 것 같은 느낌이 들었기 때문이었다. 그는 책을 한쪽에 차곡차곡 쌓아두고, 온종일 그냥 누워 있었다. 깨어 있을 때에는 술을 마셨다.

일주일쯤 지나자 술을 마시는 것도 잠을 자는 것도 시큰둥해졌다. 무엇보다 이젠 씻고 싶었다. 처음엔 거들떠도 보지 않던 밥상을 기다리기 시작했고 남김없이 음식을 해치우곤 했다. 점점 서울에서 있었던 일도, 억울했던 마음도 무뎌졌다.

밥상을 차려놓는 마담의 딸이 궁금해서 온종일 잠도 자지 않고 그녀를 기다렸지만 그럴 때마다 어떻게 알아챘는지 밥상만 문 앞에 덩그러니 놓여 있곤 했다. 문간방의 위치 때문에 안채에서 일어나는 소리를 잘 들을 수 없지만 오가는 사람 발소리만 듣고도 누가 다녀갔는지 그는 종종 짐작하곤 했다. 하지만 마담과 딸은 얼마나 조신하게 걷는지 좀체 눈치챌 수가 없었다.

그는 문간방과 대문을 사이에 두고 반대쪽에 있는 재래식 화장실을 사용했는데 욕실은 어디에 있는지 들은 바가 없어 난감하기만 했다. 그는 일주일이 지나서야 씻고 싶은 마음이 들었다. 마당에 있는 수돗가에서 세수를 하거나 머리를 행군 게 몇 번이었다. 이제 날씨는 본격적으로 겨울을 향해 가고 있었다. 해가 떠 있는 낮에도 쌀쌀한 기운이 가득했다.

그는 간만에 자리를 털고 일어났다. 세면도구를 어디에 두었는지 몰라 가방을 헤집었지만 찾을 수가 없었다. 동네 구멍가게에 가는 것도 쉽지 않을 만큼 모습이 추레했다.

저기요, 계세요?

그는 마당에 나가 안채를 향해 목소리를 높였다. 예상했던 대로 집 안에는 아무도 없었다. 그는 잠깐 망설였지만 이제 한집에서 사는 사람들이니 이해할 거라 믿고 안으로 들어갔다. 집 안은 작지만 정갈했다. 가운데 거실 겸 부엌이 있고 양쪽으로 방이 네 개가 있었다. 어디가 욕실인지 알 수 없었다. 그는 성큼성큼 다가가 가장 안쪽에 있는 부엌에 딸린 방문을 열었다.

악.

그는 깜짝 놀라 비명을 지르며 움찔 뒤로 물러났다. 그 방 안엔 한 남자가 누워 있었다. 뼈만 앙상하게 남은 중년 남자였다. 방 안엔 역겨운 냄새가 진동했다. 그곳은 욕실이 아니라 작은방이었다. 학규는 코를 손으로 감싸 쥐고 남자에게 다가갔다. 남자는 누가 들어온 것을 분명 아는 눈치였지만 등을 돌려 볼 기력조차 없는 듯했다. 임산부처럼 배가 부풀어 오른 그는 숨을 쉴 때마다 가는 신음 소리를 내뱉었다. 얼굴엔 누렇게 황달이 올라 있었고 몸엔 핏기 하나 없었다. 남자는 죽음을 목전에 둔 사람처럼 어두웠다.

학규는 가만히 문을 닫았다. 집에 남자가 살고 있는 것은 들은 바가 없었다. 얼핏 딸과 아들이 있다는 얘기만 들었던 게 생각났다. 학규는 다시 자기 방으로 가려다 이왕 집 안으로 들어섰으니 씻어야겠다고 마음먹었다.

그는 방문을 일일이 열어보았다. 마담이야 새벽에 나갔다가 밤늦게 들어오니 그렇다 쳐도 집에서 인기척 한 번 내지 않고 지내는 마담 아들과 딸 덕이가 신기하기만 했다. 아들은 올해 열여덟이라 했다. 이 집의 방은 대부분 깔끔하게 치워져 있었다. 방 안엔 살림 가구 몇 개만 놓여 있었다. 오랫동안 쓰지 않은 방이지만 종종 청소는 한 것 같았다. 학규는 오랜만에 샤워를 하며 심신을 달랬다. 뜨거운 물이 몸을 타고 흘러내리자 곧 노곤해졌고 기분도 좋아졌다. 방 안에 누워 있는 남자가 신경 쓰였지만 잠시뿐이었다. 샤워를 마치고 옷을 입으려다 그는 그만두었다. 옷이 너무 더러웠다. 그는 그제야 일주일 동안 얼마나 꾀죄죄한 옷을 입고 있었는지 깨달았다. 그는 주섬주섬 옷을 챙겨 안고 욕실을 나왔다. 벌거벗은 채였다. 조심조심 현관문을 열고 나오는데 학규의 방 앞에서 한 여자가 서성이고 있었다.

누구요?

학규가 자신도 모르게 소리쳤고 돌아본 여자는 혼비백산해서 주저앉으며 비명을 질렀다. 여자가 소리를 지른 후에야 학규는 자신이 벌거벗고 있다는 것을 알아챘다. 그는 후다닥 뛰어 방으로 들어갔다. 여자는 대문 쪽으로 고개를 돌리고 앉아 있었다. 그가 옷을 대충 입고 밖으로 다시 나왔을 때 여자는 사라지고 없었다. 안채로 다가가 가만히 현관에 귀를 대보았지만 아무 소리도 나지 않았다. 문은 잠겨 있었다. 아무래도 마담의 딸인 것 같았다. 학규는 내친김에 현관문을 두드렸다. 안에서는 여전히 아무런 미동도 대답도 없었다. 다시 두드려도 반응이 없었다. 그가 문간방으로 돌아서자, 삐걱 하며 현관문이 살짝 열렸다.

문틈으로 한 여자가 밖을 내다보았다. 학규가 다시 현관으로 다가갔다.

인사나 하자고 두드렸어요.

앳된 여자가 수줍은 표정으로 문밖을 나왔다. 둘은 멀찍이 떨어져 서 있었다.

밥 차려주는 사람이 누군지는 알아야 할 것 같아서. 네가 마담 딸이구나?

여자가 고개를 꾸벅 숙였다. 여자는 살결이 하얗고 보조개가 움푹 팬 얼굴이었다. 마담만큼 미인은 아니지만 다른 매력이 넘치는 여자라고 학규는 생각했다.

이름이 뭐니?

…… 덕이예요. 김덕이요.

외자야? 덕?

아니, 덕이요.

아, 그렇구나.

덕이는 얼굴은 청순하고 앳됐는데 몸은 볼륨감이 넘쳤다. 팔과 다리가 가늘고 길었고, 허리는 움푹 패어 좋은 보디라인을 가지고 있었다. 실제로 키가 그렇게 크지는 않았지만 균형감 있는 몸매 덕분에 굉장히 커 보였다.

키가 몇이야?

네? …….

덕이가 굉장히 수줍음이 많구나. 난 학규라고 해. 읍내 도서관에서 소설을 가르쳐. 앞으로 잘 부탁한다.

학규가 그녀에게 다가서며 손을 내밀었다. 덕이는 어쩔 줄 몰라 하며 살짝 손을 잡았다. 그녀의 손도 희고 고왔다.

남동생도 있다며?

…… 덕규는 주말에만 와요. 운동을 하거든요.

아, 그래서 안 보였구나. 사는 사람도 일주일 만에 처음 봤는데, 보기 힘들겠는걸.

학규가 환하게 웃었다.

그런데 내가 일부러 그런 건 아니었고, 욕실인 줄 알고 문을 열었는데, …… 거기 방에 있는 분은 누구시지?

아버지세요. 많이 아프세요.

그런데 병원에 가지 않고…… 어디가 아프신데?

…… 간경화요.

그는 고작 일주일 만에 모든 것을 잊은 사람처럼 마음이 홀가분해졌다. 덕이와의 첫 만남은 그렇게 시작되고 있었다. 삶은 정해져 있는 대로 흘러가는 것 같아도 실은 하나의 우연이 쌓여 필연이 되는 과정이라고, 불가피한 상황이 우연이라면 행동은 사람의 명백한 의지라고, 학규는 아주 오랜 시간이 흐른 뒤에야 깨달았다.

학규는 방으로 돌아와 수음을 했다. 무력했던 일주일이 지나고 간만에 기력이 넘쳤다. 같이 사는 집 안에 이렇게 매력적인 여자가 있다는 게 즐거웠다. 그는 수음을 하며 덕이를 떠올렸지만 금세 환영은 사라지고 안 조교가 그 자리를 대신했다. 섹스에 적극적인 그녀는 애초부터 부끄러움이라곤 찾아볼 수 없는 여자였다. 하지만 그녀의 탄탄하고 육감적인 몸은 학규를 늘 흥분하게 만들었다. 어느덧 절정에 다다른 그는 이 순간만큼은 그녀를 원망하지 않기로 했다.

3

학규가 강의를 하다 말을 멈추었다. 학생들이 웅성거리는 소리에 주위를 둘러보았지만 아무것도 알아볼 수 없었다. 더욱 좁아진 시야 안 강의실에서 무슨 일이 일어난 것인지 알 수가 없었다. 학규의 눈은 점점 상태가 나빠져 학규는 눈을 가늘게 뜨고 주위를 둘러보았으나 모든 게 뿌옇게 보였다. 좁아진 시야 안으로 희미한 윤곽이 드러났다. 강의실 맨 뒤에서 누군가 앞으로 나오고 있었다.

학생, 무슨 일이지?

앞으로 뚜벅뚜벅 걸어 나오던 여학생은 강의실 중간쯤에서 우뚝 걸음을 멈춰 섰다. 강의실 안의 학생들이 웅성거렸다.

학생, 이리 가까이 와봐. 무슨 일이야?

학생들이 이번엔 학규의 시력에 관해 수군거렸다.

봐, 소문이 맞았다니까. 앞을 거의 못 보잖아.

강의실 어디선가 큰 소리로 누군가 얘기했고, 학생들은 웅성거렸다. 학규는 당황했다. 그러지 않아도 요즘 학교에서 나빠진 눈 때문에 자꾸 휴직을 강요하고 있던 터였다.

선생님, 그런 눈으로 저희 리포트나 시험지는 읽으시겠어요?

한 학생이 손을 들고 얘기했지만 학규는 어디에서 누가 얘기를 하는지 알 수 없었다. 보이는 척 행동했던 것들이 우스워졌다. 학생들도 모두 알고 있었던 것이다.

학규는 휴직하지 않고 어떻게든 학교에 남아 있을 생각이었다. 복직한 뒤로 그는 성실한 교수가 되고자 노력했다. 물론 강의실 안에서만 그랬고, 여전히 그 주변에는 끊임없이 대학원 여학생과의 염문이 따라다녔다. 복직되고서 달라진 것이 있다면 만나는 어린 여자애들에게서 말이 나오지 않도록 단단히 겁박하는 것이었고, 그것은 꽤 효과가 있었다. 그는 새로운 여자를 만날 때마다 영상으로 기록을 남겼다.

오늘 수업은 이만하지.

강의실 안이 소란스러워졌다. 학생들이 서둘러 강의실을 빠져나가면서도 학규에 대한 얘기를 멈추지 않았다. 그래 봐야 누가 얘기하는지 알 수 없었으니 학생들은 마치 그를 조롱하듯 대놓고 비아냥거렸다.

학규는 강의를 멈추게 했던 여학생을 놓치지 않기 위해 애썼지만 곧 초점을 잃었고 눈앞이 뿌예졌다. 사람들과 섞이며 그녀는 사라졌다. 그나마 아직 시력이 완전히 사라진 것은 아니어서 오히려 다행스러웠다. 시야가 점점 좁아지고 멀리 있는 것은 뿌옇게 보였다. 그는 몇 년 전 학교에 복직한 뒤 망막색소변성증 진단을 받았다. 안구의 망막에 존재하는 시세포가 어떤 이유에서인지 퇴행하면서 발병되는 질환이었다. 빛의 명암을 구분하는 세포가 손상되어, 점점 주변 시야가 좁아졌다. 학규는 이 병이 당장 생긴 게 아닌 것이라는 걸 알고 충격을 받았다. 오랜 시간 전조가 있었음에도 무지하고 무감각했던 자신이 후회스러웠다. 어렸을 적부터 서서히 아주 더디게 상태가 악화되는 것이기 때문이었다. 그냥 시력이 나쁜 것 정도로 알고 있었는데, 받아들이기 힘들었다. 점점 상황이 나빠져 결국 말기에는 터널 시야Tunnel Vision로 진행되어 심한 경우 실명 상태에 이르게 되는 것인데, 학규의 상태는 말기로 접어든 상태였다. 병원에 갔을 때엔 이미 별다른 치료 방법이 없었다.

그가 학생들이 모두 빠져나가고 강의실을 나서려는데 누군가 문 앞을 막고 서 있었다. 그가 더듬더듬 다가갔다.

선생님, 수업 끝나셨어요?

그는 눈을 가늘게 뜨고 앞으로 다가섰지만 누구인지 알 수가 없었다. 터널 시야 안에 사물이 들어와도 잘 볼 수가 없었다. 손을 보면 얼굴이 보이지 않았고, 얼굴을 보면 신체가 눈에 들어오지 않았다. 아주 가까이 다가서야지만 사물이 확인되었다.

화려한 차림새의 한 여자가 서 있었다. 시력이 나빠지면서 전에 없는 다른 감각들이 좋아졌는데 후각이 가장 예민해졌다. 여자에게서 풍겨 오는 향수 냄새가 너무 진해서 그는 머리가 지끈거렸다.

누구세요?

벌써 저를 잊으셨어요? 겨우 10년인데. …… 저 덕이예요.

덕이? …… 네가 여기 웬일이야?

10년 만의 인사치고는 너무 삭막하고 재미없는데요? 와, 우리 선생님 그대로인데?

덕이가 학규를 훑어보며 주위를 빙 돌았다.

자, 잘 있었어? 못 알아보겠어.

에이, 안 보이는 거겠죠.

학규는 민망한 듯 시선을 이리저리 옮기며 웃어 보였다.

…… 어떻게 알았어?

오는데 학생들이 하는 얘기 들었어요. 선생님, 점심 드셨어요? 저 배고파요. 맛있는 것 좀 사주세요.

너무 갑작스러운 일이었다. 덕이의 행동이 자연스러워서 학규는 좀 어안이 벙벙했다.

응, 그래. 그래야지. 오랜만인데 맛있는 거 먹자.

학규는 덕이의 표정을 볼 수 없어서 답답했다.

에이, 또 맛있는 거 먹으러 가자고 하고선 도망가시는 거 아니죠?

예전의 한 기억이 떠올라 학규는 머쓱해졌다. 갑자기 나타난 덕이 때문에 마음이 복잡했다. 마지막으로 본 게 언제였는지 떠올려보려 해도 그 끝이 흐렸다. 서울에 오고 얼마 지나지 않아 여러 번 찾아온 기억이 났다. 그때마다 그녀를 피했다.

저 돈 많이 벌었어요. 선생님이 주신 돈으로, 불리고, 불리고 또 불려서 돈 많이 벌었어요. 그리고 서울에 왔어요. 저 이제 서울에 살아요.

어, 그래? 그렇구나. 잘됐다.

그가 더듬거리며 복도를 걸었다. 그녀가 그의 팔짱을 끼며 팔을 자기 가슴으로 끌어당겼다. 그녀의 가슴이 팔에 닿았다. 그가 슬며시 그녀의 손을 풀었다.

여기, 학교니까.

나 딱 한 번 선생님 팔짱을 껴봤잖아요. 거리를 걸었잖아요, 우리. 그게 오래도록 잊히지 않더라고요. 앞도 잘 못 보는데 제가 부축할게요. 사람들도 이해할 거예요.

그녀가 그 옆에 찰싹 붙어 팔짱을 끼고 걸었다. 그가 팔을 빼려다가 그만두었다. 그는 볼 수 없었지만 지나가는 교직원들, 학생들이 이상한 눈으로 둘을 힐끔거렸다. 덕이의 차림새가 평범하지 않았기 때문이다. 그녀는 딱 붙는 원피스를 입고 있었는데, 등이 완전히 드러나고 깊은 가슴골이 훤히 보였다. 그녀의 육감적인 몸매가 여자건 남자건 모든 사람의 시선을 붙잡았다.

둘은 강변도로를 미끄러져 달렸다. 덕이의 외제 차는 부드럽게 파주 쪽을 향해 달렸다. 덕이는 짧은 시간에 이제껏 살아온 얘기를 했다. 빠르게 뒤로 밀리는 풍경처럼 그녀의 지난날이 흘러갔다. 한 시간 넘게 달려 둘은 한적한 음식점에 자리를 잡았다. 스테이크와 와인이 나왔고, 덕이는 친절하게 학규의 고기를 잘게 썰어주었다. 눈이 멀기 시작한 뒤로 그런 음식들은 엄두를 내지 못하던 터여서 학규는 꽤 만족스러웠다.

오랜만에 만난 덕이는 살갑게 그를 챙겼다. 유쾌한 시간이었다. 학규는 마음 한구석에 자리 잡고 있던 찜찜함이 풀리는 것 같았다. 덕이가 얘기하고 학규는 주로 들었다.

마담은 잘 있어?

엄마요? 죽은 지가 언젠데요. 벌써 9년이나 됐어요.

아니, 왜?

그가 놀라며 보이지 않는 눈을 번쩍 더 크게 떴다.

어떤 사람들이 신장을 도려내고, 눈도 파 간 다음 버렸어요. 우리 빚 많았잖아요.

뭐? 그 사람들이 정말 그런 거야?

학규가 버럭 고함을 질렀다. 둘 말고는 아무도 없는 음식점 안에 쩌렁쩌렁 소리가 울렸다. 덕이가 까르르 웃었다.

농담이에요. 그게 말이 돼요? 사고가 있었어요.

학규가 놀란 가슴을 진정시켰다.

아니, 무슨 사고가 났던 거야?

그걸 선생님이 이제 알아서 뭐해요. 그냥, 작은 사고였는데 재수가 없었어요. 우리 집, 우리 식구들 재수 없잖아요.

덕이는 뭐가 그리 우스운지 웃음을 멈추지 않았다. 점점 웃음소리가 커졌다.

선생님은 여전히 귀여워요. 아직도 멋진걸요? 이제 나이가 음, 마흔다섯? 여섯?

응, 넌 이제 서른 갓 넘었겠구나.

아직도 젊은데 눈이 그렇게 돼서 어째요. 오랜만에 봤는데 볼 수가 없으니. 나 되게 예뻐졌는데. 그런데 청이는 잘 있어요?

으, 응. 그래도 아주 안 보이는 건 아니야. 예뻐졌네, 정말. 청이는 잘 있지.

대답은 그렇게 했지만 그녀의 모습이 뚜렷하게 보이지도 않았고 청이를 못 본 지도 2년이나 지났다. 청이는 스물이 되고 집을 나간 뒤 연락이 끊겼다. 학규의 아내가 죽고 청이는 마음을 잡지 못했다.

실은 청이 본 지 좀 됐어. 지방에서 대학교를 다니는데 보기 힘드네. 한창 놀 나이잖아.

사실이기도 하고 거짓말이기도 했다. 학규의 아내가 죽고 청이는 온전하게 크지 못했다. 워낙 예민한 시기이기도 했고, 그의 아내가 자살한 이유가 학규 때문인 것이 숨길 수 없는 사실이기도 해서 청이는 중학교 들어가면서부터 평범함으로부터 멀어졌다. 연락도 끊기고 본 지도 오래됐지만 그는 청이 통장에 매달 일정한 돈을 넣어두었다. 통장에서 돈이 빠져나가는 것으로 그는 안심했다. 그가 할 수 있는 전부였다. 청이가 품은 원망을 풀 길 없었지만 시간이 지나면 다 해결되리라 막연하게 생각했다.

저 화장실 좀 다녀올게요.

청이 얘기를 듣던 덕이가 자리에서 벌떡 일어났다. 그의 시선이 덕이가 움직이는 동선을 따라 움직였지만, 그녀는 곧 뿌연 안개 속으로 사라져버렸다. 시력의 상태가 점점 더 심각해졌다.

화장실에 간다던 덕이는 한참을 기다려도 돌아오지 않았다. 처음엔 무슨 사정이 있겠거니 했는데, 두 시간을 기다려도 돌아오지 않았다. 그의 심정이 복잡해졌다. 두 시간을 기다리다가 해질녘이 되어서야 겨우 그가 자리에서 일어섰다. 뭔가에 홀린 기분이 들었다. 갑자기 나타난 덕이를 만나고 사라진 그녀를 기다리는 시간이 비현실적인 꿈 같았다. 더듬더듬 테이블 위에 지갑과 휴대전화를 찾았지만 없었다. 그는 테이블에 가까이 눈을 붙이고 찾았지만 보이지 않았다. 그가 주인을 불러 물었지만 테이블 위엔 아무것도 없었다. 주인이 이상하다는 듯 그를 쳐다보았다.

저기 아까 나간 여자분이 올 사람이 있다고 혹시 자리에서 일어나시면 조금만 더 기다리시라고 전해달랬어요.

학규가 주인의 말을 듣고 다시 자리에 앉았다. 서울로 돌아갈 방법도 막막했고 지갑과 휴대전화도 없어서 난감했다. 덕이가 그리 말했다니 조금 더 기다려보기로 했다.

저기 그런데 제가 눈에 좀 문제가 있어서 그런데, 혹시 테이블이나 바닥에 지갑이나 휴대전화가 떨어진 게 없어요?

없는데요.

테이블을 치우며 주인이 무심하게 말했다.

그런데, 일행분은 언제 오시는 건가요? 저희 곧 저녁 장사를 해야 하는데, 손님 테이블 땜에 직원들이 쉴 수가 없어서요.

온다고 했으니, 곧 오겠죠. 죄송해요.

학규가 주인에게 말한 뒤, 두 시간을 더 기다려도 아무도 오지 않았다. 음식점 안은 주인 말과는 달리 저녁이 되어도 손님이 아무도 없었다. 세상에서 가장 지루하고 힘든 네 시간이 흘러갔다. 그는 잘 보이지 않는 눈을 두리번거리며 출입문 쪽을 바라보았지만 덕이도, 다른 손님도 전혀 없었다. 밖은 이미 깜깜해졌다.

저기, 제가 지갑하고 휴대전화를 잃어버린 모양인데, 무슨 방법이 없을까요?

학규가 카운터에 가서 얘기를 했지만 주인은 반대쪽에서 나타났다.

아저씨, 그게 무슨 말이에요?

돈도 없고 휴대전화도 없어서 좀 도와달란 말이에요.

학규가 신경질적으로 말했다.

어떻게요?

주인도 짜증 섞인 말투로 그를 쏘아보았다.

전화 좀 줘보세요.

학규가 주인이 건넨 휴대전화를 가까이 들여다보며 전화를 걸었다.

동우니?

친구 동우가 주인에게 부친 돈으로 그는 겨우 집으로 돌아올 수 있었다. 꽤 많은 음식 값을 제하고 남은 돈을 돌려받아 택시를 탔다. 집으로 돌아오는 길은 멀기만 했다. 파주에서 서울 강남으로 오는 동안 퇴근 시간과 겹쳐 그야말로 지옥이 따로 없었다. 오는 데에만 두 시간 반이 걸렸다. 집에 도착했을 때엔 한밤중이었다. 그는 덕이의 의도가 궁금하고 무서웠다. 갑자기 나타나서 살갑게 구는 것도 못 미더웠다. 무엇보다 나빠진 시력 때문에 그녀의 표정을 살필 수 없는 것이 답답하기만 했다. 생각해보면 그녀가 자기에게 좋은 감정을 가졌을 리 만무했다.

아파트 입구에 들어서는데 뒤에서 누군가 잡아챘다. 돌아보니 덕이였다.

선생님, 왜 그렇게 가셨어요? 급한 일 땜에 일 보고 다시 갔더니 주인이 금방 가셨다고 하더라고요.

너, 도대체 나한테 왜 그러는 거니?

학규가 덕이가 서 있는 곳이 아니라 엉뚱한 곳을 바라보며 말했다. 밤에는 시력이 더욱 좋지 않아서 거의 볼 수 없었다. 밤에 외출하는 것은 굉장히 오랜만이었다.

저 여기 있어요. 선생님은 저한테 왜 그러셨어요?

뭐라고?

학규가 소리 나는 쪽으로 몸을 돌렸다.

너무 급하게 나오느라 전화를 했더니, 글쎄 전화가 제 차에서 울리는 거예요. 아마도 선생님이 차에 두고 내리셨나 봐요. 자, 여기요.

아까 좀 전에 뭐라고 그랬어?

무슨 말이요? 아무 말도 안 했는데.

학규가 손을 내밀었지만 자꾸 허공을 갈랐다. 한참 만에야 그녀가 지갑과 휴대전화를 그의 손에 쥐여주었다.

너, 나 놀리는 거니? 앞 못 본다고 말이야. 내가 휴대전화 번호를 가르쳐준 적이 없는데, 어떻게 전화를 걸었다는 거야?

…… 아, 그건. 제가 선생님 좋아하니까. 당연히 알아봤죠. 수업 듣는 학생에 물어보니 금방 알려주던걸요. 예쁜 여학생이었는데. 요즘도 학생들 따로 만나세요?

학규가 씁쓸한 표정을 지었다.

너 많이 변했구나?

학규가 돌아서 가려다 걸음을 멈추었다.

덕이야, 오늘 반가웠어. 잘 지내. 그런데 서로 불편하니까, 다음엔 보지 말자.

덕이가 갑자기 웃었다.

저 여기 있어요. 그게 무슨 말이에요, 보지 말자니. 만나도 못 보면서.

그녀가 소리 내어 웃었다. 학규가 소리 나는 쪽으로 몸을 돌렸다.

진짜 안 보이는구나. 신기해라. 그런데 저, 싫어요. 아직도 선생님 사랑하거든요. 자주 봐야 할 거예요. 아니, 이제 못 보는 건가? 어차피 상관없어요. 사랑은 제가 하는 거니까. 내가 보면 되는 거고. 선생님은 저 사랑하지 않으니까, 안 봐도 되는 거고.

학규가 불쾌한 표정으로 돌아서서 갔다.

거기 입구 아닌데.

학규가 반대로 돌아서 갔다. 전혀 방향을 알 수 없었다. 학규가 씩씩거리며 앞으로 성큼성큼 걸어갔다. 덕이가 얼른 붙잡았다. 학규가 그녀의 손을 뿌리치려 했지만 더욱 억세게 움켜잡았다.

그 정도는 기다려줄 수 있잖아요. 4일도, 아니고, 4년도 아니고 겨우 네 시간인데. 제가 선생님을 기다린 것에 비하면 그 정도는 아량을 베풀어야죠.

학규가 그녀의 손을 뿌리치고 돌아섰다.

그쪽 아니라니까. 집에 가려면 이쪽으로 가야 해요.

그녀가 그를 돌려세우더니 앞으로 등을 떠밀었다. 그가 어정쩡하게 앞으로 나아갔고, 금방 차 한 대가 급브레이크를 밟으며 섰다. 학규는 바닥에 주저앉았다. 집으로 돌아가는 길이 멀기만 했다. 사람들이 몰려들어 학규를 일으켜 세웠다. 앞으로 어떻게 살아야 하는지 갑자기 막막해졌다. 그가 두리번거리며 덕이를 찾았다. 간혹 뿌연 불빛이 눈에 들어왔다. 고개를 돌려 덕이가 있던 쪽을 바라보았다. 어디선가 "저, 여기 있어요" 하고 말하는 것 같았다. 그는 겨우 사람들의 부축을 받고 일어났다. 사람들이 아파트 입구 쪽으로 데려다 주었다. 그 짧은 몇 미터 되지 않는 거리가 꼭 몇 년간 덕이를 잊고 지냈던 시간만큼 길고 멀게 느껴졌다.

사람들 틈에 섞여 학규를 바라보고 있던 덕이의 눈에 눈물이 그렁그렁했다.

이제 나 기다리지 마. 나 너한테 다시 돌아갈 일 없어.

학규가 그녀에게 냉정하게 말했다. 덕이와 살던 집을 떠나 서울로 올라온 뒤에 학규와 청이는 아내 집으로 들어갔다. 이혼했던 아내와 다시 재결합했다. 청이는 이미 아내와 함께 지내고 있었으니 그만 들어간 것이 맞았다. 덕이는 그의 집 앞에서 며칠을 기다려 겨우 그를 만날 수 있었다.

왜요? 왜 기다리면 안 돼?

기다리든가 말든가 그건 네 맘대로 해. 어쨌든 난 거기로 이제 안 가.

선생님, 제발. 저한테 왜 그러세요?

내가 네게 뭘 어쨌는데 그래. 그냥 몇 번 잔 거 가지고. 나 원래 그런 놈이야. 너 같은 애가 한둘인 줄 알아? 너같이 매달리는 애들 촌스러워, 아주 질려, 정말.

덕이가 털썩 무릎을 꿇고 울었다. 차마 고개를 들지 못하고 울음을 삼켰다. 앉아 있는 그녀의 무릎 위로 그가 돈 봉투를 던졌다.

네가 사랑이 처음이라 그런 거야. 곧 괜찮아질 거야. 다른 남자 만나면 금방 잊게 돼.

덕이가 입술을 물며 그를 올려다보았다. 그가 시선을 피하며 돌아섰다. 그는 다시 돌아보지 않았다.

학규는 그녀를 마지막으로 보았던 때를 기억해냈다. 벌써 10년 전이었다. 다시 나타난 덕이가 그는 좀 꺼림칙했다. 원래 심성이 착하고 유순한 여자였지만, 그간 어떻게 살아왔는지 모르겠지만, 잠깐 만나는 시간 동안 덕이의 말이며 행동이 아직도 상처가 아물지 않은 것 같아서 그는 조금 걱정스러웠다. 하지만 집에 돌아와 그는 반성은커녕 덕이를 원망했다. 앞이 보이지 않는 게 마치 그녀가 오랜 시간 동안 자기의 불행이라도 빌어서 그런 것마냥 그는 불쾌하기만 했다.

사람의 기억이라는 것은 실재에 대해 온전한 경우가 드물다. 처음엔 그렇지 않다가도 시간이 지나면 어떤 측면의 왜곡이 일어나고 변모한 실재를 믿게 된다. 특히나 사랑에 대한 기억은 세월이 흐르면서 서로 사랑했던 사람들 사이에 전혀 다른 기억이 만들어지곤 한다. 사랑이란 상대에 대한 바람이 서로 다르기 때문에 왜곡이 쉽다. 오랜 시간이 흐르고 함께한 시간에 대한 공유는 환상이었음을 깨닫는다. 서로 다른 기억의 충돌은 없었던 시간으로 남곤 한다. 그리하여 사랑의 기억이 다르다는 것은 어쩌면 사랑이라는 것이 없었던 순간의 기억이 되기도 한다. 사랑이란 시간이 지나고 나서도 두 사람의 기억이 온전히 똑같을 때 말할 수 있는 것이다. 그래서 지나가버린 사랑이 온전한 시간으로 남는 것이 드물다.

사랑은 언제나 현재형이다. 지금 자신의 감정이 확실하다고 믿지만, 그것만큼 자기 자신에게 오만하고 관대한 것은 없다. 사랑한다는 감정만큼 불확실한 것이 없다. 그러니 우리는 자주 사랑한다, 말을 하는 것인지도 모른다. 사랑은 하는 것이 아니라 믿고 싶은 것이다. 결국 사랑은 모두 과거형이지만, 시간이 지나면 현재를 부정하기 위해 사용된다. 사랑했다고 믿는 것은 대부분 현재, 사랑에 대한 불확실성 때문이다.

덕이는 조금 울었다. 그는 그녀를 10년 만에 봤겠지만 그녀는 아니었다. 그녀는 멀리서 점점 눈이 멀어가는 그를 꽤 오랫동안 바라보았다. 서울로 올라온 것이 벌써 몇 년 전이었다. 바로 앞에서 지나쳐도 그는 그녀를 알아보지 못했다.

덕이는 욕조 안에 쭈그리고 앉아 샤워기에서 떨어지는 물줄기를 받았다. 한기가 들었고, 몸이 떨렸다. 그녀는 몸을 더욱 작게 웅크리고 소리 나지 않게 흐느꼈다.

조용히 욕실 문이 열리고 알몸으로 청이가 들어왔지만, 덕이는 알지 못했다. 청이는 완벽한 여인으로 성장했다. 얼굴은 말할 것도 없었고, 몸도 비율적으로나 미적으로나 완벽에 가까웠다. 그녀는 어렸지만 몸은 성숙했고, 얼굴엔 소녀의 표정이 여전했다.

덕이가 뒤늦게 청이를 발견하고 화들짝 놀랐다. 몸을 움츠렸다. 청이는 아무렇지 않게 타월에 비누 거품을 내어 욕조 안으로 들어왔다. 웅크리고 앉은 덕이의 등 뒤에 앉았다. 천천히 덕이의 등을 샤워 타월로 부드럽게 문질렀다. 덕이의 허리와 엉덩이 사이에 커다란 화상 자국이 나 있었다. 청이가 덕이의 흉터를 손으로 어루만졌다. 그녀의 손길이 닿을 때마다 덕이는 몸이 저릿했다.

이거 우리 아빠 때문이지?

…… 아니야. 선생님이 불을 지른 것도 아닌데. 우리 엄마 때문이야.

그럼, 아줌마가 집에 불을 지른 건 아빠 때문이지?

…… 아닐 거야.

아빠 만나고 왔어? 뭐래?

덕이가 아무 대답 없이 몸을 더욱 웅크렸다. 청이가 가만히 뒤에서 그녀를 안았다. 청이의 작은 가슴이 덕이의 등에 닿았다. 살짝 일어선 젖꼭지가 등을 스치자 덕이는 움찔했다. 부드러운 비누 거품이 매끈한 두 여자의 살과 살을 더 매끄럽게 했다.

언니, 사랑해.

청이가 뒤에서 덕이의 등에 몸을 기댔다. 뒤에서 안고서는 길게 손을 뻗어 덕이의 목과 가슴을 샤워 타월로 부드럽게 문질렀다. 덕이는 이상한 기분이 들었다.

난 언니에게 참, 많은 걸 배워. 원하는 것을 가지려면 어떻게 해야 하는지, 사랑은 어떻게 하고 복수는 어떻게 해야 하는지 말이야.

청이가 그녀의 뒷목에 얼굴을 댔다. 그녀의 숨이 덕이에게 닿았다. 덕이는 놀라서 움찔 앞으로 도망갔다. 황급히 일어나서 물로 비누 거품을 씻어냈다.

벌써 나가려고?

응, 일찍 나가봐야 해. 오늘 VIP 예약이 있어.

뭐하는 사람인데? 내가 받게 해줘.

덕이가 젖은 머리를 말리며 청이를 건너보았다. 청이는 학규를 많이 닮았다. 서글서글한 눈과 웃는 모습, 말투까지도 그를 닮아서, 가끔 덕이는 섬뜩했다.

준비하고 늦지 않게 가게로 나와, 그럼.

청이가 활짝 웃었다. 몸을 씻는 손놀림이 빨라졌다. 덕이가 수건으로 몸을 닦으며 샤워를 하는 청이를 쳐다보았다. 잘 알 수 없는 아이였다. 둘의 눈이 마주쳤다. 청이가 덕이를 보며 활짝 웃어 보였다.

언니, 몸 예뻐. 나도 가슴이 더 컸으면 좋겠는데.

청이가 자기 가슴을 쥐었다. 덕이가 고개를 돌렸다.

나 먼저 갈 테니, 준비하고 나와.

4

모텔 침대 위에서 학규는 조교와 뒹굴고 있었다. 여자는 그의 몸 위에 걸터앉아 허리를 움직였다. 학규는 누운 채로 그녀의 허리를 잡고 있었다. 짐승이 내는 울부짖음 같은 신음 소리가 방 안에 깊게 퍼졌다. 여자가 허리를 돌릴 때마다 가슴이 둥글게 원을 그리면서 출렁거렸다. 끈적한 열기가 방 안 가득했다. 여자가 학규의 몸 위로 고꾸라졌다. 둘은 한동안 가만히 그렇게 있었다.

학규가 여자를 옆으로 밀어내며 담배를 물었다.

너는 시간이 지날수록 더 육감적인 것 같아.

교수님, 동경 학회 갈 때 이번엔 누구랑 가세요?

글쎄…… 아직 정해진 것은 없어.

학규가 여자의 눈을 피하며 재떨이를 끌어다 놓았다.

저랑 가요. 저 시부야에서 데이트하고 싶어요. 낭만적인 밤을 함께하고 싶어요.

시부야에서 데이트해야만 낭만이야?

학규가 담배를 비벼 껐다. 새로운 담배에 불을 붙여 여자에게 건넸다.

그건 아니지만…… 허구한 날 모텔 방에서 뒹구는 게 지겹기도 하고…….

여자는 학규가 건네는 담배를 받아 들고 깊게 한 모금 들이마셨다.

내가 전에도 얘기했었지? 너랑 나랑은 닫힌 공간 안에서만 사랑을 하자고 말이야. 문밖의 너와 나는 서로에게 없는 시간을 사는 사람들이야.

나랑 밖에 나가는 게 창피해요?

여자가 신경질적으로 담배를 비벼 껐다.

여기가 너와 나한테는 밖이야. 세상 밖. 우리는 세상 밖에서만 만나야 해.

네? 그게 무슨 말이에요?

못 알아들어?

…… 됐어. 그만해요.

여자가 일어나더니 분주하게 옷을 입었다. 학규는 담배에 불을 붙이고 그냥 지켜만 봤다. 여자는 돌아서서 속옷과 짧은 미니스커트를 차례로 입었다. 학규는 뒷모습을 바라보며 아무렇지 않다는 듯 담배를 피웠다.

다음 주 목요일엔 8시에 보자. 낮에 세미나 있어.

핸드백을 챙기던 여자가 잠깐 멈칫했지만 그를 돌아보지는 않았다. 여자가 휭하고 방을 나섰다.

야, 대답 안 해?

쾅, 여자가 신경질적으로 문을 닫고 나가버렸다. 뜨거웠던 방안의 열기는 가라앉고 대신 희뿌연 담배 연기가 방 안에 가득했다. 그는 잠시 눈을 감았다. 자꾸 눈이 침침해졌다.

학교에 진정을 낸 것은 안 조교의 오랜 애인이었다. 그렇게 그녀가 방을 나간 뒤 여자는 헤어졌던 애인을 다시 만난 것 같았다. 학회에서 돌아와보니 집과 학교가 발칵 뒤집혀 있었다. 그는 솔직하게 털어놓고 상처받은 사람들에게 용서를 구해야 했지만 끝까지 거짓말로 일관했다.

더는 물러설 곳이 없을 때까지 그는 자기를 부정했다. 결국 끝까지 그를 믿어주려 애쓰고 그의 편에 섰던 사람들까지도 잃게 되었다. 그는 갈 곳이 없었고, 만날 사람도 없었다. 사정을 딱하게 여긴 친구 동우가 S읍의 한 도서관 강의 자리를 마련해주었다. 학규는 사태가 잠잠해질 때까지 몇 개월 숨어 있기로 했다. 하지만 그가 S읍으로 내려가자마자 아내도 학교도 기다렸다는 듯 모든 상황을 정리해버렸다. 그는 정말이지 이제 갈 곳이 없었다.

학규는 자신이 거짓말로 그토록 지키려 했던 것이 무엇이었는지 기억나지 않았다. 그는 여전히 할 일도 없고 만날 사람도 없었다. 점점 집에 전화를 거는 일도 뜸해졌고, 가끔 소식을 전해주던 동우도 이런저런 핑계를 대며 그를 피하기만 했다.

그는 교수가 되면서 그만두었던 소설을 다시 써볼 참이었다. 문학이라는 것이 진정과 절실함과 간절함 없이 되는 것이 아니건만, 그는 화려한 복귀를 위해 소설을 써야겠다고 마음먹었다. 하지만 그는 알지 못했다. 내려놓은 펜을 다시 드는 일이 얼마나 힘든지를.

술을 끊고 밥상을 끌어다 원고지에 뭔가를 적어보려고 했지만 한 자도 쓸 수 없었다. 그는 하얀 원고지만 들여다보며 며칠을 앉아 있다가 결국 쓰는 일을 포기하고 다시 술을 마시기 시작했다. 그는 일주일 동안 술만 마셨다. 강의 첫날이었지만 아무것도 준비하지 않았다. 강의가 있다는 것도 잊고 잠만 잤다. 그는 억울했다. 자기가 꿈꾸고 만들어왔던 화려한 날들이 저물어가는 것이 원망스러웠다. 세상은 자기를 망치려는 사람들로만 가득한 것 같았다. 그는 가진 돈도 없었고, 집도 없었다. 이혼소송은 아내의 바람대로 착착 진행되었고, 그는 아무런 이의도 제기할 수 없었다.

그는 끝까지 버티려고 노력했다. 학교에는 자기를 음해하는 세력이 음모를 꾸몄다며 강변했고, 아내에겐 한 번만 더 믿어달라며 사정사정했다. 그러나 상황을 반전시키기엔 역부족이었다.

거짓말을 잘하려면 스스로 만든 거짓말을 믿는 방법밖에는 없다. 그는 상상 속에서 자신을 피해자로 만들었으며, 매일 억울한 처지의 자신을 위로했다. 필요 이상 그녀를 미친 사람으로 만드는 수밖에 없었다. 그는 점점 비열해졌고 레퍼토리는 뻔해져만 갔다. 시간이 지날수록 안 조교는 교수를 사랑하는 스토커가 되어갔다. 학규는 자기가 의도하는 대로 잘되어간다고 믿었다. 젊은 날 이룬 성공을 망가뜨릴 수 없었다. 잠깐 삐걱대는 것일 뿐이라고 그는 믿었다. 곧 모든 것이 제자리로 돌아올 것이라고.

학교에서도 어느 정도는 그런 그의 말을 참작하는 것 같았다. 어느 술자리에서 술에 취해 학규에게 자꾸 안기는 조교의 모습을 담은 동영상을 한 학생이 학교에 제출하면서 상황은 그가 원하는 대로 흘러가는 것처럼 보였다. 그를 위해 애쓰는 동료 교수이자 친구인 동우가 그를 대변해 적극적으로 학교와 맞섰다. 물론 동우에게도 학규는 모든 것을 사실대로 말하지 않았다. 거짓을 진실로 믿지 않으면 이 상황을 이겨낼 수 없기 때문이었다. 하지만 얼마 지나지 않아 건잡을 수 없는 사태가 벌어지고 말았다. 조교가 학규 몰래 찍은 동영상이 학교 커뮤니티에 올라와 일파만파 퍼진 것이다.

그는 동경 학회에 떠나기 전 안 조교를 불러냈다. 학회에 자기를 데려가지 않는 학규에게 뿔이 나 있던 안 조교는 금세 화가 풀렸는지 순순히 그의 말에 응했다. 둘은 한낮 모텔에서 어느 때보다 뜨거운 정사를 나누었다. 학규는 그녀의 젊고 어린 몸 앞에서는 모든 것을 내려놓아도 좋다고 믿을 만큼 열정적이었다. 이젠 깊어지는 관계를 정리해야겠다고 마음먹었다가도 며칠 시간이 지나면 그녀를 만나기 위해 애를 썼다. 하지만 정사 후에는 급속하게 마음이 식었다. 몸과 마음은 하나가 아니라 분리된 객체 같았다. 급하게 욕구를 마무리 짓자마자 그의 마음은 냉정하게 돌아서곤 했다.

여자는 침대에 누워 서둘러 씻는 학규를 못마땅한 눈으로 좇고 있었다.

이제 결정됐어요? 동경에 누굴 데리고 갈지?

학규는 선뜻 대답하지 못했다. 동경 학회에는 평소 학규가 점찍어놓은 다른 조교를 데리고 갈 생각이었다.

넌 안 된다고 했잖아. 너무 위험해.

난 안 되고 다른 조교는 된다는 말처럼 들려요, 선생님. 아니, 이제 넌 안 돼. 이렇게 들리기도 하고.

그녀가 일어나 앉으며 침대 시트로 몸을 가렸다. 학규는 헤어드라이어를 들고 신경질적으로 머리 물기를 털어냈다.

도대체 선생님한테는 내가 뭐예요? 내가 몸 파는 창녀야? 몸 파는 여자들은 돈이라도 벌지. 난 뭐예요?

왜 또 그러니. 사정 뻔히 알면서. 이혼이라도 하고 너랑 잘되길 바라는 거야?

말이라도 그렇게 해봐요. 그럼 좀 위안이라도 되겠지. 선생님은 너무 뻔뻔하잖아요.

나, 너 좋아해. 그러니까 이렇게 보잖아.

나만 보는 거 아니잖아요. 가끔 그런 생각 하면 몸에 벌레가 기어 다니는 느낌이 들어. 도대체 무슨 자신감인지 모르겠어요. 선생님은 그저 아저씨라구요. 뭔가 착각하고 있어. 선생님을 사랑하는 마음이 사라지면 가장 위험한 사람이 된다는 걸 몰라. 사람 마음 가지고 노는 게 가장 위험한 거라구.

너, 제법 어른스럽다. 어울리지 않게 말이야.

내가 선생님 좋아해서 이렇게 된 거잖아. 부정 안 해요. 그런데 선생님이 내가 자기 좋아한다는 거 알고 이런단 말이야. 그건 나쁜 거란 말이에요. 내가 원래 선생님 좋아한 건 이런 게 아니었다고. 책임질 수 없었다면 지켜줬어야 했어.

꼰대처럼 왜 그래, 요즘. 너하고 뭘 어쨌다는 거야. 그냥 몇 번 잔 거 말고 뭐가 있어?

여자가 아무 말도 하지 못했다. 눈물이 주르륵 볼을 타고 흘러내렸다. 여자가 학규를 노려보았지만 학규는 차근차근 와이셔츠 버튼을 채웠다.

다음엔 학회 다녀와서 봐야겠다. 잘 있어, 선물 사 올게.

누가 그런 거 달래요? 한 번만이라도 선생님이 소중하다고 생각하는 거 하나만 줘요. 그거면 된다구.

학규가 여자를 등지고 말없이 양복을 입었다. 시계까지 꼭 채우고 슈트 겉옷을 걸치고 난 뒤에야 그녀 앞으로 몸을 돌렸다.

너, 지금 나랑 놀자는 거니? 요즘 왜 그래, 촌스럽게. 나 너랑 그런 거, 사랑싸움하면서 놀 시간 없어. 그런 거 하려면 너 또래랑 놀아. 많잖아, 너 따라다니는 남자애들. 난 너한테 미련 없어. 당분간 연락 안 할 테니 네가 마음 바뀌면 연락해.

학규가 성큼성큼 방을 나섰다. 문을 닫으려는데 방 안에서 울먹이는 소리가 들려왔다.

그래, 놀자는 거야. 나 촌스러워, 이 나쁜 새끼.

문이 닫히자 모텔 복도에 정적이 흘렀다. 다른 세계에 들어선 느낌이었다. 나쁜 꿈을 꾸다 깬 것처럼. 그는 여자를 뒤로하고 밖을 나섰다.

그게 마지막이었다. 학교 커뮤니티에 떠돌아다니는 동영상엔 안 조교와 마지막으로 나눈 대화가 모두 들어 있었다. 돌아서 머리를 말리고 양복을 입으면서 그녀에게 날렸던 말이 적나라하게 담겨 있었다. '너, 나랑 놀자는 거니?' 학교 커뮤니티 사이트는 물론이고 언론에서도 난리가 났다. 학교는 서둘러 학규를 정리했고, 그는 사람들을 피해 S읍으로 도망치듯 내려올 수밖에 없었다. 그로 인해 아내는 이혼소송을 서둘렀고, 유일한 친구이자 동료 교수인 동우와도 멀어졌다.

그래도 나에게는 사실대로 말했어야 하는 거 아니냐? 사실대로 말했어도 나는 너를 도우려고 했을 거야.

어쩔 수 없었잖아. 이해해주라.

그런데 말이야, 너는 좀 많이 나쁜 놈이야. 단지 거짓말을 해서 그런 게 아니라, 너는 너를 믿고 사랑하는 사람들만 나쁘게 이용하거든.

그래서 어쩌라고, 인마. 그럼 내가 어떡해야 하는데?

어쩌라는 게 아니야. 너 말고 다른 사람들을 좀 생각해보라고. 너를 좀 돌아봐. 너, 어쩌다가 이렇게 됐냐? 예전에 괜찮은 소설도 쓰고 그러던 네가…… 교수 되고 쓰레기가 됐잖아.

너도 잘난 척 그만해. 넌 교수 아니냐?

모든 말에 삐딱하게 반응하는 학규를 동우는 어찌해볼 도리가 없었다. 언제나 그랬듯 그를 조용조용 타일렀다.

알았다, 내가 잘못했다. 한시적이긴 하지만 가서 있다 보면 생각도 좀 달라지고 그럴 거야.

쪽팔리게 시골 사람들 모아놓고 뭘 하라는 거야, 나보고.

그렇게 생각하지 말고, 좀 반성이라는 걸 해보라고. 아무 생각 말고 그냥 거기서 1, 2년 푹 좀 썩어. 여기 일은 내가 어떻게 좀 해볼게. 이 나쁜 자식아. 넌 나라도 없었으면 어떡하려고 그러니, 정말.

동우와도 연락이 드문드문 쉽지 않았다. 술에 취해 여러 번 폭언을 퍼부은 뒤로 동우도 그의 전화를 잘 받지 않았다. 동우의 말이 맞았다. 그는 자신을 사랑하고 믿고 아끼는 사람들에게만 상처를 주었다. 모든 문제는 자기 자신으로부터 생겨났고, 자기의 문제를 풀지 않고서는 아무런 해결책도 나올 수 없었지만 그는 그것을 알지 못했다. 젊은 나이였고 이미 많은 것을 가진 그였기 때문이었다. 모든 것을 쥐고서는 아무것도 얻지 못하는 시기였다. S읍에 내려오고서도 마찬가지였다. 문제를 해결하기는커녕 풀지 않은 문제 때문에 문제는 더욱 꼬여가기만 했다.

안 조교 또한 그의 어떤 연락에도 반응이 없었다. 매달려 사정이라도 해보려고 여러 번 시도를 해보았지만 소용없었다. 사랑의 다른 이름은 증오라는 것을 그는 미처 알지 못했다. 사랑한 적 없었으므로 그는 어떤 반대 감정도 알지 못했다. 안 조교나 아내가 자신을 얼마나 증오하는지도 알지 못하는 건 당연했다. 술에 취하면 자기가 알고 있는 모든 단어를 동원해 그녀들에게 저주를 퍼부었다. 그럴 때마다 결과는 참혹했다.

아무도 그를 측은하게 여기거나 불쌍하게 생각하는 사람이 없었다. 안 조교는 경찰에 신고해서 접근 금지 명령까지 받았고, 이혼소송은 아내에게 유리한 쪽으로 흘러갔다. 이대로라면 그는 모든 것을 아내에게 양도해야만 했다. 그래도 딸 청이가 있으니 억울한 마음이 별로 들지 않았다. 그는 S읍에 내려온 뒤로도 아무것도 하지 않고 술만 마셨다. 그것이 그가 할 수 있는 유일한 일이었다. 술에 취하면 하루 종일 잠만 잤다. 정해진 시간도 없었고 정해지지 않은 시간도 없었다. 그는 삶을 그냥 되는대로 살 작정이었다. 아무런 목표도, 하고 싶은 일도, 하기 싫은 일도 없었다.

그가 여느 날과 마찬가지로 아침부터 마신 술에 취해 인사불성이 되어 있었다. 술을 마시는 것은 자기의 분신을 쪼개 먹는 것과 같은 일이었다. 술을 마실수록 그의 존재는 조금씩, 조금씩 사라졌다. 자신에게 아무것도 남지 않을 때까지 그는 술을 마셨다. 깨어 있는 시간보다 술에 취해 있는 시간이 더 많은 나날이었다. 원래 술을 그리 즐기기 않던 그였지만, 마실수록 양도 늘었고, 주정도 늘었다. 보고 있는 것에 대해 확신이 커졌으나, 그것은 모두 허상이거나 과장된 생각에 불과했다. 아무것도 잊은 것 없다고 믿었으나 대부분을 잊어버렸고, 모든 것을 또렷하게 기억하고 있다고 생각했으나 모두 왜곡된 것들이었다. 그는 점점 술에 취하는 것이 아니라, 점점 자신을 잊어가고 있었다.

그는 어렸을 적 살던 옛날 집 주변을 서성이고 있었다. 작은 마당이 있고 우물이 있던 집이었다. 낮은 담 너머로 소박하고 정겨운 그의 집이 눈에 들어왔다. 어느새 그의 눈에 눈물이 그렁그렁했다. 그는 차마 집에는 들어가지 못했고, 혹시 집 안에서 자기를 알아볼까 봐 조급한 마음이 들었다. 그가 큰어머니라고 부르던 어머니는 부엌에서 분주하게 저녁을 준비하고 있었고, 안방에서는 아버지가 코에 돋보기를 걸치고 신문을 보고 있었다. 그의 형제들, 누나와 두 형들은 마루에 엎드려 책을 읽고 있었다. 모든 것이 평화롭고 정겨웠다. 그는 속이 탔다. 반갑고 아련했다. 그는 대문 옆에 몸을 숨기고 그들을 훔쳐보며 울고 있었다. 그러다가 흠칫 놀랐다. 우물 옆 담 너머로 누군가 자신과 똑같이 집 안을 훔쳐보고 있는 사람과 눈이 마주쳤기 때문이었다. 그는 손으로 입을 가렸다. 그의 어머니였다. 화장을 짙게 한 그의 친어머니가 감나무 옆에 서서 집 안을 들여다보고 있었다. 그의 마음이 더 조급해지고 조마조마해진 것은 자기 때문이 아니라 혹시 어머니를 집안사람들이 알아볼까 두려웠기 때문이었다. 너무나 평온하고 정겨운 집 안의 분위기를 자기나 자기 어머니 때문에 망칠까 그는 두려웠다. 그의 어머니는 집 안이 잘 보이지 않는지 발끝을 세우고 감나무에 매달려 집 안을 들여다보고 있었는데, 그 모습이 너무 위태로워 보였다. 그러다 그의 우려대로 툭 감나무 가지가 부러졌고, 집 안의 사람들이 하나둘 고개를 내밀고 친어머니가 서 있던 감나무 쪽을 내다보았다. 그는 오금이 저렸다. 오줌도 마려웠다. 그는 안절부절못했다. 평화로운 집 안 분위기가 자기와 어머니 때문에 깨지는 것이 두려워 참기 힘들었다. 그가 돌멩이를 집어 집 안으로 던졌다. 뭔가 깨지는 소리가 들리고 그들이 일제히 그를 쳐다보았다. 그는 도망치고 싶었으나 다리가 움직이지 않았다. 그는 이미 오줌을 지리고 있었다. 뜨끈한 오줌이 다리를 타고 질질 흘러내렸다. 한기가 몰려왔다. 아버지가 작대기를 찾아 들고 그를 향해 다가오고 있었다.

형제들의 싸늘한 눈초리가 그를 향했다. 차가운 큰어머니의 시선이 그를 외면했다. 그는 어쩌지 못하고 두려움에 떨며 다가오는 아버지를 힐끔거렸다. 그래도 친어머니가 들키지 않은 것이 다행이라고 생각했다. 멀리서 그의 친어머니가 그를 물끄러미 쳐다보았다. 그녀의 시선도 차가웠고 냉정했다. 자기는 잘못한 게 아무것도 없는데, 모두들 그런 눈으로 쳐다본다는 것이 억울했다. 그래도 가족이 있어 다행이라고 생각했다. 엄한 아버지의 표정에 그는 그만 주눅이 들어 주저앉았다. 아버지가 작대기로 그의 등을 사정없이 내려쳤지만 하나도 아프지 않았다. 잘못했다고 빌지도 않았다. 때려주기라도 하는 아버지가 이상하게 고마웠다.

덕이가 그를 흔들어 깨우고 있었다. 그는 눈을 뜨고서도 눈앞에 있는 그녀가 누구인지 알아보지 못했다. 꿈속에서 만났던 친어머니 같기도 했고, 평생 싸늘하게 대했던 큰어머니 같기도 했다. 자기를 동생이라고 부르지 않았던 큰누이 같기도 했다. 그는 엉엉 소리 내어 울었다.

왜, 그러세요. 아저씨, 도대체 왜 그러세요.

덕이가 그를 품에 안았다. 학규는 이제 갓 스물밖에 되지 않은 덕이 품에 안겨 한참을 울었다.

꿈이었다는 것을 안 것은 그녀의 품에 안겨 한참을 울고 난 뒤였다. 그는 마음이 진정되자 덕이를 품에서 밀어내며 물끄러미 그녀를 바라보았다. 그녀의 가슴께가 눈물과 콧물로 범벅이었다. 그녀가 수줍은 듯이 살짝 뒤돌아 앉았다.

어머, 내 정신 좀 봐. 아저씨, 다른 게 아니라 오늘 글쓰기 강의 첫날인데, 안 오신다고 해서요. 데려오라고 하셔서 온 건데.

아, 그렇구나.

말은 그렇게 했지만 학규는 여전히 느긋하기만 했다. 어쩌면 안 갈 핑계를 찾고 있는 것이기도 했다.

내가 몸이 많이 안 좋아서, 오늘은 휴강을 하고 다음 주부터 하겠다고 가서 좀 일러라.

안 돼요. 지난주에도 예고 없이 빠져서 사람들이 얼마나 삐쳤다고요. 오늘은 수업 못 해도 꼭 가셔서 직접 얘기해야 돼요. 아저씨들이 많이 화났어요. 자기들 무시해서 그런 거라고.

너도 수업 들어?

…… 네.

그녀가 수줍게 말했다. 볼까지 벌게졌다.

글 쓰고 싶어?

…… 아니, 꼭 그런 건 아니고. 뭐 배우는 게 좋아요. 책 읽는 것도 좋아하고 그래서.

그래. 그렇구나.

그가 한숨을 내쉬며 덕이의 머리를 쓰다듬었다. 덕이가 화들짝 놀라며 움찔 뒤로 물러나 앉았다.

어서 준비하고 나오세요. 벌써 꽤 시간이 지났어요.

덕이가 황급히 방을 나갔다. 그가 멍한 눈으로 덕이가 나간 자리를 쳐다보았다. 그가 천천히 일어나 주섬주섬 옷을 갈아입었다. 밖의 날씨와 어울리는 옷이 하나도 없어서 그는 여러 개의 옷을 껴입었다. 면도를 하지 않아 턱수염이 덥수룩했고, 눈은 퀭했다. 그는 거울을 보며 대충 머리를 쓸어넘기고 방을 나섰다. 대문 옆에 서서 덕이가 기다리고 있었다.

왜 먼저 가지 않고.

덕이가 설레설레 고개를 흔들었다.

사람들이 어떻게든 데려오라고 했어요. 같이 가야 해요.

나 어떠냐?

학규가 한 바퀴 빙 돌았다.

나 선생 같냐?

네, 멋있어요.

학규가 갑자기 웃기 시작했다. 배를 잡고 웃음을 멈추지 않아서 덕이는 좀 민망해졌다.

멋있어?

학규는 묻더니 더 크게 웃었다. 고운 달빛이 두 사람이 서 있는 마당을 가만히 비추었다.

어쨌든 고마워.

덕이는 그 말이 왜 웃긴지 잘 이해할 수 없었다. 여러 옷을 겹쳐 입은 모습이 세련됐다고 느낀 것뿐인데, 학규가 한 말의 의도를 잘 알 수 없었지만, 그녀는 서울에서 온 똑똑한 선생님의 모든 게 그저 새롭고 멋있게만 느껴졌다. 그게 전부여서 사실대로 말한 건데, 학규의 웃음 때문에 그녀는 마음이 좀 상했다. 그녀는 그와 서너 발걸음 뒤에 떨어져 걸었다. 그는 천천히 아무 힘 없이 터덜터덜 걸었다. 그런 그가 뭔가 달라 보였다. 이제껏 알던 사람들과는 분명 다른 사람이었다. 애같이 천진한 구석도 있는 반면 엉뚱한 매력도 있었다. 그녀가 호기심 가득한 표정으로 그의 뒷모습을 좇았다. 은은한 달빛이 둘 사이로 따라붙었다. 그가 가만히 휘파람을 불었다. 덕이는 가슴속 뭔지 모를 것이 가득 차오르는 것에 들떴다. 조금 떨리기도 했다. 학규의 뒷모습에 넋을 빼앗겼다. 겨울이 시작되고 있었다. 가장 길고 추운 겨울이 될 거라고 했다.

마담은 몇 년째 아파서 거동도 하지 못하는 남편과 이제 스물이 된 딸, 열여덟의 아들을 둔 가장이었다. 남편은 간경변증을 앓고 있었는데 변변한 치료도 하지 못하고 집 안에서 죽어가고 있었다. 당사자도 가족들도 포기하고 그저 고통 없이 죽기를 바라는 형편이었다. 딸 덕이는 고등학교를 졸업하자마자 근교 놀이공원 매표원으로 일을 하고 있었다. 마담과 딸의 수입으론 이자를 갚기에도 빠듯했다. 마담은 남편의 병 때문에 거의 모든 재산을 잃고 많은 빚도 지고 있었다. 그렇게 된 지도 이미 5년이었다. 마담은 아무런 희망도 없이 그저 하루하루를 견디는 것뿐이었다. 그것마저도 고통스러운 나날이었다.

남편은 복수가 차올라 배가 터질 것처럼 부풀어 올랐다. 아주 가끔 병원에 가서 복수를 빼내고 강력한 진통제를 처방받는 것이 치료의 전부였다. 남편이 죽어가는 것을 무심히 바라보는 것이 마담이 할 수 있는 최선이었다.

남편의 병 수발은 딸인 덕이가 도맡아 하고 있었다. 지치기는 덕이도 마찬가지였다. 할 수 있는 일이 거의 없었다. 어렸을 적 술만 마시던 아버지가 언젠가부터 이불에서 거동을 하지 못한 지 오래라, 그녀도 따사로운 정이 별로 없었다. 병원에서 말한 시한보다 덕이의 아버지는 오래 견디고 있었다. 이제는 거동도 힘들어 병원에 가는 것도 쉽지 않았다.

환자는 하루하루 고통을 견디며 신음을 내뱉는 일이 유일하게 할 수 있는 일의 전부였다. 가족들은 남편, 아버지의 그런 고통에 찬 소리를 무심히 견디는 것밖에는 할 일이 없었다. 그것마저 쉽지 않은 일이었다.

덕이의 아버지는 점점 기이한 모습으로 변해갔다. 덕이는 아버지가 죽는 것보다 그런 아버지의 모습이 무서웠다. 아버지의 얼굴은 황달이 심해서 노랬고, 가슴이 여자처럼 커졌다. 복수가 차기 시작하면서 배는 만삭의 임신부처럼 터질 것같이 부풀어 올랐고, 피부에는 여기저기 붉은 반점이 거미 모양으로 나타났다. 손바닥은 붉었고, 양쪽 다리는 흰 데다 팅팅 부었다. 살짝만 건드려도 배와 다리가 풍선처럼 부풀어 올랐다. 덕이는 그런 아버지를 바라볼 때마다 두려움에 떨었다.

그럼에도 덕이 혼자 아버지의 대소변을 받아내고 끼니를 차려주었다. 새벽에 나갔다가 새벽에 돌아오는 마담은 집안일을 챙길 여력이 없었다. 스물의 덕이가 살림이며 아버지의 대소변 받아내는 일을 도맡았다. 놀이동산에서 일을 하다가 점심시간이 되면 부리나케 달려와 밥을 차려주고 점심시간이 끝나기 전에 일터로 돌아갔다. 그러느라 정작 자신은 점심을 굶어야만 했다.

아버지에게 밥을 차려주고 약을 먹이고 기저귀까지 갈아준 뒤 다시 일터로 돌아가기에 점심시간은 너무나 짧았다. 열다섯부터 아버지를 봉양한 터라 익숙하기도 했지만 여전히 부담스럽고 어려운 일이었다. 점점 아버지의 상태는 나빠졌다.

무엇보다 무서운 것은 아버지가 모습뿐만이 아니라 다른 사람으로 점점 변하고 있는 것이었다. 간혹 인격이 변하거나 의식을 잃기도 했는데, 덕이는 그것이 너무 두려웠다. 약에 취해 잠시 고통을 잊은 순간이 오면 아버지는 무섭게 다른 사람으로 변했다. 사람이 가지고 있는 선함을 점점 잃어가는 것이 그녀는 견디기 힘들었다.

덕이는 집에 오면 조심스럽게 아버지의 사타구니에 대놓은 기저귀를 먼저 갈았다. 때마다 참기 힘든 악취가 진동했다. 아버지의 기저귀는 언제나 혈변으로 얼룩져 있었다. 시간이 지났지만 조금도 적응이 되지 않았다.

야, 너 예쁘게 생겼구나. 나, 좀 빨아줘라.

아버지는 부풀어 오른 배 때문에 손에 잘 닿지도 않는 자기의 성기를 만지작거렸다. 덕이는 그때마다 벌레가 살을 뚫고 몸속에 들어오는 것 같은 느낌이 들었다. 덕이는 아무 대꾸도 하지 않고 묵묵히 똥기저귀를 갈고 젖은 수건으로 아버지의 사타구니를 닦고 말렸다. 아버지의 사타구니는 살이 헤져 진물이 흘렀고 등과 엉덩이에는 욕창이 심해 피고름이 흥건했다. 덕이는 아버지를 볼 때마다 빨리 죽게 해달라고 빌었지만 무정한 신은 그녀의 기도를 모른 체했다. 아버지에게 질기고 끈끈한 생명을 내려주어, 그를 바라보는 덕이의 고통도 상상을 초월했다.

야, 갈보 같은 년아. 넌 내 딸 아니야, 알지? 니미가 어떤 버러지하고 붙어먹어 널 가진 거야. 너도 니미 닮아서 똑같지? 내가 죽길 바라지만 나 안 죽는다. 점점 몸이 좋아지고 있어. 이제 배도 안 아프다고.

아버지는 덕이에게 저주를 퍼부으며 산 같은 자기의 배를 두드리곤 했다. 덕이는 지쳐 있었다. 고작 스물인데, 세상을 살아가는 것이 너무 겁이 났다. 아버지처럼 죽어갈까 봐, 엄마처럼 불행해질까 봐 그녀는 걱정이 많았다. 아버지를 간호하느라 그녀는 학창 시절 학교도 제대로 다니지 못했다. 총명하고 명석하다는 말도 자주 듣던 그녀였다. 그녀는 고등학교에 들어가면서 이미 대학 진학을 포기했다. 그때만 해도 아버지의 고통은 쉽고 빠르게 끝날 줄 알았었다. 세상 사람 아무도 그녀를 도와주는 사람이 없었다. 그 흔한 친구도 하나 없었다. 덕이는 스물이었지만 벌써 인생이 끝장난 기분이 들었다.

덕이는 K시 근교에 있는 놀이공원에 매표원으로 취직했다. 말은 놀이공원이라고 하지만 기구 몇 개가 전부인 초라한 규모였다. 바이킹, 디스코 팡팡, 그리고 어린아이들이 탈 수 있는 몇 개 놀이기구가 다였고, 대부분은 인형 뽑기나 장난감 총으로 사격해서 물품을 뽑는 야바위 가게가 주를 이루었다.

K시와 S읍 사이에 있는 금강 유원지 안에 놀이공원이 있었는데, 주말이 아니고선 그곳을 찾는 손님도 드물었다. 찬바람이 불기 시작하면 손님의 발길은 뚝 끊겼다. 봄이 될 때까지 쉴지 말지 업주들은 고민했다. 덕이는 일을 그만두게 될까 봐 전전긍긍했다. 가뜩이나 손님이 없는데, 매일 점심시간마다 자리를 비우고 아버지를 돌보러 가야 하는 그녀는 업주들의 눈 밖에 날까 봐 궂은일도 마다하지 않았다. 언젠가부터 덕이는 놀이기구 청소도 도맡아 했다. 한가을 평일 오후에 놀이공원을 찾는 사람이 많을 리 없어서, 덕이는 언젠가부터 놀이기구도 직접 운행을 했다.

월급이 두 달이나 밀렸는데도 일을 그만두게 될까 봐 그녀는 말도 꺼내지 못했다. 스물의 덕이는 앞으로의 인생도 평탄치 않을 것임을 직감할 수 있었다. 그냥 숨만 쉬고 사는 것도 버거운 하루하루였다.

덕이의 유일한 위안은 읍내 도서관에 다니는 것이었다. 그녀는 책 읽는 것을 좋아했다. 자신이 처한 팍팍하기만 한 상황과 삶의 버거움을 그녀는 책을 읽는 것으로 위안 삼았다. 처음엔 그 많은 책 중에서 무슨 책을 읽을 건가 선택하는 것처럼 자기의 인생도 막막하기만 했다. 하지만 시간이 지나면서 한 작가를 알게 되고, 그가 쓴 책을 모두 찾아 읽기 시작하면서 답도 없고 순서도 없지만, 어떤 선택으로 인해 점점 체계적이고 방대해지는 독서가 인생과 비슷하다고 덕이는 느끼게 되었다.

그녀는 소설 읽는 것을 좋아했다. 다른 사람의 이야기가 있고, 다른 인생을 들여다본다는 것이 좋았다. 책 속에는 자기보다 더 굴곡진 삶의 아이러니에 휩싸인 사람들이 많았고, 그녀는 자신의 삶을 돌아보며 조금 위로가 되었다. 무엇보다 도서관에서 마련한 글쓰기 강좌가 시작된다고 해서 기뻤다. 강의가 시작되기를 손꼽아 기다렸지만 번번이 무산되기 일쑤였다. 서울에서 멀리 떨어진 곳이라 강사들을 구하는 게 쉽지 않았기 때문이었다. 그녀는 강의가 열리기 전부터 글을 쓰는 사람은 어떤 사람일까 궁금하기도 하고 기대도 컸다. 하지만 차일피일 강좌가 미뤄지며 시큰둥해질 무렵, 서울에서 유명한 작가가 내려와 강의를 한다고 했다. 그녀는 마치 첫사랑을 하는 것처럼 하루하루 들떠 있었다. 무엇보다 문간방에 세 들어 살기 시작한 사람이 글쓰기 선생님이라는 것에 대한 설렘 때문에 그녀는 며칠 잠도 자지 못했다. 고대하던 첫 수업이었지만 한 시간이 지나도 그는 나타나지 않았다. 분명 또 술에 취해 잠들어 있는 게 분명했다.

꼭 글을 쓰겠다고 모인 사람은 아무도 없었다. 스물의 덕이부터 이제 팔순을 바라보는 노인까지 연령도 다양했다. 재미없는 시골 동네에서 소일 삼아 글 좀 읽을 줄 아는 사람들이 모인 모임이었다. 사람들은 여러 번 미뤄지고 취소된 적이 있던 터라 별 기대가 없는 모양이었다. 모여서 잡담을 나누다가 하나둘 자리를 뜨던 참에 덕이가 나섰다.

실은 우리 집에 선생님이 하숙을 하시거든요. 제가 얼른 가서 모시고 올 테니, 가시지 말고 조금만 기다려주세요.

오메, 덕이네 집에 슨상님이 그랬었냐.

집에 가려던 사람들이 덕이의 말에 도로 주저앉았다. 덕이는 한걸음에 뛰어 집으로 갔다. 예상했던 대로 학규는 초저녁부터 술에 취해 잠들어 있었다. 한참을 흔들어 깨우고서야 그는 겨우 정신이 들었다. 비몽사몽이던 그가 잠에서 깨자마자 난데없이 손을 내밀어 덕이는 얼떨결에 그의 손을 가만히 잡았다. 심장이 튀어나올 것처럼 뛰었다. 순식간에 얼굴이 달아오른 덕이는 그를 똑바로 쳐다볼 수 없었다. 그런데 그가 잠에서 깨자마자 울기 시작했다. 아이처럼 엉엉 소리 내어 한참을 울었다. 그녀는 그런 그를 가만히 안아주었다. 덕이의 가슴께가 학규의 눈물과 콧물로 얼룩졌다.

옷 갈아입고 가야겠네. 미안해.

아니에요. 괜찮아요.

그녀가 수줍게 웃으며 그의 시선을 피했다. 학규는 앞서 걸었고, 그녀는 멀찌감치 떨어져 뒤따랐다. 터덜터덜 도서관을 향해 걷는 그의 뒷모습에 감당할 수 없을 만큼의 슬픔이 서려 있는 것을 그녀는 알았다. 덕이는 마음이 아팠다. 고통에 몸부림치는 아버지와 생계와 빚 때문에 허덕이며 사는 엄마를 보면서도 그런 측은함을 느끼지 못했는데 좀 이상한 기분이 들었다. 마음 한쪽이 허물어지는 느낌이었다. 그녀는 앞서 걷는 학규의 모습을 바라보며 그는 어떤 사람일까 궁금했다. 어떻게 하면 그렇게 슬픈 눈과 절망스러운 표정을 가질 수 있는지 이해할 수 없는 경외심 같은 것도 생겼다. 그가 하는 행동이나 말은 비정상적인 것이었으나, 설명하지 않아도 왠지 이해할 수 있을 것만 같았다.

강의실 안에 노인 10여 명이 앉아 있었다. 학규가 들어서자 웅성거리던 소리가 일시에 멈추었다.

선생님이 솔찬하네.

네?

인사나 소개도 하기 전에 한 노인이 말했다.

꽤 젊으신 양반이었구만. 소설가라고 해서 우린 나이 지긋한 우리 또랜 줄 알고 그냥 얘기나 하면서 놀까 했더니만.

노인들이 조금 실망한 기색을 숨기지 않았다.

혈색이 대춧빛인 게 아주 거시기하네.

작가 선생님이 술도 한잔하고 해야 글도 나오고 우리한테 말씀도 나오고 그러는 거지, 이해를 못 햐.

노인들이 웃었다. 환한 곳에서 보니 학규의 얼굴은 말이 아니었다. 눈은 퉁퉁 부었고, 얼굴은 불그레하니 엉망이었다. 학규가 공손하게 손을 앞으로 모으고 인사를 했다.

그나저나 글 쓰는 사람은 그렇게 잘생겼어요? 아주 훤칠하네.

노인들이 여기저기 맞장구를 쳤다. 학규가 칠판에 '소설은 무엇인가' 하고 판서를 하자 이내 조용해졌다. 덕이는 강의실 가장 구석에 앉아 학규를 힐끔거렸다. 이상하게도 똑바로 그를 바라볼 수가 없었다.

여기 소설 쓰러 오셨죠?

꼭 그런 건 아닌디, 어쨌든 배워볼라고 왔겠죠.

노인들이 또 웃었다.

소설은 아무나 쓰는 건 줄 아세요?

아무나 쓰는 게 아닌 걸 아니께 배울라고 왔제.

강의실 안에 갑작스럽게 차가운 냉기가 내려앉았다.

문학청년이라는 말이 있습니다. 문학중년, 문학노년은 없는데, 왜 문학청년만 있을까요?

노인네는 글도 쓰지 말라는 거여, 뭐여.

네, 노인들은 글 쓰면 안 됩니다.

강의실 안이 웅성거리기 시작했다. 덕이도 무슨 말인가 싶었다. 자기가 기대했던 수업과는 딴판이었다. 그녀가 괜히 고개를 숙이고 낙서를 했다.

그 얘기는 무슨 말이냐 하면, 정신이 늙은 사람한테서는 늙은 글, 즉 진부한 글만 나온다는 말입니다. 젊은 정신, 깨어 있는 정신을 가진 사람만이 문학을 할 수 있는 겁니다. 그러니까, 여기 모인 여러 어르신들, 소설 쓰시려면 모두, 회춘하셔야만 합니다.

사람들이 박수를 치며 좋아했다. 강의실 분위기가 갑자기 화기애애해졌다.

근디, 오떻게 갑자기 회춘을 한다요?

누가 말을 하기만 하면 사람들이 웃었다.

제가 회춘시켜드릴 겁니다.

동녀라도 하나 사귀게 해줄랑가?

여기저기서 수군대며 사람들이 키득거렸다.

네, 있지요, 동녀. 책 속엔 다 있습니다. 동녀도, 창녀도, 멋있는 배우도 다 있습니다. 책을 읽으면 회춘합니다. 젊어집니다. 저와 같이 책을 읽으면 회춘합니다. 그러니 회춘하기 전에 먼저 할 일이 있습니다. 회춘만큼 중요한 일이 또 있습니다.

강의실 안이 다시 조용해졌다.

먼저 취해야겠지요? 어르신들, 저 막걸리나 한잔 사주십시오. 열심히 하겠습니다.

사람들이 일어나서 와하며 박수를 쳤다. 덕이는 뭐가 부끄러운지 얼굴을 책상에 더 깊숙이 묻었다. 괜스레 얼굴이 붉어져 고개를 들지 못했다.

근디, 덕이 너는 몇 살이냐. 술 먹어도 되어?

이미 회춘한 사람은 어떻게 한당가요?

사람들이 왁자지껄해졌고, 덕이는 아예 얼굴이 사라진 것처럼 화끈거렸다.

저, 이제 스물이에요. 술 많이 마셔도 돼요.

덕이가 웃고 떠드는 노인들 틈을 비집고 겨우 말했지만 목소리가 작아 알아듣는 사람은 없었다.

덕이도 물론 같이 가야지요. 이제 성인인데.

학규가 덕이의 말을 거들었다. 슬쩍 고개를 들고 힐끔거리던 덕이와 눈이 마주쳤다. 덕이는 화들짝 놀라 주섬주섬 짐을 챙기기 시작했다.

그럼, 오늘은 저희 집에서 모시겠습니다.

시장에서 순댓국밥집을 한다는 할머니 한 분이 손을 번쩍 들고 일어나 말했다. 사람들 웃음에 행복함이 가득해 보였다.

학규는 학교에서 있었던 일을 잊은 듯 노인 학생들과 잘 어울렸다. 학교에서 있었던 불미스러운 일이 온전히 자기 책임이었음에도 불구하고 안 조교를 향한 원망과 화로 가득했던 마음이 조금 수그러들었다. 술로 2주를 보내는 동안 그의 감정은 절벽 끝에 이르렀다. 왜 그럴 수밖에 없게 되었는지 필연적인 이유 같은 것을 고민할 여력이 없었다. 감정을 빨리 추스르는 방법은 자기 자신을 자학하는 것뿐이었다. 타인에게 원망을 거두고 자기 자신을 타박하고 나면 감정은 수그러들었지만 자기 자신이 형편없어져서 더욱 견딜 수 없었다. 그는 그때마다 술을 마셨다. 돌이켜보니 남은 사람은 아무도 없었다. 아내는 아예 그와 연락을 끊고 변호사가 대신 이혼 수속을 밟았다. 그는 그녀가 원하는 대로 모든 것을 들어주기로 마음먹었다. 그는 가진 돈도 사람도 없는 외톨이가 되었다. 그에게 남은 건 S읍 도서관에서 진행하는 소설 강의가 전부였다. 한 달 후에 받을 월급이라야 하숙비를 내고 나면 몇만 원 남지 않을 것이었다. 그렇다고 해도 마음은 점점 평화로워졌다. 학규가 이 강의를 열심히 해야겠다고 마음먹은 것은 그 때문이었다. 그에게는 가장 중요한 일임을 깨달았다.

막걸리에 취해 노인들과 금방 허물없이 지내는 학규를 보며 덕이는 기분이 이상했다. 그녀는 살면서 단 한 번도 멘토나 인생의 방향을 알려주는 사람을 만나지 못했다. 그녀는 자기 집 문간방에서 하숙하는 술주정뱅이인 줄 알았던 사람이 꽤 근사한 사람일지도 모른다고 생각하니 자랑스럽기도 하고 뿌듯하기도 했다.

덕이는 좋겠다. 문간방에 소설 선생을 모시고 사니.

우리 덕이, 이러다가 작가 되는 거 아녀?

노인들이 건네는 농이 덕이는 싫지 않았다. 덕이는 괜스레 얼굴이 붉어졌다. 그녀는 노인들과 학규가 나누는 대화에 끼어들지도 못하고 구석에 앉아 잘 먹지도 못하는 막걸리를 연신 홀짝거렸다. 학규를 힐끔거리다가 눈이 마주치면 불에 덴 것처럼 얼굴이 화끈거렸다. 학규도 노인들이 나누는 대화를 주로 들으며 조용히 막걸리를 마셨다. 가끔 넋이 나간 사람처럼 멍하게 있는 것을 빼고는 시골 노인들과 잘 어울렸다. 덕이는 막걸리 잔을 멍하니 내려다보고 있는 학규를 바라볼 때면 왠지 마음 한구석이 짠해졌다.

덕이야, 선상님 잘 모시고 들어가거라.

노인들과의 술자리는 오래지 않아 끝났다. 노인들이 발걸음을 재촉하며 인적이 드문 읍내 거리로 흩어졌다. 짧은 시간이었지만 온종일 술을 마시던 터라 학규는 취했다. 학규와 덕이는 노인들이 모두 사라질 때까지 우두커니 서서 그들을 바라보았다.

노인들이 참 귀엽네.

덕이는 뭐라고 대꾸하기가 그래서 그냥 딴청을 피웠다. 겨울이 시작되고 있었다. 밤공기는 한겨울의 것처럼 차가웠다. 덕이도 살짝 취기가 올랐지만 차가운 바람을 쐬자 좀 나아졌다. 학규가 터덜터덜 앞서 걸었다. 덕이가 멀찍이 떨어져서 그 뒤를 따랐다. 학규는 비틀거리다가 멈춰 서기를 반복했다. 이상한 것이 그의 뒷모습을 보면 뭔가 안쓰러운 마음이 들었다. 무슨 사정이 있는지 덕이는 알지 못했으나, 학규의 뒷모습이 너무 쓸쓸하고 불쌍해 보였다. 그녀는 멀리 떨어져서 그의 뒷모습을 바라보며 걷는 게 좋았다. 아버지가 일찍 앓아눕는 바람에 아버지의 사랑을 충분히 받지 못한 것에 대한 반작용 같은 것일지도 모른다고 생각했다. 어떤 결핍 같은 것이 학규를 그렇게 보게 만드는 것이라 생각했다. 덕이가 맥없이 고개를 절레절레 흔들었다. 찬바람이 속살을 파고들었다. 숨을 쉴 때마다 콧속으로 찬 공기가 들어왔다.

집으로 가려면 야트막한 언덕배기를 올라야 했다. 마을 골목에 들어서기 전 학규가 멈춰 서더니 뒤돌아보았다. 덕이는 학규가 멈춰 서서 자기를 돌아보고 있는 것을 발견하고 우뚝 멈춰 섰다. 저녁부터 자꾸 학규와 눈이 마주치면 부끄러운 마음이 들었다. 덕이가 천천히 다가갔다. 학규가 손짓을 했기 때문이었다.

그가 비틀거리며 손을 내밀었다. 덕이는 어찌할 바를 몰라 슬쩍 돌아섰다. 어디선가 개가 컹컹 짖었다. 학규는 말없이 한참동안 손을 내밀고 서 있었다. 덕이가 망설이다 슬쩍 주머니에서 손을 빼자 그가 다시 붙잡았다. 뿌리치는 덕이의 손을 학규가 꼭 잡고 자기 호주머니에 넣었다.

둘이 나란히 구불구불한 골목을 오르기 시작했다. 덕이는 심장이 벌렁거리고 정신이 없었다. 처음 잡아보는 남자의 손이었다. 따뜻했고 부드러웠다. 긴장한 탓인지 땀이 배어 나와서 연신 신경이 쓰였다. 덕이는 거의 끌려가다시피 부자연스러웠다. 이럴 때 어떡해야 하는지 그녀는 한 번도 생각해본 적이 없었다. 놀이공원에서 함께 일하는 몇몇 남자들에게 데이트 신청을 받아본 적이 있지만, 번번이 퇴짜를 놓던 그녀였다. 덕이는 남자에게 이성적인 느낌을 가져본 적이 없었다. 무엇보다 아무렇지 않은 척하는 게 어려웠다. 술에 취한 그는 덕이의 감정을 알아채지 못했다.

학규는 말없이 걷기만 했다. 가끔 한숨을 내쉬었다.

그런데 넌 왜 강의를 들어? 아 참, 이름이 뭐라고 했지? 덕이라고 했지?

그녀가 가만히 고개를 끄덕였다. 아직도 자기 이름을 모른다는 게 조금 서운했다. 덕이는 그저 땅만 보고 걸었다.

대답 안 해?

네?

내 강의를 왜 듣느냐고.

아, 그냥.

덕이는 들릴 듯 말 듯 대답했다.

글 쓰는 게 쉽지 않다. 물론 뭐, 뭘 하려고 그런 건 아닐 수 있겠지만 말이야. 문학이라는 게 그렇게 행복하거나 쉽지가 않단 말이야. 내 인생이 왜 이렇게 망가졌나 곰곰 생각해보니, 다 이것 때문에 이렇게 된 것같이 느껴져. 책을 읽지도 않고, 글을 쓰지도 않았다면 그냥 평범하게 잘 살 수도 있었겠다는 생각이 들어. 덕이야, 넌 이제 스물이니까, 문학 하지 마라.

학규가 한숨을 내쉬었다.

저, 그런 거 안 해요. 그런 게 뭔지도 잘 몰라요.

덕이가 발끈하며 말했다. 학규의 말뜻을 정확하게 알아듣지 못했지만, 왠지 자기가 무시당하는 느낌이 들었다. 그녀가 슬쩍 손을 빼내려 하자 학규가 손에 힘을 꽉 주었다. 덕이는 다시 손에 힘을 뺐다.

다 이런 게 핑계겠지만 말이야, 문학을 하면 말이다, 살면서 그러면 안 되는 건데, 그래도 된다는 생각이 들게 돼.

선생님, 무슨 일인지는 잘 모르겠지만 아직 그렇게 늙지 않았잖아요. 아직 젊은데 늦지 않았잖아요.

…….

학규가 무슨 말을 하려다가 말고 걸음을 멈추었다. 덕이도 우뚝 따라서 멈추었다. 학규가 덕이를 빤히 쳐다보았다. 덕이는 다리 힘이 완전히 풀리는 것같이 아찔했다.

아니다.

학규가 다시 걷기 시작해서 덕이도 걸을 수밖에 없었다.

다시, 너처럼 어렸으면 좋겠다. 그럼, 멋지게 다시 문학 할 수 있을 텐데.

피이. 겨우 나랑 열여섯 살밖에 차이도 안 나면서.

덕이는 도서관에서 학규의 책을 빌려 읽은 것을 말하려다가 참았다. 뭔가 위안을 줄 수 있는 말을 하고 싶었는데 생각나지 않았다.

가로등이 없는 깜깜한 골목을 걸을 때면 덕이는 몸이 떨렸다. 꼭 암흑 속에 뭔가 숨어 있는 느낌이 들곤 했다. 해결할 수 없는 인생의 미래 같아서 그녀는 항상 어두운 골목을 걷는 게 겁이 났다. 그는 숨을 참거나 눈을 꼭 감고, 가끔 실눈을 뜨고 앞을 보곤 했다. 눈을 뜨나 감으나 골목은 어두웠다. 덕이는 가장 컴컴한 골목을 뛰어서 집에 가곤 했다. 누군가와 함께 나란히 골목을 걷는 것은 처음이었다. 그녀는 평소처럼 잠깐 멈칫했지만 학규는 알아채지 못했다.

집까지 백 미터밖에 되지 않는 골목이 때론 헤어날 수 없는 미로처럼 느껴졌다. 그녀는 학규의 손을 꼭 잡았다. 처음으로 골목 저 끝에 시커먼 그림자로 서 있는 자신의 집을 똑바로 쳐다보았다.

여기 지날 때마다 무섭지 않았어?

덕이는 대답하지 못하고 뭔가를 바라보려고 애썼다.

여기에도 가로등이 있으면 좋겠어.

학규가 말했지만 아무것도 들리지 않았다. 어둠 속 우두커니 서 있는 자기 집이 그녀는 처음 보는 것같이 생소했다. 대문 앞에 이르러서도 덕이는 학규를 잡은 손을 놓지 않았다. 학규가 천천히 손을 뺐다. 덕이의 얼굴이 어둠 속에서 벌겋게 달아올랐다.

술을 아무리 많이 마셔도 여기까지 올라오면 술이 깬다니까. 오늘 고마워, 덕이야.

덕이가 꾸벅 고개를 숙였다. 학규가 손을 그녀의 얼굴 쪽으로 뻗다가 이내 거뒀다.

…… 잘 자라.

학규가 성큼 대문 안으로 들어서고 방으로 들어갔다. 덕이는 그가 들어간 방을 바라보며 천천히 발걸음을 옮겼다. 집 안에 들어서자 희미하게 들려오는 아버지의 신음 소리가 들렸다. 그녀는 한참을 현관문에 기댄 채 서 있었다. 긴 하루였다. 그녀가 터벅터벅 겉옷을 벗으며 아버지가 누워 있는 방으로 향했다.

아버지, 저 왔어요.

방문을 열자 참을 수 없는 악취가 진동했다. 덕이는 잠깐 숨을 참았다가 불을 켜고 죽음에 한발 더 가까워진 아버지를 내려다보았다.

…… 저 이제, 매주 수요일에 늦어요.

아버지는 입술을 달싹거리면서 뭔가 말하려는 것 같았다. 덕이가 길게 한숨을 내쉬었다. 비어 있는 물통을 보자 와락 눈물이 쏟아졌다. 그녀는 물을 떠 오려다 주저앉아 아버지의 사타구니 사이로 삐져나온 오물을 닦아내기 시작했다. 역겨움이 올라왔지만 그녀는 참았다. 눈물을 참고 그녀는 아버지의 사타구니를 닦아냈다. 아버지의 신음 소리가 잦아들었다.

아버지, 힘들어도 물이랑 약은 혼자 먹어야 돼. 알죠?

아버지가 입술을 달싹거렸다. 그는 얼마 전부터는 아예 말도 하지 못했다.

밥 차려놓고 가면 그것도 혼자 먹어야 돼. 그것도 알죠?

아버지는 눈만 껌벅였다. 그녀는 그를 일으켜 엄청난 양의 진통제와 수면제를 먹였다. 아버지의 고통이 잠잠해졌다.

덕이는 뜨거운 물로 오래도록 샤워를 했다.

학규가 수건을 들고 욕실 문 앞에 온 줄 알지 못했다. 학규는 씻으러 왔다가 욕실 안에서 들려오는 물소리를 듣고 우두커니 서 있었다. 아무것도 상상하려 하지 않았으나, 그는 욕실 안 그녀의 몸을 타고 흘러내리는 물이 보이는 것 같았다. 그가 한참 만에 발길을 돌렸다. 그는 방으로 돌아가 선 채로 수음을 했다. 덕이의 말대로 그는 아직 젊었다.

5

학규는 쫓겨나듯 다방에서 나와 천천히 덕이네 집 쪽으로 걸었다. 15년이나 지났지만 읍내 거리는 변한 것이 거의 없었다. 그때보다 더 적막하고 고요한 거리의 풍경이 그의 발걸음 뒤로 따라붙었다. 날씨는 을씨년스러웠고 점점 추워졌다. 아주 간혹 사람들과 마주치기도 했다. 오래되고 낡은 거리만큼 늙은 사람들이 대부분이었다. 겨울로 막 접어들고 있었지만 마주치는 사람마다 머리부터 발끝까지 몸을 꽁꽁 싸매고 겨우 눈만 내놓고 돌아다녔다. 눈이 마주칠 때마다 학규는 고개를 숙이거나 고개를 돌렸다. S읍을 떠난 지 15년, 시력을 잃은 지 12년. 그동안 그의 기억 속에 존재하던 풍경 그대로였다. 많이 쓸쓸하고 외로웠다. 시간을 간직하고 있는 풍경은 다 그렇게 보였다.

학규는 자연스럽게 하숙 들어 살던 집을 향해 걸었다. 마치 끈끈하게 이어져 있는 운명의 줄이 그를 잡아당기기라도 하는 듯, 그는 터덜터덜 집 쪽으로 향하고 있었다. 읍내를 관통하는 대로 끝에 그가 강의했던 읍내 도서관이 있었다. 그 앞에서 그는 잠시 걸음을 멈추고 담배를 하나 더 피웠다. 눈물이 나려는 것을 가까스로 참고 참았다. 자꾸 콧날이 시큰해지면서 목이 메었다. 원망과 분노로 점철된 시간을 살았던 그때와는 모든 게 달라져 있었다. 젊은 날 자신이 저질렀던 죄에 대한 천형의 시간을 살고 있는 듯 그는 괴로웠다. 다시 모든 것을 제자리로 되돌려놓고 싶었지만 방법이 없었다.

그는 다시 걷기 시작했다. 읍내를 벗어나자 양옆으로 좁고 구불구불한 골목이 나타났다. 작은 언덕에 오밀조밀 집들이 모여 있는 그 골목에 들어서자 마치 자신이 한 번도 이곳을 떠난 적이 없었던 것처럼 익숙했다. 입구에 있던 세탁소는 분식집으로 바뀌어 있었다. 당시에도 연로했던 노부부였다. 이제 세상에 없을지도 모른다고 생각하니 마음이 씁쓸해졌다. 동네는 여전히 고요했다. 불이 켜져 있는 집이 많지 않았다. 군데군데 사람이 살지 않고 방치된 집들도 있었다. 폐가가 된 집들은 무덤처럼 자리를 지키며 지난 세월의 질곡을 기억하고 있는 듯했다. 그는 키 작은 담 너머로 이젠 사람이 살지 않는 집이 나올 때마다 우두커니 담 안을 바라보았다. 오랫동안 방치된 듯 마당엔 풀이 무성했고 담쟁이는 집 전체를 그물처럼 감싸고 있었다. 천장은 내려앉았고 무너진 담벼락 사이로 풀이 비집고 올라왔다.

그는 폐가를 바라보다 왜 사람이 살지 않으면 집이 무너지는지 궁금해졌다. 무너진 집과 멀쩡한 집 사이엔 산 사람과 죽은 사람의 간극이 있는 걸까. 동네 전체가 유령들이 사는 곳처럼 을씨년스러웠다. 추위는 더 심해졌고 가는 비가 날리기 시작했다. 그는 코트를 여미고 팔짱을 꼈다. 작은 구멍가게를 끼고 오른쪽으로 돌면 그가 잠시 살았던 집이 나왔다. 걸음이 점점 느려졌다. 골목 코너에 있던 구멍가게는 간판은 그대로였지만 장사를 하는 것 같지는 않았다. 신문지로 안에서 창을 가려놓았는데 그 사이로 희미한 불빛이 새어 나왔다. 가게 앞 평상에 앉아 아이스크림을 먹던 기억이 불쑥 떠올랐다.

유난히 더운 여름이었다. 덕이는 끝을 밀어 먹는 얼음과자를 좋아했고 그는 팥이 들어 있는 모나카를 좋아했다. 그 여름, 집에 먼저 온 사람이 구멍가게 앞으로 마중을 나가 아이스크림을 먹으면서 서로를 기다렸다. 짧았지만 유일하게 평온했던 시간이었고 또 다른 불행의 서막이기도 했다.

학규는 코너를 돌아 그 집이 있던 골목에 들어서 걸음을 우뚝 멈추었다. 시커먼 그림자가 몸을 감쌌다. 그는 천천히 어둠 속으로 들어갔다. 가로등도 없는 골목은 그림자들이 모인 듯 암흑뿐이었지만 그 집이 점점 가까워온다는 걸 그는 느끼고 있었다. 몇 걸음 더 걸어가자 익숙한 집채가 보였다. 철제 대문은 시간을 거스른 듯 생각보다 녹슬지 않았고, 그가 살던 문간방은 먼지가 자욱했지만 지붕도, 벽도 그대로였다. 그가 가만히 벽을 쓸었다.

마담과 덕이가 살았던 안채는 외형적으로는 그대로였다. 그가 마당에 사람 키만큼 자란 풀을 헤치고 현관 턱 앞에 섰다. 이상하게도 문을 열면 그가 그토록 찾아다녔던 사람들을 만날 수 있을 것만 같았다. 현실과는 이질적인 과거로 가는 문처럼 문을 열면 그 시간으로 돌아갈 수 있을 것 같았다. 그는 조금 떨렸다. 손잡이를 돌려보았지만 문은 열리지 않았다. 다른 사람이 자물쇠를 채워놓은 것인지 아니면 덕이가 문을 잠가놓은 것인지 알 수 없었다. 어떻게든 그렇게라도 소식을 알 수 있다면 좋겠다는 바람뿐이었다. 문을 두드렸지만 세찬 바람 소리만 돌아왔다. 아무도 없는 빈집이었다. 그는 집을 등지고 서서 담배를 물었다. 시월 말의 이른 추위가 코트 앞섶을 뚫고 들어왔다. 절로 몸이 움츠러드는 날씨였다. 그는 연기를 길게 내뿜으며 집을 나왔다. 새까만 그림자가 자꾸 그를 잡아당기는 것 같았다. 그는 천천히 골목을 걷다 언덕배기를 내려가기 시작했다. 걸음을 서둘렀다.

허름한 여관에 숙박을 하는 사람은 아무도 없는 것 같았다. 초로의 여관 여주인이 귀찮다는 듯이 슬리퍼를 끌고 1층에 있는 방으로 안내했다. 여관은 인기척이라곤 찾을 수 없을 만큼 고요했다.

여기밖에 없어요?

문을 열고 방에 들어서자 밖의 날씨보다 더 차가운 냉기가 그를 맞았다.

왜, 마음에 안 들어요? 잘 만할 텐디. 아직 그렇게 춥지 않아서 보일러 안 돌려서 그래요. 조금 있으면 따뜻해질 거여.

침대 밑에 깔려 있는 전기장판을 만지작거리며 여관 주인이 말했다.

2층은 장기 투숙 하는 사람들이 주로 살아요. 조금 시끄러울 텐데.

주인이 학규의 손에 들린 지갑을 슬쩍 내려다보았다.

어디 가봐야 다 똑같애. 워낙 동네에 사람이 없어서 그만그만 해요, 다들.

…….

학규가 몸을 움츠렸다. 젖은 옷 사이로 냉기가 스며들었다.

근데 며칠이나 있으려고 그래?

…… 한 3일만.

그런데 아저씨 찬찬히 보니께 어디서 많이 본 사람 같네?

주인이 그를 쳐다보자, 학규는 말없이 슬쩍 고개를 돌렸다.

아저씨, 혹시 가수든가? 테레비서 본 거 같어.

가수 아니에요. 잘못 보신 걸 거예요. 누구 좀 만나러 왔어요, 여기.

누구? 누구 보러 왔는디? 내가 이 동네에서 50년 살아서 웬만한 사람들 다 알어. 교회도 열심히 나가고 그래서. 근디 누굴 찾는디 그랴?

학규가 돌아서 방을 나왔다.

2층에 따뜻한 방 있어. 5천 원씩 더 줘, 그럼.

복도에 깔린 빨간 카펫 위를 걸으며 그는 자꾸 이상한 생각이 들었다. 이곳에 왔던 적이 있었던가. 잘 기억이 나질 않았다. 그러면서도 분명 이렇게 외지고 낡은 여관까지 스스로 찾아 들어온 것을 보면 분명 오래전에 와봤을지도 모른다고 생각했다. 이제는 망각의 저편에 자리하고 앉아 자신의 현재를 불행으로 이끄는 일들이 수두룩하다는 것을 그는 근래 새삼 느끼는 중이었다. 그는 밖으로 나와 불 꺼진 여관 간판을 멍하니 올려다보았다. '초록여관', 입술을 달싹거리며 기억을 더듬어보았지만 생각나는 것은 아무것도 없었다. 자기가 기억하지 못하는 저 시간 속 어딘가를 덕이와 청이는 지금 살고 있는 것인지도 몰랐다. 추운 밤이 익어가고 있었다. 한밤중으로 가는 밤의 늦가을 추위는 한겨울의 그것보다 더 축축했다. 그는 몸을 벌벌 떨며 걸음을 옮겼다. 저 멀리 불 밝힌 여관 간판이 보였다. 새삼 눈이 다시 생겼다는 것을 그는 깨달았다. 그러면서도 어두운 곳에 들어가거나 너무 밝은 곳을 바라보면 머리가 깨질 듯이 아파오곤 했는데, 의사는 심리적인 영향이라 했지만 학규는 분명 자기에게 눈을 기증한 누군가의 트라우마 같은 것이라고 믿었다. 무언가를 보고 느낄 때마다 원래 망막의 주인을 상상해보곤 했다. 그보다, 눈을 준 그는 왜 죽은 것일까 궁금해졌다. 그는 멀리 떠 있는 간판을 향해 발걸음을 재촉했다.

거기 아직도 장사해요?

'화이트하우스' 모텔 주인은 초록여관에 들렀다 왔다고 했더니 대뜸 물었다. 숙박 요금은 같았는데 초록여관과는 비교가 되지 않을 만큼 화이트하우스는 좋았다.

거기 문 닫은 지 꽤 오래됐는데, 어떻게 그런 곳까지 찾아갔대요?

학규와 비슷한 또래로 보이는 남자가 신기하다는 듯이 학규를 쳐다보았다. 그는 칫솔과 수건을 한 아름 안겼다.

3일 쓰는 데 충분할 거요. 매일 청소는 안 되니까, 이해하시고요. …… 일 구하러 왔죠? 무슨 기술자이신가 보네, 행색을 보니.

방문 앞에 서서 남자는 학규를 아래위로 쳐다보았다.

아, 네…….

학규가 돌아서서 수건과 칫솔을 내려놓자, 남자가 민망한 듯 머리를 긁적였다.

낯이 익어서 그래요. 이해하세요. 매번 낯선 사람들을 상대하다 보니, 혹시 아는 사람 같은 사람을 만나면 반가워서…….

학규가 귀찮다는 듯이 뒤돌아서 코트를 벗었다.

일 구하면 여기서 월 방 해요. 싸게 드릴 테니.

남자가 가만히 문을 닫았다. 학규가 문에 자물쇠를 걸었다. 순간 고요한 정적이 찾아왔고, 이어서 아주 희미한 여자의 교성이 들려왔다. 학규는 한동안 가만히 문 앞에 서 있었다. 여자의 교성이 점점 크게 들려왔다. 그가 머리를 감싸 쥐었다. 희열의 번짐은 고통까지라는 것을, 그는 과거의 한 기억에서 찾고 있었다. 그는 따뜻한 물로 아주 오랫동안 샤워를 했다.

그는 다시 찾아온 S읍에서는 자기가 찾고자 하는 무엇도 찾을 수 없다는 것을 알고 있었다. 하지만 그는 가만히 앉아서 그녀들을 기다릴 수도 없었다. 15년 만에 찾은 S읍에는 과거라는 시간 말고는 아무것도 존재하지 않았다. 시간은 지금도 흐르고 있지만 지나간 시간은 그저 아주 잠깐 멈춘 것뿐이라는 것을 그는 이제 조금씩 깨닫는 중이었다. 그는 그 기억을 떨치려 애썼지만 그러면 그럴수록 더욱 시간은 우뚝 멈추어 서서 그를 기다리고 있었다.

앞이 보이지 않을 때엔 다른 모든 감각이 예민해지고 생명력이 넘쳤다. 소리와 냄새, 그리고 촉감, 몸의 모든 감각이 일제히 일어나 서 있었다. 눈을 뜨고 난 후, 그 감각들은 앞이 보이지 않을 때와 같지 않았지만, 아직도 눈을 감으면 잠잠하던 감각들이 살아나는 것 같았다. 벌거벗은 채로 침대에 누워 눈을 감고 있으니, 희미하게 들려오던 여자의 신음 소리가 점점 가까워졌다. 아주 가까운 곳에서 두 남녀가 헐떡이는 소리가 들려왔다.

그는 눈을 감고 모든 것을 보고 있었다. 그 소리는 실제였지만, 그는 과거에서 들려오는 소리를 듣고 있다고 착각했다. 덕이, 덕이가 보고 싶었다. 그녀의 음성은 여전히 생경하게 과거의 기억에서 들려왔지만, 얼굴을 보고 싶었다. 가장 가까운 곳에 있었으면서도 보지 못했던 시간을 찾고 싶었다.

덕이가 떠나간 지 두 달이 되었다. 눈 수술 후 회복되는 기간 동안, 그는 그녀가 정말 떠났을 거라고는 생각하지 못했다. 보지 못해서 알지 못하는 것이 너무 많았다. 그녀에게 수없이 말했던 사과와 용서를 다시 빌고 싶었다. 그녀가 어디에서 무슨 일을 하고 어떻게 살아왔는지 그는 한 번도 묻지 않았다. 그것은 반대쪽에서는 이기적인 일이었다. 누군가에게 궁금한 일이 별로 없다는 건 그 사람을 진심으로 사랑하지 않는다는 뜻이니, 그 사람에게 아무리 사과하고 용서를 빌어도 받아들일 수 없는 것이기 때문이었다. 그러니까 그는 기회가 있을 때 그녀에게 사랑했다고, 진심으로 고백해야 했으나, 그는 엉뚱한 것에 대해 용서를 빌고 사과만 해온 것이었다. 그녀가 그를 일컬어 미련하다고 말한 데는 그런 이유가 있었지만 학규는 지금도 그것을 정확하게 이해하지 못했다. 자기에게 충실한 사람은 남이 보이지 않는 법이니 말이다.

교성은 멈추지 않고 지속적으로 학규를 괴롭혔다. 그는 고통스러웠다. 반응하는 몸이 괴로웠고 절망스러웠다. 본성 앞에서 이성적으로 다짐하고 생각하는 것들은 소용없었다. 그는 발기한 성기를 잡고 수음을 하다 멈췄다. 반성으로도 해결되지 못하는 것이 사람에겐 분명히 있었다.

그가 벌떡 일어나 TV 옆에 있던 사각 휴지 갑에서 '보라다방'을 찾았다. 전화를 거니 저녁에 보았던 뚱뚱한 여자가 전화를 받았다. 여자가 뒤뚱거리며 창고 방에서 슬리퍼를 끌고 전화를 받으러 가는 모습이 보이는 듯했다. 목소리는 나른하고 잠겨 있었다. 자다 일어난 모양이었다.

어디요?

귀찮다는 듯이 여자가 물었다.

…… 거기 지금도 영업합니까?

네?

티켓 좀 끊으려고요. 지형이 있어요?

어디세요?

화이트하우스 304호입니다.

몇 타임이요?

네?

한 시간이 한 타임, 10만 원이고 두 타임은 20, 풀타임은 백이에요.

네, 그럼 두 타임만.

현금밖에 안 됩니다. 아시죠?

학규가 대답하기도 전에 전화가 끊겼다. 그는 전화를 끊자마자 마음이 바뀌어 취소하려고 다시 걸었지만 받지 않았다. 그가 옷을 입고 초조하게 여자를 기다리기 시작했다. 오늘 있었던 일들이 아무것도 생각나지 않았다. 서울의 집을 나서며 생긴 마음, S읍으로 내려오며 다짐했던 참회와 반성 같은 것도 이미 잊었다. 마담과 덕이의 집 그림자 앞에 서서 느꼈던 참혹함과 기억도 모두 잊고 저녁에 보았던 보라다방 아가씨를 기다리는 데만 온 신경을 쏟았다. 그는 침대 끝에 걸터앉아 우두커니 문 쪽을 바라보았다.

그는 지난날 그가 기억하고 있는 여자들의 몸을 바라보고 있었다. 모텔 방문은 과거의 시간으로 건너뛰는 타임머신 같아서, 한순간에 기억 저편의 이젠 망각으로밖에는 남지 않은 시간을 되돌리는 기계 같았다. 순식간에 자신과 함께 보냈던 여자들이 머릿속에 한 명씩 불려 와 문 앞에 섰다. 그는 금세 다시 우울해졌다. 젊은 날의 조교도 있었고, 자기가 가르쳤던 졸업생도 있었다. 동료 선생도 있었고 친구의 부인도 있었다. 그리고 덕이의 엄마, 팽 마담도 있었고 덕이도 있었다. 그는 머리를 감싸 쥐며 젊은 날 글 쓴답시고 과신했던 보헤미안적인 자유로움이 얼마나 값비싼 대가를 치르는지 깨달았다. 그는 진심으로 후회했고 각자의 자리로 되돌려놓고 싶었지만 이미 때는 늦었다. 자신뿐만이 아니라 각자의 불행으로 점철된 불행의 씨앗은 너무 많이 자라서 풍성한 잎과 줄기를 거느린 거대한 나무가 되어 있었다. 베어버린다고 하더라도 뿌리까지 뽑을 수는 없는 일이었다.

그는 문 앞에 서 있는 그녀들 때문에 마음이 괴로웠다. 그가 수화기를 들고 다방에 전화를 걸었다.

이미 출발했는데, 도착할 때 다 됐어요. 아저씨, 그러면 안 돼요. 오면 바로 되돌려 보내세요. 그리고 한 번 가면 커피 값은 기본이에요. 재수가 없으려니까 정말, 왜 그러니 오늘 정말, 이 동넨 변태 새끼들만 사는 건지…….

아직 끊지 않은 수화기 너머 뚱뚱한 마담의 욕이 들려왔다. 일부러 들으라고 하는 것 같았다. 그가 천천히 수화기를 내려놓는 것과 동시에 노크 소리가 들렸다. 그리고 곧바로 문이 열리며 여자가 들어왔다.

어머, 아까 그 아저씨네.

학규가 뭐라고 말해야 할지 몰라 침대에서 일어나려는데 여자의 전화가 요란하게 울렸다. 전화를 받는 동안 그는 멀뚱히 그녀가 들어왔던 문 쪽을 바라보았다.

아저씨 왜 그래? 이랬다저랬다.

여자가 커피를 대충 타더니 그에게 내밀었다. 그녀는 침대에 걸터앉아 담배를 피우고 그는 방바닥에 앉아 그녀가 타준 멀건 커피를 마셨다. 둘은 아무 말도 없었다.

저기, 정말 미안하게 됐는데 말예요…….

존댓말 하지 마. 재수 없어, 정말.

그는 맥없이 커피만 들이켰다. 담배 한 대를 피운 여자가 황급히 그가 다 마시지도 않은 커피 잔을 챙겼다.

정말, 미안해서 그런 건데, 티켓 다시 끊으면 안 될까요? 죄송합니다.

가방에 보온병과 커피 잔을 담으며 여자가 그를 빤히 쳐다보았다.

아저씨, 정말 왜 그래? 조금 이상한 사람 같아.

여자가 다시 짐을 챙겨 갈 채비를 했다. 구두를 신고 일어서는 그녀를 학규가 붙잡았다.

미안해, 내가 이런 게 오랜만이어서 그래. 사과할게. …… 잘못했어요.

여자가 쳐다보자 학규가 시선을 피했다.

이번엔 진짜죠?

학규가 천천히 고개를 끄덕였다.

아저씨, 혹시 변태예요? 그럼 나는 안 돼. 그것만 받는 애가 따로 있어.

학규가 고개를 절레절레 흔들었다. 여자가 신발을 벗고 다시

방 안에 들어섰다. 마담에게 전화를 걸었다.

여기, 다시 티켓 끊는대요. …… 두 타임, 맞죠? 그럼 계산 먼저 해주세요.

여자가 수화기를 든 채 학규에게 말했다.

학규가 고개를 끄덕였다. 여자가 손을 내밀었고, 학규는 지갑째 건넸다.

어머, 아저씨 무슨 현금이 이렇게 많아? 무슨 일 저지르고 도망 다니는 거 아니죠?

여자는 어깨와 턱으로 전화를 받치고 현금을 꺼내 세기 시작했다. 그녀가 서툴게 돈을 셌다.

아저씨, 나 팁 두 장?

그녀가 만 원짜리 두 장을 흔들면서 귀여운 표정을 지었다. 학규가 수줍게 웃었다.

언니, 계산됐어요.

그녀가 전화를 끊고 학규의 옆에 앉았다.

그런데 오빠, 우리 뭐할 거야?

여자가 돈을 지갑에 챙기며 물었다.

글쎄요…….

우리 나가서 술 마시자.

그건 좀…….

그럼 치킨 시켜 먹어요.

여자는 말이 끝나기도 전에 방에 딸린 수화기를 들고 생맥주와 치킨을 시켰다. 학규는 방바닥에 앉아 여자가 하는 양을 그냥 쳐다만 보고 있었다. 여자가 그 앞에 마주 앉았다.

우리 오빠, 이제 얼굴 좀 자세히 볼까? 뭐하는 사람인데 이렇게 고상하게 생겼을까. 치킨 먹으면 입 냄새 나니까 먼저 뽀뽀 좀 해줄까?

여자가 무릎걸음으로 학규에게 다가서자 그가 됐다는 듯 손으로 막았다.

뭐야, 우리 오빠 정말 숙맥 아냐?

학규가 알 듯 모를 듯 희미한 미소를 지었다.

됐으니 편하게 있어요. 얘기 많이 해주면 돼, 뭐 할 필요 없이.

오빠, 그거 알아요? 티켓 끊는 남자들 중엔 두 종류가 있어요. 오빠처럼 점잔 빼며 시작하는 사람, 처음에 그런 거 생략하는 사람. 어차피 마지막엔 돈 아까워서 다 해, 예외 없이 말이야. 그러지 마. 그게 더 불편해.

여자가 담배를 입술에 물고 말했다.

…….

학규는 멋쩍은 듯 머리를 긁적였다. 여자가 담배를 피우는 동안 서로는 말이 없었고 잠시 어색한 시간이 흘렀다. 학규가 여자의 담배를 만지작거렸다.

오빠는 담배 안 피워?

네, 오래전에 끊었어요. 옛날에 참 좋아했었는데.

학규가 담뱃갑을 코에 대고 냄새를 맡았다.

아직 어린데, 이렇게 독한 담배를 피우면 건강에 안 좋아.

아, 꼰대. 걱정이랍시고 맘에도 없는 말 잘 하는 게 바로 꼰대들 하는 짓이야. 그건 나빠. 솔직하지 않거든.

학규는 다시 머쓱해졌다.

아저씨도 하나 피워봐. 오랜만에.

학규가 천천히 고개를 저었다. 둘은 또 대화가 끊겼고 여자는 다시 담배를 피웠다. 방 안에 뿌옇게 담배 연기가 가득했다. 눈이 뻑뻑하고 아렸다. 그가 창문을 좀 열고 눈에 안약을 넣었다. 한동안 가만히 눈을 감고 침대에 걸터앉아 있었다.

왜 그래? 연기 땜에 그래? 그 정도는 아닌데…….

아니, 내가 눈이 좀 안 좋아. 수술한 지 얼마 안 됐거든.

무슨 수술? 백내장 같은 거?

응, 뭐 비슷한 거야. 괜찮아. 조금 있으면.

학규는 어느새 여자에게 편하게 반말을 하고 있었다. 여자의 말대로 점잔을 빼는 버릇이 그에게 있는 것인지도 몰랐다. 여자와 마주하고 있는 건 실로 오랜만이었다. 오래된 과거를 상상만 해왔는데, 그때마다 그는 울적해졌다.

쭉, 눈을 감고 이런저런 생각을 하고 있는데 여자가 슬그머니 다가와 학규의 입에 뽀뽀를 했다. 그는 움찔했다. 그 느낌이 너무나 오랜만이어서 당황했다. 그가 자기 입술에 손을 갖다 댔다. 눈을 껌뻑이며 여자를 찾다가 안약이 주르륵 볼을 타고 흘러내렸다.

뭐야, 오빠 감동받아 우는 거야?

여자 깔깔거리며 웃었다.

아니, 그건 아니고. 안약을 넣어서…….

속마음을 들킨 것 같아 그는 조금 쑥스러웠다.

으이고, 귀여운 아저씨네, 정말.

여자가 그의 머리를 쓰다듬었고, 누군가 방을 노크하는 소리가 들렸다.

오빠, 내가 계산할게.

그는 눈을 감은 채 고개를 끄덕였고, 여자는 그의 지갑에서 돈을 꺼내 문밖으로 내밀고 치킨을 받았다. 방 안에 기름 냄새가 퍼졌다. 학규는 눈을 감자 민감해진 코를 손으로 매만졌다. 생각해보니 정말 오랜만에 여자와 치킨을 먹는다는 것을 깨달았다. 그는 또다시 15년 전 세상에서 가장 치킨을 좋아했던 덕이와 보냈던 그 시간 속으로 금세 빠져들었다.

6

팽 마담의 하루는 길기만 했다. 다방의 일과는 새벽부터 다시 새벽까지 이어졌다. 견디기 힘든 겨울이 오고 있었다. 그녀는 매일 빚 독촉에 시달려야 했고, 해소되지 않는 시골 마을 남자들의 욕망을 받아내야만 했다. 한때는 모든 게 잘못 만난 남편 때문이라고 여겼으나, 빚을 갚기 위해 빚을 낸 것이 그녀의 인생을 완전히 무너뜨릴 줄은 몰랐다. 그녀는 사채를 갚기 위해 사채를 써야 했고, 살아남기 위해 몸을 팔아야 했다. 매일 벌어야만 하는 돈이 정해져 있었지만, 다방에서 커피를 팔아 충당할 수 있는 것이 아니었다. 젊은 아가씨를 채용하는 것도 그녀에게는 사정상 버거운 일이었다. 그녀는 어떻게든 혼자 버텨내야 했다. 그나마 덕이가 생활비 정도를 벌어 오는 것이 유일한 도움이었다.

보라다방은 차만 파는 곳이 아니었다. 시골의 팍팍한 인생만이 남겨진 남자들에게 마담이 몸도 파는 곳이었다. 남자들은 모두 그것을 알고 있었지만 서로 공유하지는 않았다. 시골 동네에서 유일하게 남자들의 은밀한 사생활이 존재했다. 마담과 성을 나누려면 미리 전화를 해서 알려야 했고, 다른 사람에게는 비밀로 해야 했다. 룰은 그것뿐이었다. 그런 것이 지켜질 리 없다는 걸 알면서도 마담은 남자들이 찾을 때마다 다짐을 받았다.

마담은 가진 게 몸뿐이었다. 마흔이라는 나이가 다행이라고 여겼다. 스물에 남편과 결혼해서 덕이를 낳고, 남자라곤 남편 말고는 알지 못하던 그녀였다. 마담은 남자들을 상대하는 일이 점점 버거워졌다. 언제까지 이런 생활을 견딜 수 있을지 알 수 없었다. 아무것도 해결할 수 없는 상황이라는 것을 알고 있었지만 방법이 없었다. 그녀는 조그만 스쿠터를 타고 S읍 전역에 배달을 나갔다. 아침부터 그녀를 찾는 남자들이 많았다. 비닐하우스, 축사, 들판까지. 그녀는 장소를 가리지 않고 남자들에게 자신의 가장 소중한 것을 팔았다. 몸만 망가지는 것이 아니라 영혼도 점점 축났다.

이른 아침 딸기 비닐하우스에 누워 그녀는 축구를 하는 아들을 생각했다. 아직 어린 아들이고 한참 뒷바라지를 해야 할 시기인데 상황은 몇 달 전보다도 더 최악이었다. 축구를 그만두겠다고 해서 그녀는 서운하고 마음이 상했지만, 아무런 말도 할 수 없었다. 학교를 그만두고 돈을 벌겠다고 했을 때도 그녀는 그저 눈물만 흘렸다. 남자의 사정은 금세 끝이 났다. 아직 영글지 않은 딸기 향이 코끝에 아렸다. 그녀는 누운 채로 팔을 뻗어 손에 닿는 딸기를 매만지며 잎사귀를 쓸었다.

아니 마담, 지금 뭐하는겨?

남자가 바지를 추켜올리며 버럭 소리를 질렀다. 그러다 아차 싶었는지 입을 손으로 가렸다.

딸기 다 망가지잖여.

마담이 째려보자 남자의 목소리가 기어 들어갔다.

마담이 팬티를 올리고 남자의 손을 뿌리쳤다. 그녀는 스쿠터를 타고 달렸다. 차가운 바람이 치마 속 다리에 닿는 느낌이 좋았다. 스쿠터를 타고 달릴 때면 다시 인생이 시작되는 느낌이 들었다. 바람을 따라 뒤로 금세 흘러가버리는 풍경이 과거나 지금 같았으면 좋겠다, 생각했다. 쟁반 위에 보온병과 찻잔과 커피를 보자기로 싸서 무릎 사이에 놓고 그녀는 쌩쌩 달렸다.

한갓진 길가에 경찰이 차를 세웠다.

오봉, 하이바는 어딨댜?

평소에 안면이 있는 경찰이었다. 그녀는 그를 별로 좋아하지 않았다. 딸기 비닐하우스에서 급하게 나오느라 헬멧을 놓고 나온 것을 그제야 알았다. 찬바람을 맞은 마담의 볼이 빨갰다.

저기 배달 갔던 데 두고 왔나 봐. 내 정신 좀 봐.

그녀가 스쿠터를 돌리려고 하자, 경찰이 앞을 막아섰다.

아, 마담 지금 하이바 안 써서 단속한 건디, 그냥 다시 갈라고?

뭐 그런 거 가지고 그래요. 나 바빠.

경찰이 우순갑네. 내봐요, 주민등록증.

커피 배달 다니는데 주민증을 왜 가지고 다녀.

마담이 소리를 빽 질렀다. 그의 음흉한 눈빛이 싫었다. 경찰이 자기를 붙잡고 왜 그러는지 그녀는 뻔히 알고 있었다.

마담, 요즘 커피 배달보다 다른 것 배달 다니느라 바쁘담서.

경찰이 마담을 아래위로 주욱 훑었다. 마담이 경찰을 뚫어져라 째려보았다.

아, 그렇다는 거요. 하이바 꼭 쓰고 다니고.

경찰이 돌아섰지만 그녀는 우뚝 그 자리에 그대로 서 있었다. 몇 걸음 걷던 경찰이 뒤돌아 한참 그녀를 쳐다봤다.

왜요?

생각 있으면 전화나 한번 해. 경찰 맛 좀 한번 보게.

마담이 스쿠터 액셀을 당겼다. 전속력을 다해 그녀는 달렸다. 엄청난 바람이 그녀를 가로막았다. 가녀린 그녀의 몸이 자꾸 뒤로 넘어가려고 했지만 그녀는 속도를 줄이지 않았다. 눈물이 났다. 바람에 맞서 가늘게 뜬 눈에서 눈물이 흘렀다. 눈물은 금세 바람을 타고 날아가버렸다. 겨울이 시작되고 있었다. 이제까지 그녀가 맞았던 어떤 겨울보다도 시리고 아플 것이 분명했다. 겨우 마흔인데, 세상을 다 산 느낌이었다. 그녀는 그것이 슬퍼서 조금 울었다.

너 여기 오지 말라고 했잖아.

다방에 들어선 덕이를 마담이 냉큼 붙잡고 창고 방으로 데려갔다. 다방에서 잡담을 나누던 남자들이 모녀를 유심히 바라보았다.

이 시간에 웬일이야?

그냥. 지나가다 들렀어. 본 지 며칠 돼서. 여기서 자면 엄마도 병나. 꼭 집에 와서 자고 나가.

너 나한테 할 말 있지?

덕이가 멈칫대며 딴청을 부렸다. 덕이는 엄마의 시선을 피해 여기저기 시선을 두다 박스 틈에 버려져 있는 콘돔을 발견했다.

아무나 만나지 말고, 좋은 남자 있으면 엄마도 연애해.

덕이는 얼굴이 상기됐지만 최대한 표정을 감추고 말했다. 덕이도 엄마가 얼마나 고생하는지 알고 있었다. 마담이 남자들을 상대로 하는 일도 짐작하고 있었다. 그녀가 꾹 입을 다물었다.

너 왜 그래. 나 바빠, 빨리 말해.

덕이는 도저히 입을 떼지 못했다.

서로 다 알잖아, 덕이야. 괜찮으니까 말해.

나는 어렸을 적엔 엄마가 너무 젊고 예쁜 게 싫었는데, 이제는 그게 불쌍해서 미치겠어.

아침부터 뭐래. 도대체 무슨 일이야?

나 일 잘렸어. 겨울이라고 놀이공원 쉰대. 실내에서 할 수 있는 것만 운영한다고 나보고 겨울에 쉬래.

어휴, 난 무슨 일이라고. 그게 뭐 별일이라고 그래.

돈이 없잖아. 두 달 치 월급도 못 받았단 말이야. 집에 먹을 것도 없어. 아부지 병원도 다음 주엔 데리고 갔다 와야 하는데.

월급도 못 받았어?

덕이가 가만히 고개를 끄덕였다.

달라고 했어?

덕이의 큰 눈에서 눈물이 뚝 떨어졌다.

괜찮아, 엄마가 어떻게 해볼게. 걱정하지 마.

마담이 덕이의 등을 토닥였다. 덕이는 눈물을 참으려고 애쓰다, 박스 틈에 끼어 있는 콘돔을 보자 와락 눈물이 쏟아졌다.

하숙생은 어때? 잘 있어?

술만 마셔.

원래 글 쓰는 사람들이 그렇대. 도서관에서 강의하는 선생이라며?

응. 공짜여서 나도 신청했어.

잘했어. 그런 거라도 다녀. …… 미안해, 덕이야. 조금만 참아.

엄마가 뭐가 미안해. 그런 소리 좀 하지 마. 나도 다시 일 구할 거야, 금방. 그런데 월급 받을 때까진 그냥 나가려고. 집에서 기다리라는데, 안 줄까 봐 걱정돼. 다른 애들한테 그러는 거 여러 번 봤거든.

누군가 유리문을 쾅쾅 두드렸다. 깜짝 놀란 둘이 반사적으로 고개를 돌렸다.

마담 장사 안 해?

마담이 덕이를 뒤로하고 황급히 밖으로 나갔다. 문을 닫으려다 말고 작은 소리로 고개만 디밀었다.

넌, 조금 있다가 나가. 남자들 가면, 눈에 안 띄게.

괜찮아.

내 말 들어.

마담이 급하게 문을 닫았다. 덕이는 한참을 우두커니 앉아 있다 박스 틈에 버려져 있던 콘돔을 주워 휴지로 싸서 주머니에 넣었다.

마담이 비틀거리며 걷고 있었다. 밤에서 새벽으로 가는 시간, 하루가 마무리된다는 느낌보다 몇 시간 뒤면 찾아올 또 다른 날이 버겁게만 느껴졌다. 집을 향해 내딛는 발이 무거웠다. 마담은 근래 술을 자주 마셨다. 다방 문 닫을 시간이면 술을 마시자고 찾아오는 남자들이 늘었다. 마담은 같이 술을 마시고 노는 데에도 돈을 받았다. 남자들이 무슨 그런 게 있느냐고 타박이었지만, 그녀는 돈을 주지 않으면 남자들과 함께 술을 마시지 않았다. 대신 술 마시는 사람들과는 몸을 섞지 않았다. 처음엔 남자들이 막무가내로 그녀를 덮치려 했지만 시간이 지나고 어떤 룰이 생기자 남자들도 군말하지 않고 따랐다.

한밤에 그녀를 찾는 사람들은 주로 공사 현장에서 일하는 인부들이었다. 그들의 인생도 하나같이 별 볼일 없는 사람들이었다. 가정도 있고, 하던 일도 있었던, 한때는 별일 없이 잘 살던 사람들도 종종 있었다. 하지만 지금은 변두리로 밀려난 인생들이었다. 마담은 그런 그들에게 동질감이 느껴져 좀 편했다. 가끔 그들과 술을 마시며 어울리면서 취하면 자기 신세도 한탄하고 고함도 질렀다. 남자들도 그런 그녀를 잘 받아주었다. 그들은 일정한 시간이 지나면 마을에서 사라졌고, 또 새로운 남자들이 찾아왔다. 공사 하나가 끝나면 읍내 전체가 텅 빈 것처럼 휑했다.

언젠가는 인부들에게 밥을 대는 함바집을 한 적도 있었다. 결국 두 달 치 밥값을 수금하지 못해서 빚만 늘었다. 인부들은 오는 사람마다 하나같이 자기와 함께 함바집을 하자고 부추겼다. 그때마다 마담은 전에 있었던 일을 말해주었고 남자들은 곧 조용해졌다. 마담이 그들을 편하게 생각하는 이유는 읍에 살지 않는 뜨내기들이기 때문이었다.

집 앞에 서서 그녀는 담배를 하나 피웠다. 담배를 피우기 시작한 지는 얼마 되지 않았다. 마흔 살에 담배를 배운 것이 좀 대견하게 느껴졌다. 집 앞에 서면, 집의 시커먼 그림자를 보면 금세 취기가 날아가고 정신이 들었다. 현실의 대문이 그녀 앞에 놓여 있었다. 집을 사고 좋아서 어쩔 줄 모르던 때가 있었다. 열다섯 살 차이 나는 남편이 대단해 보이고 든든하게 느껴지던 때도 있었다. 이제 집은 은행 경매에 넘어갈 예정이었다. 그 과정이 반년 넘게 진행된다고 해서 그나마 다행이었다. 그녀는 집 대문 앞에 설 때마다 남편이 죽기를 바랐다.

문간방에 불이 켜져 있었다. 실은 거의 매번 불이 켜져 있었지만 그녀는 한 번도 그가 궁금하지 않았다. 현관으로 향하던 그녀가 돌아서 학규의 방을 노크했다.

누, 누구세요?

한참 만에 안에서 목소리가 들려왔다. 마담은 피식 웃음이 나왔다.

저기, 여기 안집 마담이에요.

학규가 슬쩍 문을 열고 밖을 내다보았다.

이 시간에 무슨 일로…….

학규는 여름 양복바지를 무릎까지 걷어 올려 입고, 윗도리는 여러 겹을 겹쳐 있고 있어서, 흡사 밖에서 노숙하는 사람처럼 보였다.

잠깐 안에 들어가도 돼요? 바빠서 얼굴 볼 시간도 없고 해서. 이 시간이 아니면 좀 힘들어요, 제가.

학규가 엉거주춤 뒤로 물러났다.

여기가 좀 춥죠?

밑에는 뜨겁고 위는 춥습니다. 전형적인 시골집이죠.

학규가 어색하게 웃었다. 마담은 앉으면서 방을 빙 둘러보았다. 학규가 머쓱한지 머릴 긁적였다.

덕이가 쓸 땐 이 정도는 아니었는데, 확실히 여자하고 다르구나.

학규가 들고 왔던 트렁크가 윗목에 배를 벌리고 누워 있었다. 짐 정리를 하지 않아 뒤죽박죽이었다.

그런데 할 말이…….

덕이 말이 선생님이 술만 마신다고 해서, 같이 한잔하러 들렀어요. 괜찮죠?

학규가 어리둥절해서 고개를 끄덕였다. 구석에 밀어놓은 소주를 마담이 끌어와 잔에 따르더니 한번에 다 넘겼다. 그녀가 빈 잔에 술을 채워 학규에게 내밀었다. 학규도 잔을 비우고 마담에게 건넸다. 마담은 아무 말 없이 잔에 술을 따르고 마시기를 반복했다.

세 잔은 마셔야지요. 처음이니까.

학규도 고개를 끄덕이며 마담이 내미는 술잔을 냉큼 비웠다. 마담은 가라앉았던 취기가 금세 되살아나는 것을 느낄 수 있었다. 열기가 얼굴로 올라와서 조금 더웠다. 학규는 마담을 그저 멍하니 바라보기만 했다.

덕이는 마당에 앉아 학규의 방을 바라보았다. 날씨가 제법 쌀쌀해서 오스스 소름이 돋았다. 불 켜진 그의 방을 바라보고 앉아 있으면 꼭 일어날 것만 같은 자기 미래의 모습이 떠오르곤 했다. 빨리 눈이 내렸으면 좋겠다고 생각했다. 엄마가 그의 방에 있는 것이 그녀는 혼란스러웠다. 방 안이 궁금해서 죽을 지경이었다. 터질 것처럼 요동치던 가슴이 조금 진정되었다.

그녀는 거실에 앉아 커튼 사이로 그의 방을 바라보고 있었다. 그가 문간방에 살기 시작한 뒤부터 그녀는 매일 밤마다 그 자리에 앉아 있었다. 그는 방에 항상 불을 켜고 있었다. 무엇을 하는지는 알 수 없었다. 그녀는 혼자서 방 안에 웅크리고 있는 그를 상상하는 게 좋았다. 사랑이 별건가 싶었다. 그의 방을 자꾸 들여다보고 싶고 궁금했다. 그녀는 그가 잠깐 밖으로 나와 담배를 피우는 순간을 놓치고 싶지 않았다. 간혹 달빛에 비치는 그의 얼굴을 멀리서 지켜보는 게 좋았다. 그녀는 문득 담배 불빛에 얼굴이 잠깐 환해졌다 어둠 속으로 사그라지는 것이 사랑이라 생각했다.

커튼 사이로 그의 방을 지켜보고 있는데 인기척이 들렸다. 엄마였다. 안채로 들어오는가 싶더니 학규의 방으로 들어갔다. 덕이는 그 자리에 주저앉았다. 신발을 신고 벗기를 반복하며 안절부절못했다. 그녀는 현관문 고리를 잡고 쭈그려 앉아 어쩔 줄을 몰랐다. 이럴 때엔 어떻게 해야 하는지 알 수 없었다. 그녀는 커튼 뒤에 몸을 숨기고 떨리는 마음으로 불 켜진 학규의 방을 노려보았다. 그런데 시간이 지나자 마음이 좀 진정되는 듯했다. 엄마와 학규 사이에 무슨 일이 있을까, 염려하는 자신이 오히려 더 이상한 것 같았다.

학규는 마담이 자기보다 겨우 네 살밖에 많지 않다는 사실에 조금 놀랐다. 마담은 학규가 자기보다 네 살이나 어린 것을 알고는 의아했다.

대학 선생이어서 그런가, 그렇게 어린 줄은 몰랐어.

나도 마담이 그렇게 어린 줄은 몰랐어.

둘은 자연스럽게 말을 놓고 다정하게 소주잔을 기울였다. 학규는 그녀가 자기의 방에 들어온 순간부터 마음속 심지에 불이 붙은 듯한 느낌을 가라앉히느라 애를 먹었다. 마담은 특유의 요염함이 있었다. 남자들을 일부러 홀리려 하는 의도가 전혀 없었음에도 몸에서 풍기는 느낌이었다. 마담은 수수한 차림이었지만 미인이었다. 도톰한 입술과 뚜렷한 이목구비가 인상적이었다. 다만, 얼굴에 만성적인 피곤이 절어 있고, 눈가에 졸음이 가득했다.

이렇게 찬찬히 보니까 마담도 미인이구나.

몰랐어? 나 찾는 남자들 많다구.

마담이 천천히 소주를 넘겼다. 목을 젖히자 희고 고운 그녀의 목선이 드러났다. 학규는 침을 삼켰다. 그 소리가 너무 커서 마담이 술을 마시다가 잔을 내리며 그를 쳐다보았다. 학규가 민망해서 고개를 돌렸다.

나랑 자고 싶구나?

응?

마담의 말에 학규가 당황해서 되물었다. 마담의 저돌적이고 솔직한 성격에 학규는 어떻게 대답을 해야 할지 몰랐다.

자고 싶으냐고, 나랑. 알아들었으면서 딴청이야.

어, 그게. …… 그렇지, 뭐.

조금 배운 사람들은 꼭 그러더라. 아닌 척, 모른 척. 농사짓고 노동하는 사람들하고 좀 다른 것 같아. 자기감정에 솔직해.

학규는 머쓱해져서 술만 연거푸 마셨다. 술이 거의 떨어져갔고 둘은 빠르게 취했다.

남편이 앓아누운 지 5년인데, 5년 만에 인생이 풍비박산이 나네. 사는 게 만만치가 않아, 정말.

마담이 푸념을 늘어놓았다. 학규는 마담이 건네는 술을 받고 천천히 마셨다. 한숨을 내쉬는 마담을 보자니 아직 젊고 예뻤다. 다만 고생이 가득하고 일상의 피곤에 찌들어 있는 것처럼 느껴져 마음 한구석이 좀 짠했다. 마담이 푸석푸석하고 헝클어진 머리를 가다듬으려고 애썼지만 그러면 그럴수록 부스스해졌다.

나하고 자고 싶으면 자면 돼. 누구나 잘 수 있어.

…….

학규는 당황해서 얼굴이 금세 붉어졌다. 마담이 술에 취하긴 했지만 정신을 놓을 정도는 아니었고, 그녀가 그냥 하는 말처럼 들리지도 않았기 때문이었다.

마담이 천천히 옷을 벗었다. 급작스러웠지만 한편으로 그녀의 몸짓이 너무 자연스러워서 어안이 벙벙해졌다. 말릴 새도 없이 마담은 앉은 채로 겉옷을 벗어 던지고 치마 속 팬티를 내렸다. 그녀는 치마를 입고 브래지어만 채운 채로 마지막 잔을 목으로 넘겼다. 잔을 내려놓은 그녀가 브래지어마저 벗고 치마를 내리며 말했다.

나 별로야?

마담이 무릎을 세워 웅크리고 앉았다. 학규는 갑작스러운 상황에 당황했다. 목구멍 깊은 곳에서 뜨거운 열기가 올라왔다. 잠시 잊고 있었던 지난날의 욕망이 금세 되살아났다. 여자의 몸을 본 지 오랜만이라 학규는 많이 들떴다. 마흔의 마담은 아직도 예쁜 몸을 간직하고 있었다. 살결은 하얗고 군살도 거의 없었다. 세운 무릎 사이로 언뜻 비치는 거뭇한 것에 학규는 이성을 잃을 지경이었다. 마담이 머리를 풀어 헤치며 흔들었다. 가슴까지 내려오는 긴 머리가 웅크린 그녀를 감쌌다.

이만하면 아직 괜찮은 거 아냐? 나, 아직 젊어. 아직 인생 끝나지 않았다고. …… 그런데 앞으로 남은 인생을 살아낼 자신이 없어.

그녀가 무릎에 얼굴을 파묻은 채로 말을 흐렸다. 학규는 천천히 다가가 그녀의 머리를 쓰다듬었다. 마담이 학규의 손을 가만히 거뒀다.

아직 안 돼. 날 만지려면 돈을 내야 해. 돈을 줘야 나랑 잘 수 있어.

그녀가 얼굴을 다시 무릎에 묻고 숨을 거칠게 내쉬었다. 취기가 오르는 모양이었다. 헝클어진 긴 머리가 웅크리고 앉은 그녀의 몸을 가렸다.

추워, 나 잘래.

그녀가 아기처럼 몸을 오므리며 모로 쓰러졌다. 밤은 새벽으로 더디게 넘어가고 있었다. 바람 소리가 차갑고 매서운 칼이 되어 학규의 방문을 때렸다. 학규는 마담을 끌어다 이불 위에 뉘었다. 그가 벌거벗은 마담을 우두커니 내려다보았다. 무방비 상태의 나신이 그 앞에 있었으나 어쩐지 그의 몸은 잠잠해졌다. 이불을 덮어주려는데 마담이 두 손을 벌렸다. 그녀는 눈을 뜨고 그를 올려다보고 있었다. 그가 시선을 피했으나 마담은 손을 거두지 않았다.

일루 와. 대신 나중에 꼭 돈 줘야 돼. 알았지?

학규가 마담의 품으로 쓰러졌다. 그녀의 가슴에 얼굴을 묻었다. 차가운 그녀의 몸을 그는 파고들었다.

새벽이 되어도 엄마는 학규의 방에서 나오지 않았다. 불은 켜진 그대로였다. 덕이는 무릎을 세우고 앉아 학규의 방을 바라보았다. 시간이 흐를수록 마음은 평온해졌다. 눈물이 흐르는 대로 내버려두었다. 볼을 타고 목을 타고 눈물이 하염없이 흘러내렸다. 그녀는 엄마에게 잘된 일이라고 여겼지만, 화가 나고 슬퍼서 어쩔 줄을 몰랐다. 그러다가도 금세 다시 학규가 원망스러웠다. 아직 어린 자신도 원망했다. 한밤의 일로 자기의 감정이 확실해진 것을 알고는 그녀는 더욱 마음이 혼란스러워졌다. 그는 그녀보다 열다섯 살이나 많았다. 덕이는 이제껏 누군가를 좋아해본 적이 없었다. 사랑을 꿈꾼 적도 없었다. 남자를 생각하면 아버지의 쪼그라든 성기가 떠오를 뿐이었다.

푸르스름한 미명이 서서히 찾아왔다. 그녀는 현관에서 꼼짝도 하지 않고 밤을 보냈다. 학규의 방문 앞 뒤집어져 있는 엄마의 신발이 눈에 들어왔다. 덕이는 씩씩해져야 한다고 스스로를 위로했다. 그렇게 마음먹었지만 눈물은 멈추지 않았다.

희미하게 아버지의 신음 소리가 들려왔다. 덕이는 자리를 털고 일어섰다. 한동안 멍하니 서 있었다. 날이 훤해졌다. 학규의 방에 불이 꺼졌다면 조금 일찍 단념했을지도 몰랐다. 불도 끄지 않는 그가 미웠다. 그녀가 힘이 다 빠진 채로 터덜터덜 아버지의 방으로 향했다. 방문을 열자 썩은 내가 찬 공기와 섞이며 확 끼쳤다. 고통에 겨워 어제보다 죽음에 한발 더 다가선 아버지가 누워 있었다. 아버지를 바라보자 눈물이 멎었다. 그녀는 무심하게 기저귀를 갈고 사타구니를 닦아내기 시작했다. 어제와 어제의 어제와 똑같은 하루가 시작되고 있었다. 다만 겨울이, 아버지의 죽음이 조금 더 가까워졌다.

눈이 자주 내렸다. 그 겨울 학규와 마담은 동거를 했다. 밤이 되면 마담은 학규의 방으로 향했다. 마담의 상황은 점점 최악으로 치달았고 덕이는 죽어가는 아버지와 함께 안채에 남겨졌다. 덕이의 집엔 죽음의 그림자가 손만 뻗어도 닿을 만한 거리에 있었지만, 그런 날은 쉽게 오지 않았다. 그녀의 친아버지는 질기고 모진 생의 끝자락을 단단히 붙잡고 있었다. 아버지의 상태는 최악이었다. 욕창으로 등과 엉덩이 살이 썩어 들어갔고, 복수 찬 배는 금방이라도 무슨 일이 날 것처럼 부풀어 올랐다. 병원에 가는 게 쉽지 않아서 열흘에 한 번은 보건소에서 찾아와 복수를 빼주었다. 그런 날은 아주 잠깐 아버지의 배가 홀쭉해지며 고통의 한숨을 내려놓았다.

학규는 마담과 함께 산 이후 점점 안정을 되찾았다. 딸 청이에 대한 걱정 말고는 모든 게 좋았다. 소설을 다시 쓰기 시작했고, 출판사와 계약도 하게 됐고, 중고등학생을 대상으로 하는 주말 강좌가 하나 더 늘었다. 앞으로 다가올 먼 시간에 대한 예측이 없을 뿐이었지 그는 모든 게 평온해졌다. 그는 소설가로서의 재기를 꿈꾸었는데, 자신 있었다. 작가의 명성을 되찾는 것이 그의 유일한 인생의 목표였다. 그는 자신감을 가지고 매일 조금씩 글을 썼지만 어쩌면 자신이 꿈꾸는 세계로 돌아갈 수 없을지도 모른다는 것을 서서히 느끼고 있었다. 운명처럼 흘러들어온 마담의 집에서 벗어나지 못할지 모른다는 불안감도 생겨났다.

덕이야, 요즘 왜 수업 안 나오니?

학규가 기지개를 켜며 물었다. 덕이가 빨래를 들고 마당으로 나오고 있었다. 간만에 따뜻한 겨울 햇살이 마당에 내려앉았다. 늦잠을 자고 일어난 학규가 마루에 앉아서 햇볕을 쬐었다. 덕이는 학규의 물음에 대답하지 않고 젖은 빨래를 신경질적으로 털었다.

요즘 일도 나가는 것 같지 않던데, 무슨 일 있는 거야?

덕이는 대답하지 않았다. 머쓱해진 학규가 맥없이 머리를 뒤로 넘겼다.

아저씨는 더러워요. 저한테 말 걸지 마세요.

아저씨? …… 응, 그래그래 내가 좀 더럽지. 그나저나 별일 없으면 수업 나오렴. 할머니, 할아버지들이 너 너무 보고 싶어 해. 글 쓰고 싶어 했잖아, 너도.

…… 속옷은 이제 직접 빨아 입으세요.

덕이가 몇 발짝 다가오더니 학규에게 빨래를 던졌다. 펼쳐보니 팬티였다.

저 그런 거 관심 없어요. 제가 책 읽고 글 써서 뭐해요.

학규가 슬리퍼를 질질 끌고 덕이 옆으로 다가갔다. 눈치를 보며 빨랫줄에 속옷을 널었다. 덕이는 학규에게 눈길도 주지 않았다. 덕이가 입을 비죽거렸다.

나한테 화났어? 내가 뭘 잘못했어?

덕이가 남은 빨래를 서둘러 대충 널더니 안으로 들어가버렸다. 학규가 그녀의 뒷모습을 멍하니 바라보았다.

덕이는 밤이 깊어지면 조용히 마당으로 나왔다. 학규와 엄마가 정사를 나누며 내뱉는 끈적이는 소리를 가만히 듣고 서 있었다. 엄마와 학규 사이를 알고 있으면서도 학규에 대한 감정이 가라앉지 않았다. 그녀는 엄마에게 처음으로 대들었다. 덕이는 마담이 스물에 낳은 딸이어서 둘은 친구 같고, 세상에 오직 하나뿐인 같은 편이었다. 서로는 서로에게 숨기는 것 없이 솔직했지만, 둘에겐 학규로 인해 말하지 못할 비밀이 생기기 시작했다. 덕이는 엄마를 똑바로 쳐다볼 수 없었다. 마주치면 시선을 피했다. 덕이의 반응에 마담은 어쩔 줄을 몰랐다. 이해받을 줄 알았는데 의외였다. 앓아누워 죽음을 기다리는 남편을 두고 다른 남자를 만나는 것이 딸에게 이해받을 수 있는 일은 아니었어도, 덕이는 다를 줄 알았는데, 낭패였다.

엄마가 학규 아저씨 만나는 게 싫은 거지? 미안해, 난 네가 이해해줄 줄 알았어.

덕이는 엄마의 채근에도 아무 말 할 수 없었다. 엄마의 말에 부정도, 긍정도 할 수 없었다. 덕이는 죄지은 사람처럼 고개를 푹 숙이고 울기만 했다.

엄마가 잘못했어. 미안해, 덕이야. 그러지 않을게. 학규 씨에게 다른 데 있을 곳 알아보라고 이를게. 미안해, 정말. 상황이 너무 힘들어서 잠깐, 미쳤나 봐, 엄마가. 그건 이해할 수 있지?

덕이가 와락 마담에게 안겼다. 그녀가 서럽게 울기 시작했다. 덕이는 엄마 품에 안겨 어떤 말도 할 수 없었다. 엄마의 가슴을 파고들며 목 놓아 울기만 했다. 마담이 덕이의 머리를 쓰다듬었다. 울음을 그칠 때까지 마담은 덕이를 꼭 안아주었다.

엄마가 날 밝으면 아저씨 다른 곳 알아보라고 말할게.

덕이가 고개를 절레절레 흔들었다. 마담이 덕이 눈에 그렁그렁 맺힌 눈물을 닦아주었다. 덕이가 다시 고개를 흔들었다. 마담이 무슨 말이냐는 듯 눈으로 물었다. 덕이는 혼란스러웠다. 엄마에게 어떻게 말해야 할지 알 수 없었다. 어떻게 설명해야 할지 난감했다.

엄마, 나 괜찮아. 엄마가 조금이라도 행복하면 좋겠어.

덕이는 결국 거짓말을 하고 말았다. 이번엔 마담이 고개를 절레절레 흔들었다. 덕이는 학규가 집에서 나가는 것은 싫었다. 자주 볼 수 없다고 생각하니 갑자기 오금이 저렸다. 견딜 수 없을 것 같았다.

저기 있잖아, 덕이야. 나한테 혹시 무슨 일이 생기면 아저씨한테 도움을 청해야 돼. 멀리 도망가.

왜? 엄마, 무슨 일 있어?

아니야. 그냥. 빚쟁이들이 너한테 해코지할까 봐 걱정돼서 그래. 난, 괜찮아.

우리보고 집 나가래?

아니야. 여름까지는 괜찮을 거래.

우리 도망갈까?

아빠 저렇게 두고 어떻게 도망을 가.

아빠 죽으면, 그럼 도망갈까?

마담은 아무 말 하지 못했다. 눈물이 나오려는 것을 가까스로 참았다.

엄마가 아무것도 못 해줘서, 미안해.

그러지마, 엄마. 이제 엄마도 겨우 마흔이야. 마흔이면 한창이지. 나한테 뭐 해주려고 하지 말고, 엄마 인생 챙겨.

네가 덕규 좀 설득해봐. 지금까지 운동만 한 애가 무슨 돈을 벌겠다고 그런다니. 고등학교는 졸업해야지.

내가 잘 말해볼게.

마담과 덕이는 오랜만에 나란히 누워 새벽이 되도록 도란도란 이야기를 나누었다. 건넌방에서 남편의 신음 소리가 들려왔다.

어디 가?

아빠한테 좀 갔다 올게.

마담은 덕이를 말리려다 그만두었다. 생각해보니 남편을 본 지 꽤 오래되었다. 가끔은 남편을 볼 때마다 자기가 알았던 사람이 맞나 싶을 정도로 낯설었다. 병은 사람을 다른 사람으로 바꾸어놓는 것이 분명했다. 고통은 영혼까지도 회복할 수 없게 만들었다. 항상 약에 취해 있는 남편을 볼 때마다 그녀는 어서 죽어달라고 빌었다. 강한 진통제로 환각에 취해 있으면서도 통증을 떨치지 못하는 남편을 보고 있으니 살아 있다는 것은 고통뿐이라는 생각이 들었다. 아직 그가 아파하는 것이 살아 있음을 증명하는 것 같아 다행이라는 생각도 들었다.

너한테 너무 많은 짐을 안게 해서 미안해.

돌아온 덕이를 껴안으며 마담이 울먹였다.

그래도 아빠잖아. 엄마가 아파도 똑같이 그럴 텐데, 뭐.

한창 좋을 나이인데, 학교도 못 다니고…….

마담은 눈물이 나오려는 것을 꾹 참았다. 어렸을 적부터 엄마를 대신해 집안 살림은 온전히 덕이의 몫이었다. 마담은 그게 항상 미안했다.

근데, 엄마. 아저씨 있잖아, 조금 이상하지 않아?

왜?

아니야, 그냥.

학규 얘기에는 덕이도 자연스럽지 못했다. 덕이가 슬며시 돌아누웠다. 마담이 뒤에서 덕이를 꼭 껴안았다.

넌 좋은 남자 만나야 돼. 돈 잘 벌고, 무엇보다 건강한 사람.

남자는 무슨, 나 그런 거 관심 없어. 나중에 대학 가면 생각은 해볼게.

어린 시절부터 덕이는 책 읽고 공부하는 것을 좋아하던 아이였다. 집안 상황 때문에 그녀는 어려서부터 밥을 하고 빨래를 하고 아버지 병 수발을 들어야만 했다. 동생 덕규가 축구를 시작하고 합숙소에서 생활한 것도 비슷한 맥락이었다. 일을 나가야만 했던 마담은 아이들을 돌볼 수가 없었다. 마담은 잘 커준 덕이와 덕규가 고마웠다.

그런데 너 참, 아저씨 강의 요즘 안 나간다며. 엄마 때문에 그래?

…… 아니야. 그냥, 소설 읽고 글 쓴다는 게 뭔가 사치스러운 것 같아서.

할머니 할아버지들도 듣는다며. 너도 부담 갖지 말고 그냥, 놀러 다닌다고 생각하고 그래.

덕이가 가만히 고개를 끄덕였다.

내년에는 대학 시험 꼭 봐.

아빠는 어떡하고.

그때 되면…….

마담이 말끝을 흐렸다. 덕이도 괜한 말을 한 것 같아 후회스러웠다.

학규는 방으로 돌아오지 않는 마담을 밤새 기다렸다. 덕이가 보였던 반응이 못내 신경 쓰였다. 안집은 고요하기만 했다.

그는 걱정이 늘어 잠을 이루지 못했다. 마담이나 덕이 때문이 아니었다. 오랜만에 집에 전화를 했는데 아내의 싸늘한 말이 마음속 깊이 박혔다.

니 딸이니까, 니가 키워.

아내는 청이가 아기였을 때부터 다른 엄마들처럼 아이를 돌보거나 사랑을 주지 않았다. 아내는 갑작스럽게 갖게 된 청이를 원망스러워했다. 원치 않는 아이여서 더욱 그랬다. 신혼이 채 지나기도 전에 아내는 학규와 이혼하기를 원했다. 상상했던 것보다 더 난잡한 학규의 바람기를 알아버렸기 때문이었다. 아내는 청이 때문에 자기 인생을 망쳤다고 여겼다. 그럼에도 10년을 넘게 살았다.

이제 정말 이혼해. 나 미국으로 나갈 거야.

학규는 아무 말도 하지 못했다.

내가, 사정이 좀, 그렇잖아. 그러지 말고 청이가 조금만 더 크면, 그때 가서…….

여기 일 정리되는 대로 보낼 테니까, 그런 줄 알아.

아내는 전화를 끊었다. 학규에게는 여러모로 잔인한 겨울이었다.

덕이는 아직 경험하지 못한 세계에 눈을 뜨기 시작했다. 그것은 호기심이었지만 점점 현실이 되어갔다. 남자와 여자가 나누는 정사라는 것은 그녀에게는 비현실적인 일이어서, 아주 먼 미래에도 일어날 수 없는 일이었다. 그녀는 엄마가 매일 밤 아버지 아닌 남자와 정사를 나누는 것을 호기심으로 지켜보았다. 학규의 방에 있는 엄마는 자기가 알던 엄마가 아닌 다른 존재였다. 학규가 싫은 것이라기보다 궁금했다. 방에 누워 사경을 헤매는 아버지의 모습을 보고 있자면, 죽음이라는 것과 생이라는 것의 경계는 정말이지 모호했다. 엄마의 교성과 헐떡이는 학규의 쉿소리와 아버지가 힘겹게 내쉬는 신음 소리는 차이가 없었다.

덕이에게 스물의 겨울은 단지 성인이 된 동물학적인 나이가 아니라 인생의 새로운 사실을 터득한 나이였다. 사람들이 어떻게 살아가는가, 하는 것에 대해 고민이 시작된 나이이기도 했다.

덕이는 아침이면 평소처럼 놀이공원으로 출근을 했다. 이제는 그녀를 아무도 반기지 않았다. 놀이공원은 썰렁한 찬바람만 가득했다. 아주 간간이 데이트를 즐기는 커플들이 사람들의 눈을 피해 배회했다. 덕이는 매표소에 우두커니 앉아 있다가 점심이 지나면 돌아오곤 했다. 가끔은 책을 가지고 가서 온종일 매표소에 앉아 책을 읽었다. 손님도 없고 운영하는 사람도 없는 휑한 놀이공원에 앉아 그녀는 책을 읽었다.

놀이기구는 각자 주인이 따로 있었는데, 가끔 마주치는 그들은 덕이를 달가워하지 않았다.

덕이야, 아무리 그래도 그렇지, 빚쟁이처럼 여기 매일 앉아서 이러면 우리가 좀 그렇잖냐.

순식간에 얼굴이 벌게진 덕이가 고개를 절레절레 흔들었다. 놀이기구 주인들은 덕이와 마주칠 때마다 비슷한 말을 했다.

저 월급 받으러 온 거 아니에요. 월급 안 주셔도 돼요. 그냥, 할 일이 없어서 나오는 거예요.

아, 여기도 할 일이 없다니까 그러네. 봄 되고 재개장 하면 부를 테니깐 따뜻한 집에서 기다리고 있어.

괜찮아요, 아저씨.

사장들은 덕이를 보며 하나같이 못마땅한 표정을 지었다. 간혹 마주쳐도 덕이를 본체만체했다. 차라리 그게 덕이도 편했다. 겨울의 한복판에 들어서자 가끔 놀이공원에 나와보던 사람들도 뜸해졌다. 덕이 혼자 한겨울 놀이공원을 지켰다. 아침부터 짧아진 밤이 될 때까지 그녀는 매표소 부스에 난 작은 구멍으로 밖을 내다보거나 책을 읽었다. 도서관에서 운영하는 강좌에 나가는 것도 시큰둥해져서 딱히 갈 곳이 없었다. 용기를 내어 도서관까지 갔다가, 강의실 안에서 들려오는 학규의 목소리를 듣고 돌아서길 여러 번이었다.

엄마와의 관계 때문이 아니라 이상하게도 그녀는 학규를 똑바로 쳐다볼 수가 없었다. 그의 낮고 느린 음성을 듣고 있자면 발끝부터 손끝까지 떨렸다. 가슴은 맥없이 뛰기 시작했고, 얼굴은 빨개졌다. 그녀는 한참을 강의실 밖에 서 있다가 수업이 끝나기 전 부리나케 도서관을 빠져나오곤 했다. 강의가 없는 대부분을 집에서 지내는 학규를 피해 그녀는 놀이공원에 나오곤 했다. 놀이공원 사람들은 그런 사정을 알 리 없었다. 그녀의 저간 사정은 모른 채 단지 그녀가 밀린 임금을 받기 위해 공원에 나온다고 믿었다. 달리 해명할 길이 없어 덕이는 사람들과 아주 가끔 마주칠 때마다 시선을 피하곤 했다.

밤이 되면 놀이공원에서는 동물 울음소리 같은 이상한 바람소리가 들렸다. 사람들이 사라진 놀이공원에 이미 사그라진 영혼들이 놀러 온 듯 을씨년스러웠다. 그녀는 아버지에게 점심을 차려주던 것도 종종 건너뛰었다. 멍하니 매표소 구멍을 바라보고 앉았다가 때를 놓치기 일쑤였다. 칼 같은 바람이 그 작은 구멍으로 들어와서 그녀는 결국 구멍을 막아버렸다. 매표소 안은 불을 켜지 않으면 완벽한 암흑이었다. 그녀는 깜깜한 그대로 하루를 견디기도 했다. 시커먼 어둠이 놀이공원에 내려앉으면 조금 무섭기도 했다. 어딘가 죽음 너머 존재하는 영혼들이 자기를 지켜보고 있는 것만 같았다. 그녀는 심호흡을 했다가 숨을 참고 큰 도로가 있는 공원 입구까지 쉬지 않고 달려 나오곤 했다. 간혹 뒤에서 부는 겨울바람 소리가 꼭 자기를 부르는 것처럼 들렸다.

놀이공원을 나서면 그녀는 버스를 타지 않고 집까지 걸었다. 한 시간이 넘는 거리였다. 집에 도착할 때쯤엔 머리카락 한 올까지 모두 얼어 있기 일쑤였다. 눈썹엔 하얀 서리가 내려앉아 있었다. 덕이의 스무 살 겨울이 그렇게 흐르고 있었다. 아픈 아버지가 있는 집, 문간방에 사는 학규가 있는 집, 새벽 늦게 들어와 가끔 얼굴을 보는 엄마가 사는 집과 그녀는 점점 멀어져갔다.

스무 살 덕이는 갈 곳이 없었다. 가끔은 그런 사실이 두려웠다. 시간은 빠르게 흘렀지만 삶은 달라진 게 하나도 없었다. 시커먼 그림자로 서 있는 집이 꼭 자기 모습 같았다. 자기가 살아 있음을 깨닫는 유일한 때는 학규와 마주칠 때였다. 그녀는 심장이 뛰고 있음을 느낄 수 있었다. 사랑이라는 감정이 살아 있음을 증명하는 유일한 실체라는 것을 그녀는 어렴풋이 깨달을 수 있었다.

7

한밤중, 무덤처럼 서 있던 덕이의 집 안채에서 불이 났다. 마을 사람들은 모두 일찍 잠이 든 터여서 불이 난 줄 아무도 몰랐다. 덕이가 마당에 나왔을 땐 이미 불길이 창문을 깨고 밖으로 치솟고 있었다. 안채엔 엄마가 있었다. 덕이는 학규가 살았던 문간방에 있었다. 화염은 기세 좋게 집을 삼켰다. 그럼에도 덕이는 집 안으로 들어갔다. 누군가 마을 어디에서 "불이야" 하고 외치는 소리가 들렸다. 덕이가 사는 집은 소방차도 들어올 수 없는 구불구불한 골목 맨 안쪽에 있었다. 마을 밑 큰 도로에서 차가 올라올 수 있는 길도 없었다. 현관문을 열고 들어서자 천장을 타고 불이 몰려왔다. 그녀는 얼른 문을 닫았다. 그녀는 불이 살아 있는 생명체라는 것을 보았다. 불덩어리는 공기 있는 곳을 찾아 옮겨 다니고 있었다. 창문 밖으로 나온 불길보다 거실 안은 아직 완전히 연소가 되지 않았다. 바닥에서 시작된 불은 벽을 타고 천장으로 옮겨 가고 있었다. 덕이는 옆 욕실로 들어가 일단 물을 뒤집어쓰고 수건을 적셔 얼굴을 감쌌다.

엄마를 찾았지만 보이지 않았다. 엄마와 덕이가 쓰던 방은 부엌 바로 옆 거실의 가장 안쪽에 있었다. 부엌 쪽에서 불이 시작됐는지 가장 화염이 거셌다. 그녀는 용기가 필요했다. 잠깐의 망설임도 불길 앞에서는 긴 시간이었다. 그녀는 눈을 꼭 감고 내달렸다. 문을 차고 들어가자 방 안에 갇혀 있던 불길이 순식간에 열린 문 사이로 몰려나왔다. 그녀가 재빠르게 고개를 돌렸다. 불길이 그녀의 몸을 지나 빠져나갔다. 눈썹이 그을렸고, 머리카락이 조금 그슬렸다. 엄마가 방 한가운데 반듯하게 누워 있었다. 엄마를 빼곤 모든 게 타고 있었다. 장판, 벽지, 장롱, 천장까지 불이 가득했다. 엄마는 의식이 없었다. 아무리 흔들고 소리를 질러도 엄마는 미동이 없었다. 덕이가 엄마를 잡아끌기 시작했다. 천장에서 불이 떨어졌다. 군데군데 뜨거웠다. 늘어진 엄마를 끌기가 쉽지 않았다. 문턱을 넘고 거실의 반쯤 왔을 때 천장이 내려앉았다. 거실의 불붙은 가구들이 스스로 무너졌다. 덕이는 거기에 깔렸다. 엄마를 놓쳤다. 허리와 엉덩이가 뜨거웠다. 옷에 불이 붙었다. 덕이가 자기를 누르던 불기둥을 치우고 일어나 엄마를 덮고 있는 재들을 정신없이 털어냈다. 엄마에게 급속도로 불이 번졌다. 엄마 옷에 불이 붙었다. 뜨거워서 더 이상 엄마를 만질 수가 없었다. 엄마의 표정은 평안해 보였다. 눈물이 하염없이 흘렀다. 엄마를 부르며 고함을 지르자 갑자기 엄마가 번쩍 눈을 떴고, 덕이는 동시에 정신을 잃었다.

덕이는 그때 엄마가 눈을 떴다고 기억했다. 그녀는 정신을 잃었는데, 실제 화재 현장에서 그런 것인지 무의식이 만들어낸 꿈속에서 본 것인지 그녀는 헷갈렸다. 사람들은 현관문 바로 앞에서 덕이를 발견했다고 했다. 산 게 운이 좋았다. 엄마는 완전히 타서 형체를 알아볼 수 없었다. 검은 재가 되었다. 덕이의 말대로 거실 한가운데 마담의 유골이 놓여 있었다고 했다. 불은 모든 것을 다 태우고 스스로 꺼졌다. 열기가 하루가 지나도 여전했다고 동네 사람들은 말했다. 덕이는 허리와 엉덩이 사이에 커다란 화상 자국이 생겼다.

덕이는 허름한 여관방에서 3일간 사경을 헤매다 겨우 살아났다. 엄마는 그녀에게 올 수 없었다. 사채업자들의 눈을 피해 터미널과 읍내를 빠져나갈 수가 없었다. 큼지막한 보름달이 마당을 비추었고, 마담은 뭐가 잘못된 것인지 몰라 발만 동동 굴렀다.

덕이는 중절수술을 한 곳에 염증이 생겨 곪아 터졌다. 여관방에 3일이나 방치되어 있다가 겨우 살아났다. 돈이 없어서 퇴원도 하지 못했다. 다시 또 사채를 써야만 했다. 마담은 사채업자들에게 각서를 쓰고 신장을 팔았다. 망막도 팔았다. 운영하던 다방도 남의 손에 넘겼고, 더 이상 빚을 낼 곳도, 더 팔 것도 없었다. 마담에겐 망가진 몸밖에 남지 않았다. 그의 나이 겨우 마흔하나였다. 어차피 돈을 갚기로 약속한 시간이 다가오고 있었다. 어떻게든 딸이라도 살려야만 했다. 둘이 도망을 가겠다던 계획은 수포로 돌아갔고, 살 수 있는 방법도 없었다.

사채업자들이 덕이를 집으로 데려왔다. 부쩍 수척해진 덕이는 한동안 일어나지도 못했다. 마담이 그녀 옆에 꼭 붙어 있었다.

그냥, 아이라도 낳지그랬어. 그래서 그 사람에게라도 빌붙어 살지그랬어. 아무리 수치스럽고 사람들이 패륜이라고 비난해도 견디지그랬어. 그렇게라도 살지그랬어.

마담이 가라앉은 목소리로 말했다. 덕이는 돌아누워 조용히 눈물만 흘렸다. 그녀의 나이 겨우 스물하나였다. 마담이 딸에게 한 말은 그게 전부였다. 아무 말도 하지 않았고, 묻지도 않았다. 그렇다고 학규를 원망하지도 않았다. 모든 것이 자기 탓이라고 여겼다. 꼬여버린 관계가 자기로부터 시작됐다고 믿었다. 덕이가 이런 상처를 안게 된 것도 자기 때문이라고 여겼다. 아무런 희망도 더 나빠질 절망마저도 남아 있지 않았다.

엄마가 죽고 화재보험 보상금이 그녀에게 남겨졌다. 마담이 직접 불을 지른 것이라고 보험회사는 주장했지만 증명할 방법이 없었다. 모든 것이 완벽하게 타버려서 아무것도 남지 않았다. 꽤 많은 돈이 덕이에게 들어왔다. 사채업자들이 찾아왔다. 보험금 수령액보다도 빚이 배는 많았다. 그렇게 많은 빚을 엄마가 실제로 냈더라면 그렇게 고생만 하지는 않았을 거라고 덕이는 생각했다. 뭔가 잘못됐지만 증명할 방법이 없었다. 덕이도 팔려 가야 할 신세였다. 험악한 남자들을 상대할 힘도 없었다.

보험금은 만져보지도 못하고 모두 사채업자들에게 빼앗겼다. 그나마 남은 빚은 없던 것으로 해주겠다고 했다.

집은 불에 탄 채로 방치됐다. 흉물스러운 유령의 집이 되었다. 비를 맞고 햇살을 받고 눈을 맞았다. 그럼에도 시간은 흘렀다. 덕이는 유일하게 남은 대문 옆 문간방에서 지냈다. 밥을 먹을 돈도 없었다. 그러면서도 그녀는 학규가 돌아오길 잿더미가 된 집에서 기다렸다. 부질없는 짓이라는 것을 알면서도, 잊었다고 생각할 때면 문 앞을 서성이며 학규를 기다렸다.

어떤 날은 서울로 그를 만나러 갔다. 그는 S읍에 살던 그가 아니었다. 더없이 그녀에게 냉정했다. 그가 던지듯 건넨 돈 봉투를 꼭 움켜쥐고 살아야겠다고 다짐했다. 살아남아서 복수하겠다고 결심했다. 지나간 사랑의 다른 이름은 복수다. 그것은 원래 한 몸이어서 변화하는 과정이나 시간이 필요하지 않았다. 다만 계기가 필요한 것뿐이었다.

저, 드릴 말씀이 있어 왔어요.

덕이가 허름한 사무실에 들어서자 한 무리의 불량스러운 남자들이 일순 덕이를 바라보았다.

너, 죽은 팽 마담 딸 아냐? 우리 볼일 끝났잖아.

리더로 보이는 남자가 껄렁거리며 그녀에게 다가왔다. 그녀도 몇 번 봤던 사람이었다. 언젠가 구두를 신은 채로 방에 들어와 엄마의 머리채를 휘어잡았던 것을 그녀는 똑똑히 기억하고 있었다.

둘이만 얘기하고 싶어요.

남자가 당돌한 그녀 때문에 조금 당황했다. 남자가 눈짓을 하자 나머지 남자들이 자리를 피했다.

저, 엄마가 진 빚보다 아저씨가 가져간 돈이 훨씬 많다는 거 알고 있어요. 경찰에 신고하면 복잡해진다는 것도 알고 있고요. 그러면 물론 저도 무사하지 못할 거라는 것도 알아요.

우와, 뭐야. 나 협박하러 온 거야? 무섭네.

남자가 손끝으로 덕이의 턱을 살짝 건드렸다.

부탁이 있어서 왔어요. 돈을 좀 꿔주세요.

돈? 그야 빌려주는 건 쉽지. 근데, 네가 돈을 갚을 수 있느냐가 문제지. 이제 스물밖에 안 된 네가 어떻게 돈을 갚을지를 알아야지.

저요. 저를 팔게요. 신장, 망막, 간, 심장 모두 팔게요. 돈 못 갚으면 아저씨 맘대로 하세요. 그 전에 제 몸도 팔게요. 제발 저를 좀 사주세요.

덕이가 일어나서 훌러덩 옷을 벗었다. 남자가 당황했다. 마른 그녀의 몸이 드러났다. 하얀 속살과 매끈한 피부가 눈부셨다. 덕이가 남자를 똑바로 쳐다보았다. 남자가 일어나서 그녀에게 다가섰다.

먼저, 약속해주세요.

빌려줄게. 알았어.

그 돈으로 엄마 다방을 되찾아주세요. 그리고…….

그리고?

이자는 반만 받으세요. 나머진…… 제 몸으로 때울게요. 대신 누구하고도 관계하지 않을게요. 저, 이제부터 아저씨 거 할게요. 저 예쁘잖아요. 빚 다 갚을 때까지, 아저씨 거예요.

네가 그렇게 비싼지 어떻게 알아.

덕이가 주섬주섬 옷을 주워 입었다. 남자가 잠시 고민하더니 덕이에게서 옷을 빼앗았다.

내가 졌다.

남자가 덕이에게 거칠게 달려들었다. 덕이의 가슴을 움켜쥐며 속옷을 벗겼다.

약속한 거예요. 맞죠?

그래, 알았어. 약속.

덕이는 남자가 마치 생명줄이라도 되는 것처럼, 떨어지면 죽기라도 할 것처럼 남자를 꼭 끌어안았다. 그녀는 남자가 하는 대로 거친 손을 내버려두었다.

사랑은 이미 끝났고 눈물도 나오지 않았다. 사랑의 빈자리를 채우는 것은 또 다른 사랑이 아니라 상처뿐이었다. 무뎌진 감정과 자학 뿐이었다.

서울로 올라온 후 덕이는 강남에서 작은 바를 운영했다. 겉에서 보기엔 평범한 바였지만 실상은 조금 달랐다. 소규모 회원제로 운영되는 룸살롱 같은 곳이었다. 술만 파는 곳이 아니었다. 하루에 한 팀밖에 손님을 받지 않았다. 손님이 없는 날도 많았지만 덕이는 가게 성격을 바꾸지 않았다. 돈이 많다고 올 수 있는 곳이 아니었다. 다녀간 손님들 소개로만 가게를 운영했다. 그녀는 꽤 성공했다. 돈만 번 것이 아니라 많은 남자들을 알게 되었다.

청이는 손님 무릎 위에 앉아서 애교를 떨었다. 덕이는 넓은 테이블 반대쪽에 앉아 주로 술과 안주 시중을 들었다. VIP 손님은 일흔 살의 중소기업 회장이었다. 중소기업이라고 했지만 이름만 대면 알 수 있는 회사의 오너였다. 덕이가 조용히 청이를 불러냈다.

청이야, 여기는 보라다방이 아니잖아. 그렇게 천박하게 굴 거야?

청이가 볼멘소리를 했지만 덕이는 일거에 말을 막았다.

너, 말 안 들으면 다신 여기 못 나올 줄 알아.

덕이는 단호했다. 룸으로 돌아온 뒤, 청이는 손님에게서 좀 떨어져 다소곳하게 앉아 있었고, 덕이는 접시에 고급스러운 안주를 담고 값비싼 양주를 잔에 따라 둘에게 건넸다.

아니, 왜 그렇게 멀리 앉아?

청이가 대답은 하지 않고 슬쩍 덕이를 쳐다보았다. 덕이는 모른 척 과일을 깎았다.

저기, 방 마담, 잠깐 자리 좀 피해줄 수 있을까? 그거, 이 친구에게 하라 그러고.

정 회장이 덕이에게 정중히 부탁을 했다. 청이는 모른 척 딴청을 부렸고, 덕이는 어쩔 수 없이 천천히 뒤로 물러났다. 덕이가 청이를 바라보았지만 청이는 시선을 피했다.

홀에선 한 남자가 덕이를 기다리고 있었다. 덕이가 스물하나에 몸을 팔았던 사채업자였다. 그는 이제 동업자를 넘어 연인이었고, 친오빠 같았다. 사랑이 없으면 사랑하지 않아도 됐고, 언제나 공평한 관계가 이루어졌다. 남자가 덕이를 사랑했다. 둘은 함께 서울로 올라왔다. 아니, 청이까지 셋이 함께였다. 청이가 덕이를 찾아온 것은 집을 나온 직후였다. 청이가 그곳을 기억해 낸 것이 신기했다. 그녀는 오랫동안 방황하다 집으로 돌아온 탕아처럼 덕이를 찾아왔다. 청이로 인해 덕이가 잊고 있었던 기억이 다시 생생해졌음은 물론이었다. 청이는 그의 아버지가 10년 전에 다방의 마담이었던 덕이의 엄마에게 들렀던 것처럼, 덕이를 찾아왔다. 다른 게 있다면 청이는 덕이를 찾아 S읍으로 내려간 것이었고 학규는 떠밀려 도망가듯이 내려간 것이 달랐다.

청이는 스물밖에 안 된 아이였지만, 덕이보다도 성숙했다. 어떤 면에서는 영악했다. 하지만 그런 게 밉지가 않았다. 청이는 누구에게나 살가웠고 친절했으며 관계에 대해 계산 같은 것도 하지 않았다. 덕이는 학규를 꼭 닮은 청이를 볼 때마다 좀 섬뜩한 느낌이 들곤 했다. 오래전에 학규가 무슨 생각과 감정을 갖고 있는지 알 수 없었던 것과 마찬가지로 청이의 속내를 전혀 알 수 없었다.

근데, 부탁한 건 알아봤어?

이렇게까지 해야겠어?

덕이가 천천히 얼음에 양주를 부어 한 번에 마셨다. 남자에게도 같은 잔에 양주를 따라주었다.

그냥, 잊고 우리끼리 살자. 잘해왔잖아, 이제껏.

그가 가진 돈을 없애야 해. 부탁이야, 오빠. 다른 방법이 없어.

안 될 거 같아.

난 잘 모르겠다. 네가 하고 싶은 일이니까, 난 무조건 네 편이니까, 상관없는데. 청이는 괜찮을까?

남자가 마신 잔을 가져다 덕이가 술을 더 마셨다.

학규는 눈이 완전히 멀었다. 작은 터널만큼 남아 있던 시야는 이제 점처럼 작아졌다. 뭔가를 볼 수는 없었고, 어둡고 밝은 정도만 가늠했다. 그는 학교를 그만둘 수밖에 없었다. 집 안에만 틀어박혀 지냈다. 넉넉한 퇴직금과 연금으로 생활하는 데엔 그나마 부족함이 없었다. 다행스러운 일이었다. 단지 그가 앞이 보이지 않는 것보다도 절실해진 것은 가족에 대한 어떤 향수 같은 것이었다. 청이가 너무 그리웠다. 원망을 많이 안긴 아버지여서, 청이는 언제나 그를 대할 때 적대적이었지만, 그것마저도 사무치게 그리웠다.

앞을 볼 수 없다는 것은 엄청난 불편함을 감수해야만 하는 일이지만 적응을 하다 보니 또 점점 나아지는 것도 있었다. 집안일을 하는 아주머니가 일주일에 3일 나왔는데, 그러다 보니 크게 불편함은 없었다. 그는 시각장애인으로서의 삶을 인정하고 적극적으로 그 삶을 받아들이는 일에만 열중하면 될 일이었다.

불쑥 대상 없는 분노가 치밀기도 했지만 무던히 잘 견뎠다. 덕이가 그 앞에 다시 나타났다. 이번엔 집으로 찾아왔다. 문을 열고 들어와서 그는 너무 깜짝 놀랐다.

예전에 우리 집에 얹혀살았으니까, 이제 내가 그래 보려고요.

그게 무슨 말이야?

학규가 현관 쪽을 향해 말을 했다. 그녀가 뿌린 향수 냄새가 거실을 가득 떠다녔다. 그의 코는 미세한 차이에도 예민해지고 있었다.

덕이가 소파에 털썩 앉았다. 다리를 길게 뻗고 누웠다.

집에 온 것 같아. 너무 좋아요, 선생님. 나, 정말 여기서 살면 안 돼? 내가 밥도 하고 빨래도 하고 병원도 데리고 다니고 말이에요. 내가 선생님 보살필게.

그건 안 돼.

왜 안 돼? 내겐 언제나 왜 안 된다고만 그래?

학규가 달리 할 말이 없었다.

사랑을 해도 안 된다, 보러 와도 안 된다, 같이 살자고 해도 안 된다.

그건 말이야, 내가 너를 아끼기 때문이야. 그런 일을 네게 맡기고 부탁하는 게 싫어. 미안하기도 하고 불편하기도 하고 말이야.

선생님, 정말 웃긴 거 알죠?

한동안 둘은 말이 없었다. 덕이는 소파에 누워 있었고, 학규는 우두커니 서 있었다. 사각사각 무슨 소리가 들렸다. 학규는 그녀가 무슨 일을 하는지 귀를 세우고 정신을 집중했다. 그녀가 천천히 다가와 학규의 손을 잡았다.

내가 이제 손을 잡아도 하나도 안 떨려요? 난 10년 전이나 지금이나 똑같은데. 심장이 터질 것처럼 뛰거든요.

학규가 보이지 않는 눈을 껌벅였다.

저 거짓말 안 해요. 자.

그녀가 그의 손을 잡고 자기 가슴에 댔다. 그녀는 이미 알몸이었다. 학규는 순간 당황했다. 긴장한 듯 빳빳하게 일어선 젖꼭지가 느껴졌다. 그가 가만히 젖가슴을 움켜쥐었다.

짝!

뭐하는 짓이에요!

덕이가 학규의 귀빰을 세차게 때렸다. 너무 갑작스러운 일이어서 그는 중심을 잃고 휘청거리며 옆으로 넘어졌다.

어머, 선생님 죄송해요. 저도 깜짝 놀라서 그만.

아니야. 내가 미쳤나 보다, 또. 미안해.

덕이가 그를 부축하며 일으켜 세웠다. 차가운 그녀의 알몸이 자꾸 닿았다. 그는 오래전 스물일 때의 그녀 몸을 떠올려보려 애를 썼지만 뚜렷하게 떠오르는 이미지는 별로 없었다. 생각나는 몇 개의 이미지는 성적인 것이 아니었다. 빨래를 널고 있는 덕이가 가장 먼저 떠올랐다. 햇살이 모처럼 좋은 겨울 한낮, 그녀가 빨래를 털고 널었다. 눈부신 햇살이 머리 위로 살포시 내려앉았다. 또 하나는 막걸릿집에서 한쪽 구석에 앉아 있던 볼이 발그레한 얼굴이었다. 아마 읍내 도서관에서 강의를 한 첫날이었을 것이다. 수강생 전부가 노인이었는데, 덕이 혼자 한쪽에 조용히 앉아 있는 모습도 눈에 선했다.

괜찮으세요?

응, 그럼. 괜찮아.

기억 속의 그녀와 옆에 앉아 있는 여자가 같은 사람이 아닌 것처럼 이질적으로 느껴졌다. 볼 수 있다면 확인할 수 있었겠지만, 그는 알 방법이 없어 조금 답답했다.

까맣게 잿더미가 된 집 앞에 덕이가 우두커니 서 있었다. 시간은 빠르게 지나고 기억은 무너진 집과 함께 무뎌졌다. 하얀 눈이 시커먼 집 위로 소복소복 내려앉았다. 덕이 동생 덕규가 엄마의 죽음을 알게 된 것은 몇 년이 지나고서였다. 그런 비극을 예상하기라도 했다는 듯이 그는 덤덤했다.

이제 떨어지지 말고 같이 살자.

뭐 해먹고 살아, 여기서.

고등학교 1학년 때까지 축구를 했던 그가 끝까지 운동을 마치지 못한 게 덕이는 미안하고 한스러웠다. 자기 탓도 아니었고, 자기라고 사정이 다르지 않았지만 그녀는 간만에 동생을 보자 괜스레 미안하기만 했다.

뭐 하고 싶은 거 없어? 누나 돈 많이 벌었어.

돈 많이 벌었으면 누나나 잘살아.

좋은 일이건 나쁜 일이건 함께 나누며 살자.

덕규는 어려서부터 밖에서 자랐다. 초등학교 때부터 운동을 했기 때문이었지만 운동을 할 수밖에 없었던 이유이기도 했다. 덕규를 보살필 만한 여유가 없었다. 합숙을 하는 게 오히려 다행스러운 일이었다. 그래서 그런지 둘은 친남매였지만 살가운 정이 별로 없었다. 아버지는 아파서 몇 년 동안이나 누워 지냈고, 엄마는 빚을 갚느라 아침저녁으로 일만 해야 했다. 알고 보면 어린 덕규가 가장 힘든 삶을, 미래가 없는 어린 시절을 보냈다. 덕이는 어쨌거나 엄마, 아빠와 어려운 시간을 함께 견디기라도 했으나, 덕규는 오로지 혼자 커야만 했다. 그가 어린 시절부터 느꼈을 상실감이라는 것은 덕이도 짐작하기 어려운 것이었다.

덕이가 무슨 일을 하며 어디서 사는 것인지 물어도 덕규는 끝내 얘기하지 않았다. 평범하거나 보편적인 일을 하는 게 아닌 것이 뻔했다. 덕규는 말수가 적은 남자였다.

아버지, 장례식 때 보고 처음이네.

덕규는 덕이의 말에 답하지 않고 새까만 재로 남은 집을 멍하니 바라보며 말했다. 덕규는 울지 않았다. 덤덤히 그저 집 안을 바라보기만 했다. 남매의 머리 위로 눈이 쌓였다. 덕규가 담배를 피웠다.

담배 피워?

그럼, 내가 아직도 열여덟인 줄 알아?

덕규가 연기를 길게 내뿜었다.

나도 하나 줘.

누나도 피워?

내가 뭐 아직도 스물인 줄 아니?

덕규가 담배에 불을 붙여 덕이에게 건넸다. 둘은 말을 아끼며 나란히 서서 죽은 엄마가 있는 폐가를 바라보았다. 눈은 점점 굵어져서 검은 재로 남은 집을 하얗고 눈부시게 만들어놓았다.

8

마담 남편이 죽었다. 덕이의 아버지가 죽었다. 유일하게 신음 소리가 없는 날이었지만 집에 있는 누구도 그의 죽음을 알아차리지 못했다. 이른 아침, 덕이가 그의 죽음을 발견했다. 가장 추운 날이었다. 아버지는 옆으로 누워 있었다. 입을 벌리고 눈을 부릅뜬 채 죽어 있었다. 발밑이 질척거렸다. 그녀는 흠칫 놀라 뒤로 물러섰다. 아버지에게서 나온 물이 방 안에 흥건했다. 때에 전 이불을 적시고 방바닥까지 흘러나와 있었다.

그녀는 고통과 싸우는 아버지를 보며 죽음의 경계에 서 있다고 생각했는데, 죽음은 그런 것이 아니라 확연하게 드러나는 현실이었다. 죽은 아버지는 더 이상 살아 있는 아버지가 아니었다. 매일 같은 일상이어서, 살아 있는 아버지를 마지막으로 본

게 언제였는지 잘 기억이 나질 않았다. '어제 아침이었나, 오후였던가' 그녀는 죽은 아버지를 보며 그런 것을 생각하고 있었다. 슬픔에 가슴이 미어지지도 않았고, 겁이 나지도 않았다. 아버지는 살아 있을 때처럼 고통에 일그러진 얼굴을 하고 있었다.

그녀가 다가가 손을 뻗다가 이내 거두었다. 빠르게 회복되는 이성이 그녀의 손을 거두었다. 그녀는 집 밖으로 나왔다. 얼음같이 차가운 공기가 피부를 뚫을 것만 같았다. 가슴속까지 차가워지는 것을 느꼈다. 그녀는 마당에 서서 학규의 방을 바라보았다. 엄마의 신발은 없었다. 한기로 몸이 떨렸다. 그녀가 천천히 학규의 방으로 다가가 문을 두드렸다. 어디선가 개 짖는 소리가 들려왔다.

저기요, 선생님.

그녀는 작은 소리로 학규를 불렀다. 그를 부르고서야 그녀는 목이 메었다. 눈물이 쏟아졌다. 문 너머는 고요했다. 아버지를 잃은 슬픔 때문이라기보다 서러웠다. 조금 무서웠다. 눈물의 정체는 알 수 없는 것들이 많았다.

아버지가 죽었어요. 선생님, 좀 도와주세요.

그녀가 울면서 문을 두드렸다. 한참 만에 학규가 나왔다. 놀란 모습이었다. 쭈그려 앉아 있는 덕이를 맨발로 내려와 일으켜 세웠다.

무슨 일이야? 왜 그래?

덕이는 대답하지 못하고 흐느꼈다. 학규가 덕이를 끌어안았다.

괜찮아, 덕이야.

그의 품은 따뜻했다. 뛰는 심장 소리가 세상을 울리는 것처럼 크게 들렸다.

아버지가 죽었어요. 도와주세요.

그녀가 그의 품에 안긴 채 겨우 말을 했다. 말을 하고 나니 더욱 서러웠다. 아버지가 죽어도 슬플 거라고 생각지 않았는데, 슬프지 않는데 눈물이 하염없이 쏟아져 나왔다. 그녀의 눈물이 학규의 옷을 적셨다.

잠깐만, 넌 여기 좀 앉아 있어.

학규가 그녀를 진정시키며 다급하게 집 안으로 들어갔다. 그의 뒷모습이 뿌옜다.

덕이야, 괜찮아? 엄마한테 알려야 하는데…….

덕이가 고개를 끄덕이며 대문을 나서려 했다.

아니, 전화로 하면 되지.

그녀가 눈물을 닦으며 고개를 끄덕였다. 학규가 손을 내밀었다. 그녀가 망설이다 그의 손을 잡았다. 손은 따뜻하고 부드러웠다. 온기가 그녀의 마음을 가라앉혔다.

장례식장에 빈소가 소박하게 차려졌다. 마담은 덤덤했다. 구급대원들이 시신을 수습하는 동안 마담은 멀뚱히 죽은 남편을 내려다보기만 했다. 다만 앙상하게 마른 남편의 몸을 보자 이내 감정이 흔들렸고 조금 울었다. 그녀가 남편을 애도한 순간은 그것이 전부였다. 남편이 죽었다고 해서 상황이 나아지는 것은 전혀 없었다. 남편이 죽었다는 사실보다 당장 장례비용이 걱정이었다.

마담의 아들이 장례식장에 가장 늦게 도착했다. 문상객은 거의 없었다. 몇몇 이웃이 다녀간 이후로는 아무도 찾는 사람이 없었다. 학규만이 빈소를 내내 지켰다. 홀로 앉아 술잔을 기울였다. 덕이는 벽에 등을 기대고 앉아 혼자 술을 마시는 학규를 물끄러미 바라보곤 했다. 아들 덕규가 상주를 맡았다. 말이 적고 조용한 아이였다. 학규는 그를 처음 보았다. 어려서부터 집 밖에서 생활해서 그런지 덕규는 붙임성이 별로 없었다. 마담은 빈소에 하루를 있다가 상복을 벗고 다방에 나갔다. 장례도 그녀에겐 사치스러웠다. 그녀는 점점 감정과 영혼이 돈 앞에서 메말라가는 것을 느꼈다. 실제로 당장 장례비용이 걱정이었다. 이제는 어디서 돈을 더 구할 곳도 없었다.

빈소에는 덕이와 덕규 남매, 학규밖에 없었다. 이틀째가 되자 문상을 하는 사람이 아무도 없었다. 아버지가 앓아누운 지 오래라 관계있던 사람들과도 모두 연이 끊겼고 친척도, 아는 사람도 별로 없었다. 학규는 철 지난 양복을 입고 앉아 술만 마셨다. 그러다 잠이 들었고, 일어나면 또 술을 마셨다. 어린 두 남매도 아버지에 대한 별 기억이 없었다. 슬픔이 적었다. 덕이도 덕규도 그저 담담하게 빈소를 지켰다. 영정 사진 안의 아버지는 너무나 낯선 모습이었다. 젊고 건강했을 때의 얼굴을 마주하자 덕이는 알지 못하는 사람의 빈소에 와 있는 기분이 들었다. 매일 죽음에 한발 다가가던 아버지의 모습이 아니었다. 사진 속의 아버지는 고통에 취해 막말과 욕설을 내뱉던 아버지가 아니라, 온전하고 온화한 모습이었다. 어렸을 적 한때나마 다감하고 따뜻했던 아버지를 기억해보려 해도 기억나는 것이 없었다. 덕이는 쓸쓸한 기억만 뒤로한 채 생을 마감한 아버지가 원망스러웠다.

추적추적 겨울비가 내렸다. 가는 눈비가 흩날렸다. 겨울 들어 가장 추운 날이었다. 네 개의 빈소가 마련된 장례식장엔 덕이의 아버지밖에는 남지 않았다. 발인 절차를 어떻게 할 것인지 관계자가 찾아왔지만 덕이는 어찌해야 할지 몰랐다. 학규가 나서서 처리를 했지만 문제는 돈이었다. 엄마는 돈을 구하러 나간 뒤에 연락이 없었다.

엄마는 연락이 없니?

덕이가 고개를 끄덕였다. 잔뜩 풀이 죽어 있었다. 학규가 가만히 그녀의 머리를 쓰다듬었다.

너무 걱정하지 마. 엄마가 잘 해결할 거야.

선생님이 뭘 안다고 그러세요. 선생님은 우리 가족에 대해 아무것도 몰라요.

학규가 씁쓸하게 돌아섰다. 서울에서 교수를 하며 나름 편안한 생활을 해왔고, 소설가로서 한때는 주목도 받았던 그였지만, S읍으로 내려와 덕이네 집에 하숙을 하고 난 뒤부터는 자기가 아닌 다른 삶을 살고 있는 것처럼 느껴졌다. 낯설다가도 익숙한 바닥의 삶이 자기의 것으로 받아들여지고 있었다.

날이 저물고 있었다. 부쩍 해가 짧아져 늦은 오후였고 날씨 탓으로 어두컴컴했다. 학규가 밖으로 나왔을 때 담배를 피우던 덕규가 서둘러 담배를 비벼 껐다. 고개를 꾸벅하더니 학규를 피했다.

그러지 말고 같이 피우자.

덕규는 도로 앉았지만 담배를 피우지는 않았다.

고등학생이라고 담배 피우지 말라는 건 아닌데, 무슨 운동한다며. 담배 피워도 돼?

운동 그만뒀어요. 학교도 그만뒀고요. 저, 고등학생 아니에요.

학규는 달리 할 말이 없어서 가만히 고개만 끄덕였다.

왜, 안 피워?

다 피웠어요. 들어가볼게요.

금세 날이 저물며 빗방울이 굵어졌다.

저기 그런데, 아저씨가 우리 엄마 애인이에요?

학규가 대답을 못 하고 어물거렸다.

저기, 우리 엄마한테 좀 잘해주세요. 우리 엄마 불쌍한 사람이에요.

덕규가 고개를 꾸벅 숙이고는 사라졌다. 학규가 우중충하고 어둑한 하늘을 올려다보았다. 담배 연기를 길게 내뿜었다. 하늘이 차가웠다.

학규의 아내가 장례식장에 들어선 것은 자정 무렵이었다. 이틀간의 장례로 덕이 가족들은 슬슬 지쳐가고 있었다. 이른 아침이 발인인데 마담은 돌아오지 않고 있었다. 장례비용을 납부하지 않으면 발인을 할 수 없는데 뾰족한 수가 없었다. 덕이도, 덕규도 걱정만 하고 있었지 무슨 방법이 있을 리 없었다. 학규라도 나서서 도움을 주고 싶었지만 그도 방법이 없었다. 학규와 덕이와 덕규가 머리를 맞대고 골몰하고 있을 때 학규의 아내가 빈소에 들어섰다. 학규는 그 순간이 너무 낯설어서 아내를 한번에 알아보지 못했다. 그는 아내를 쳐다보면서도 자기와는 상관없는 사람처럼 고개를 돌렸다. 부쩍 그의 시력이 쇠한 탓도 있었다. 근래 아침에 일어나면 눈앞에 불투명한 막이 낀 것처럼 뿌옜다가 오후가 되면 사라졌다. 밤이 되면 다시 나빠졌다. 예전에는 막연히 다른 사람보다 노안이 빨리 오는가 보다 했다.

뭐야, 모른 척하기야? 아님, 못 알아보는 거야?

덕이와 덕규는 문상객인 줄 알고 엉거주춤 일어서서 그녀를 맞았다가, 학규를 찾아온 것을 알고는 뒤로 물러났다.

아니, 당신이 여기 웬일이야?

학규도 그제야 놀라서 일어났다. 당황한 빛이 역력했다. 학규의 아내는 마르고 키가 컸다. 광대뼈가 도드라져 보였는데, 그래서 그런지 조금 날카롭고 신경질적인 인상을 풍겼다.

곧 내려올 거라고 했잖아. 오늘 아니면 시간 내기 힘들 것 같아서 왔어. 어렵게 집을 찾아갔는데, 이웃이 이리 가보라고 하더라. 그 집 남편이 죽었다기에 난 당신이 죽은 줄 알았네.

그게 무슨 소리야. …… 청이는?

잠깐 차에 있으라고 했어. 아빠, 엄마가 나누는 대화를 들으면 안 되는 것도 있으니까.

…… 우리 나가서 얘기해.

소개도 안 시켜줄 거야? 청이하고 같이 살지도 모르는데, 인사 정도는 해야지.

덕이가 꾸벅 고개를 숙였고, 덕규는 휭하니 나가버렸다.

저는 덕이라고…….

아가씨 몇 살이야? 이 사람 조심해야 돼. 알죠?

덕이가 영문을 몰라 학규를 바라보았다.

그게 무슨 말이야. 처음 보는 사람한테.

저는 이 사람 전부인이에요.

아, 네에…….

덕이가 잘못한 것도 없는데 고개를 숙였다. 꼭 자기 마음을 들키기라도 한 듯 그녀는 얼굴이 벌게졌다.

벌써 무슨 일 있는 거 아냐? 아가씨가 난처해하는 것 같네. 어쨌든 내 상관할 바 아니고.

나가, 일단 나가서 얘기해.

얘기할 거 없어. 청이, 이제 당신이 키워. 내가 10년 넘게 키웠으니, 이제 당신 차례야. 나 미국 나가, 곧. 집도 정리했어.

내 사정 알잖아. 조금만 기다려줘. 곧 학교로 복귀할 거라고 했잖아. 동우에게 연락 왔다구.

그러거나 말거나, 이젠 나하곤 상관없어. 너한테 허비한 시간이 12년이야. 하루라도 빨리 벗어나고 싶어.

덕이가 슬금슬금 자리를 피했다.

보아하니 상을 당한 것 같은데 누구 하나는 자리에 있어야 하는 거 아니에요?

학규의 아내가 덕이에게 일갈해서 덕이는 다시 슬그머니 자리에 앉았다.

미안한데 여기 마실 것 좀 줄래요?

아내가 자리를 잡고 앉았다. 학규는 난감해서 선 채로 아내와 덕이를 번갈아 바라보았다. 덕이가 엉거주춤 일어서자 학규가 막아섰다.

내가 할게. 넌 그냥 있어, 덕이야.

뭐야, 자기 많이 달라졌네? 정말, 무슨 일 있는 거 아냐?

덕이가 난처한 듯 구석에 가서 쪼그리고 앉았다. 학규의 아내에게 주눅이 들었다. 잘못한 것도 자기의 감정을 들킨 것도 아니었는데, 마치 그녀는 모든 것을 알고 있는 것처럼 행동하는 것이 두려웠다.

학규가 마실 것을 내왔을 때 멀리서 여자아이가 달려와 아무 말 없이 학규에게 안겼다. 학규가 아이를 꼭 안고 머리를 쓰다듬었다. 아내는 씁쓸한 듯 고개를 돌렸고 덕이는 호기심 가득한 눈으로 둘을 쳐다보았다.

청이야, 잘 있었어? 아빠 보고 싶었어? 아빠는 청이가 보고 싶어 혼났어.

왜, 나 보러 안 왔어?

미안해. 아빠가 사정이 좀 있었어.

청이가 아무것도 모른다고 생각하지 마. 얘도 알 건 다 알아.

아내가 신경질적으로 말을 뱉더니 자리를 털고 일어섰다.

난 그럼 이제 갈 거야. 둘이 알아서 잘 살아.

당신, 정말 이럴 거야?

품에 안긴 청이가 아빠를 더 꼭 끌어안았다.

나, 아빠랑 살 거야. 엄마는 나 싫어해.

청이가 품에 안긴 채 들릴 듯 말 듯 소곤거렸다. 학규는 더 이상 아무 말도 하지 못했다. 자리를 떠나는 아내의 뒷모습을 쳐다보기만 했다.

참, 청이 몫으론 돈을 좀 남겼어. 그런데 그거 당장 주진 않을 거야. 스물이 되면 내가 직접 줄게.

돌아서는 아내와 들어서는 마담이 마주쳤다. 둘은 잠깐 멈칫했다. 마담이 아내와 청이를 안고 있는 학규를 번갈아 쳐다보다가 아내를 지나쳐 덕이에게 향했다.

한 가족들이었구나. 찌질한 사람들끼리 잘들 논다. 그래도, 다행이다. 어린애가 아니어서.

학규의 아내가 마담의 행색을 아래위로 훑어보았다. 지나쳐 가는 마담의 등에 한소리를 쏘아붙였다. 아내는 마치 지난 일을 모두 아는 사람처럼 말했고, 학규도 마담도 덕이도 아무 대꾸를 하지 못했다. 돌아서 가는 아내의 또각또각 구두 소리가 멀어질 때까지도 학규는 청이를 꼭 안고 있었다.

아버지는 잘 탔다. 마지막으로 본 아버지는 평안해 보였다. 터질 것처럼 부풀었던 배도 홀쭉해졌다. 덕이는 아버지가 저렇게 작았었나, 울컥했다. 하지만 끝까지 눈물을 보이진 않았다. 화장을 하는 순간까지도 가족 누구 하나 우는 사람이 없었다. 염을 할 때도 화장장에 들어갈 때도 모두 넋이 나간 사람들처럼 우두커니 마지막 아버지의 모습을 지켜보기만 했다. 마담은 한 시름이 늘었다. 얼마 되지 않는 장례비용을 구하기 위해 그녀가 알고 있는 사람 모두에게 부탁을 했지만 돈을 빌려준 사람은 없었다. 그녀는 어쩔 수 없이 또 사채를 썼다. 한 달 안에 돈을 갚지 못하면 정말, 신장이라도 팔아야만 했다. 그녀는 각서까지 쓰고 돈을 빌렸다.

마담은 죽는 순간까지 자신에게 빚을 안기고 떠난 남편이 증오스러웠다. 아이들이 없었다면 그녀는 다른 방법을 찾았을지도 모를 일이었다. 언제나 그런 바꿀 수 없는 관계가 인생을 망쳤다. 당장 오늘 찍어야만 하는 일수부터 걱정이었다. 매일매일 이자와 원금을 갚아야만 하는 일수까지 손을 댔는데, 하루라도 밀리면 일수는 부담이 어마어마했다. 안 그래도 비싼 이자가 배로 뛰었다. 며칠이 밀리면 금방 이자가 원금을 넘어섰다. 마담은 하루라도 남자들을 상대하지 않으면 일수를 찍을 수 없었다. 그녀는 상복을 입은 날도 쉴 수 없었다. 장례가 끝나고 늘어난 빚을 갚기 위해서는 이제 두 배로 일을 해야만 했다. 불가능한 일이었다. 마담은 유골이 되어 나온 남편을 보면서도 머릿속이 복잡했다. 새로운 인생과 삶을 준비해야 하는 시기였지만, 과거의 시간에서 헤어 나올 방법이 없었다.

덕이와 덕규는 아버지의 유골을 만경강에 뿌렸다. 딱히 생각나는 곳이 없었다. 강으로 다가가는 것이 쉽지 않아서 둘은 작은 다리 위에 서서 재를 던지듯이 뿌렸다. 학규는 청이와 끝까지 함께했다.

집으로 돌아오는 길, 어느새 덕이와 청이가 나란히 손을 잡고 걸었다. 학규는 멀찍이 떨어져 뒤따랐다. 원래 자매였던 것처럼 둘은 어색하지 않았다. 청이는 걸으면서 뭐가 그리 신 나는지 자꾸 덕이를 올려다보았다. 그때마다 덕이가 활짝 웃었다. 한파가 불어닥쳤지만 햇살은 봄날처럼 환했다.

집에 가까워지자 학규는 현실을 깨달았다. 청이를 어떻게 키워야 하는지 아무런 준비가 없었다. 아내가 일부러 청이를 자기에게 데려왔다는 것을 그는 잘 알고 있었다. 청이를 싫어하는 것처럼 말했지만, 마음속 깊이 딸을 걱정하고 아꼈다. 그보다 학규를 증오하는 마음이 큰 것뿐이었다. 딸을 포기하면서까지 복수하고자 하는 아내의 마음을 학규는 진즉 읽고 있었다. 아내는 청이로 하여금 학규가 제대로 된 삶을 살길 바라고 있다는 것도 알고 있었다. 하지만 당장은 너무 가혹한 일이어서 그는 불안하고 난감하기만 했다. 하지만 청이는 다정한 덕이를 보자 신기하게도 응어리지고 불안했던 마음이 풀리기 시작했다.

장례가 끝나자마자 덕규는 돌아갔고, 마담은 더 바빠졌다. 궁색하고 어려운 살림에도 마담과 덕이는 청이를 외면하지 않았다. 그녀들은 원래 그러려고 했던 사람들처럼 청이를 받아들였다. 학규는 그저 그녀들이 고마웠다. 도서관에서 강의하고 받는 월급으로는 생활을 할 수 없어서 학규는 다른 돈벌이가 필요했다. 여기저기 전화를 해서 일거리를 부탁했지만 대부분은 학규를 외면했다. 그는 전화를 할 때마다 범죄자로 취급받는 느낌마저 들었다. 모처럼 용기를 내 사람들에게 부탁을 했지만, 모두가 냉정했다. 한두 군데에서 알량한 일을 제안하기도 했지만 너무 터무니없어서 학규는 마지막 자존심을 지켰다. 몇몇 그를 걱정하는 듯 친절했지만 말뿐이었다. 학규는 속이 상해서 다시 술을 마시기 시작했다. 겨울 낮은 짧았고 취기는 금방 올랐다. 한번 마시기 시작한 술은 밤낮없이 며칠 동안 이어졌고, 일주일을 넘겼다. 청이는 원래 그랬던 것처럼 또 아빠에게 버려졌다. 다행히 이번에는 덕이가 있었다. 덕이는 청이를 친동생처럼 아꼈다. 마담은 외박을 하는 날이 많아졌다. 학규도, 덕이도 마담에게 아무것도 묻지 않았다. 청이는 덕이를 무척 따랐다. 전학하는 날에도 덕이가 학규 대신 청이를 데리고 학교에 다녀왔다. 청이와 덕이는 한방을 썼다. 잘 때도 둘이 꼭 껴안고 잤다. 둘은 오랫동안 함께 산 친자매 같았다. 덕이는 살갑게 자기를 따르는 청이가 애틋했다. 그의 딸이어서 청이가 남 같지 않았다. 잠결에 파고드는 청이의 손이 낯설지 않았다.

학규는 허구한 날 술에 절어 겨울을 났다. 잠깐 다짐했던 삶의 의지를 다시 놓았다. 눈은 갈수록 침침해졌다. 끼니 대신 술을 마셨다. 그 편이 숙취를 물리치는 데 수월했기 때문이었다. 청이와 한집에 살았지만 얼굴을 보는 날이 드물었다. 시간이 갈수록 학규는 어린 딸과 마주하는 게 힘들었다. 아내가 아이를 데려왔을 때 어떻게든 물리쳤어야 했는데, 후회스러웠다. 덕이에게 맡겨놓고 나 몰라라 하는 자신을 용서하기 힘들었다. 삶은 뒤틀렸고 바로잡을 방법은 없었다. 겨울이 지나고 있었지만 아무것도 기억에 남는 일이 없었다. 마담은 아주 가끔 집에 들렀지만 학규의 방에 더 이상 들르지는 않았다.

학규가 술에 취해 비틀거리며 안채로 들어섰다. 뭐라도 먹어야겠다고 생각한 건 술에 취했기 때문이었다. 그는 집 안을 기웃거렸다. 욕실에서 덕이와 청이가 낄낄거리는 소리가 들렸다. 그가 아무 생각 없이 터덜터덜 욕실로 향했다. 우두커니 술 취한 눈으로 목욕하는 그녀들을 바라보았다.

둘은 함께 목욕을 하고 있었다. 눈에 먼저 들어온 것은 덕이였다. 그녀 앞에 자기 딸이 있는 것을 그는 잊었다. 보이지 않았다. 아름답고 눈부신 몸의 윤곽을 그는 넋을 잃고 바라보았다. 욕실에 난 작은 창에서 뻗은 겨울 햇살이 그녀의 몸을 비추었다. 덕이와 청이는 등을 돌리고 앉아 있었다. 조그만 목욕탕 의자에 앉은 덕이의 뒷모습이 황홀했다. 덕이는 청이의 몸을 씻기고 있었고, 청이는 영어로 노래를 부르고 있었다. 그의 목울대가 쉼 없이 움직였다. 가는 허리선과 의자에 살짝 내려앉은 엉덩이, 무릎을 세워 청이를 품고 있는 그녀의 다리에 시선이 머물자 그는 모든 것을 놓아버렸다. 하얗고 매끄러운 피부를 한 번만이라도 만져보고 싶었다. 앞에 자기의 딸이 있다는 것조차 잊게 만들 만큼 덕이는 아름다웠다. 그는 자기도 모르게 한 발 다가섰다. 덕이가 고개를 돌렸다. 짧고 작은 비명 소리가 둘 사이에 놓여졌다. 청이를 씻기던 그녀의 손이 잠깐 멈추었다.

언니, 왜 그래?

학규는 그제야 시선을 그녀의 몸에서 눈으로 가져갔다.

응, 아니야.

뒤돌아보던 청이의 고개를 그녀가 잡았다.

계속 노래 불러줘.

그녀의 시선은 여전히 학규에게 머물렀다. 학규와 눈이 마주쳤다. 학규도 그녀의 시선을 피하지 않았다. 그의 숨이 점점 거칠어졌다. 아무리 통제하려고 해도 할 수 없었다. 몸이 떨렸다. 학규는 언뜻 드러난 그녀의 가슴을 쳐다보았다. 보려고 하면 할수록 눈앞이 뿌예졌다. 주변은 눈에 들어오지 않았고 점점 자기가 보고자 하는 것으로 시선이 좁아졌다. 그녀의 가슴을 바라볼 때면 그녀의 눈은 그의 시선에서 사라졌다. 그녀가 그를 똑바로 쳐다보았다. 학규는 순간 오금이 저렸다. 그녀가 손을 뻗어 욕실 문을 닫았다. 천천히 닫히는 문 앞으로 그가 다가섰다. 청이의 노랫소리가 들려왔다.

언니, 울어?

아니, 내가 왜 울어.

근데, 언니 콧바람 때문에 목이 근질거려. 이제 내가 해줄게. 언니도 돌아봐.

청이가 까르르댔다. 학규는 현실 앞에 섰다. 발끝을 세워 조용히 안채에서 나왔다. 모처럼 겨울 햇살이 따뜻했다. 봄이 오고 있는 것 같았다. 아무래도 술을 더 마셔야만 할 것 같았다. 해가 지려면 멀었다. 그는 어서 이 날이 저물길 바랐다. 술에 취해 아무것도 기억이 나지 않기를 간절하게 빌었다. 술을 사러 나와 골목길을 걷다 자기가 맨발이라는 것을 깨닫고 걸음을 돌렸다. 그의 바람과는 달리 절대로 잊지 못할 한 순간이 될 것이라는 것을 얼음처럼 차가운 바닥과 맞닿은 맨발이 일러주었다.

학규의 친구 동우가 찾아왔다. 학규에게 남은 몇 안 되는 사람 중 하나였다. 한동안 동우마저 학규를 외면한 적도 있지만 대학 입학부터 같이해온 세월이 동우의 마음을 좀 풀어지게 했다.

너는 나한테는 솔직했어야 했어. 그럼 아마 다른 방법을 찾아 봤을 거야.

다 지난 일이니 이제 잊자. 미안해, 그럴 수 없었어.

학규는 동우에게 돈을 부탁했다. 둘은 골목길 모퉁이 슈퍼에 나란히 앉았다. 동우가 가만히 학규 옆에 돈 봉투를 내려놓았다. 학규는 맥주를 들이켰고 동우는 학규를 선 채로 내려다봤다.

사람 망가지는 거 한순간이구나. 널 보니까 알겠다. 그래, 마셔라. 한동안은 그렇게라도 버텨야지 어쩌겠냐.

동우가 학규 옆에 앉았다. 학규는 별말 없이 맥주만 마셨다. 봄이 오려면 멀었지만 날은 따뜻했다.

남쪽이라 봄이 일찍 오는가 보다.

봄은 개뿔이나 무슨.

학규가 숨도 쉬지 않고 맥주를 다 마셨다. 동우가 한심한 눈빛을 보냈다.

아내한테는 그 뒤로 연락 없어?

학규는 아무 대답도 하지 않았다.

청이 저렇게 놔두어도 괜찮겠냐? 이제 한참 손 많이 탈 나인데. 당장은 그래도 앞으로 어쩔 생각이야.

학규가 동우에게 건넸던 맥주를 도로 뺏어 마셨다.

덕이가 잘 돌봐. 지네 엄마보다 나아.

평생 저들이랑 살 것도 아니잖아. 그래도 미국으로 보내는 게 낫지 않겠어? 청이 엄마, 너 기다리는 거 아니겠냔 말이다. 정말 널 싫어하는 거 아닌 거 알잖아. 너한테 기회를 주려고 미국으로 간 거, 너도 알잖아.

이미 다 정리됐어. 아무 상관 없는 사이야, 이제.

모르겠다, 나도. 그나저나 봄 학기부터 강사 할 거지? 우리 학교는 힘들겠지만 여기저기 부탁해놨어. 강사부터 다시 시작해야지 어쩌겠냐.

동우가 학규가 들고 있던 맥주를 빼앗아 한 모금 마셨다. 학규는 초점을 잃고 멍하니 맞은편 담벼락을 바라보았다.

대학교 싫어. 누가 날 받아주겠냐. 뒤에서 손가락질이나 할 텐데.

괜찮아, 인마. 생각보다 많아, 그런 경우. 다 먹고살려고 쪽팔린 거 참고 그냥 다 해. 그러니까 너도 유난 떨지 말고 그냥, 청이만 생각하고 다녀. 우리 이제 겨우 삼십대 중반이다.

나, 그냥 소설이나 써볼래.

그건 쉽대? 그런다 해도 출간은 쉽겠어? 그쪽에도 소문 다 났을 텐데. 너 그냥 내 말이나 얌전히 듣고 있어. 학교 문제는 내가 애써보고 있으니까. 네가 기대할까 봐 얘기 안 하려고 했는데, 구 재단 사람들이 학교 장악했거든. 그래서 총장도 이번에 바뀌었고 말이야. 잘하면 기회가 있을 거 같아. 그러니 얌전히 성실하게 강의나 하고 있어.

구 재단이면 비리로 쫓겨났던 사람들 아냐?

그랬었지. 잊히는가 싶더니 화려하게 복귀하고들 있다.

싫어. 그런 건 더욱. 대학 다니면서 우리가 어떻게 민주주의를 지켜냈는지 잊었어? 싫어.

지랄을 하고 계시네요, 정말. 넌 성추행으로 학교에서 쫓겨난 삼팔육이야.

그래도 그건 싫어.

잠자코 있어, 그냥. 세상이 또 바뀌고 있다. 적응해야지. 곧 연락할게. 이번에도 내 말 안 들으면 이제 정말 너 안 볼 거야. 청이를 생각해라. 이제 남은 인생을 아버지로 살아. 다 내려놓고.

학규가 무슨 말을 하려다가 그만두었다. 동우의 표정에 화가 가득한 것을 보았기 때문이었다. 학규가 동우가 들고 있던 맥주를 다시 빼앗아 마셨다. 말끔히 비운 다음 손으로 캔을 구겼다. 유난히 춥지 않은 겨울이었다. 언제 몰려올지 모르는 추위를 생각하면 좀 긴장되었다. 학규는 그 겨울 자주 하늘을 올려다보았고 겨울은 늦게 왔다. 봄인가 싶었을 때 엄청난 한파가 몰아쳤다. 세상의 모든 것을 얼려버렸다.

겨울의 시간은 더뎠다. 아침에서 낮으로 가는 여정은 노년기 같았고, 낮에서 밤으로 가는 시간은 중년의 모습 같았다. 밤에서 다시 아침을 향해 걷는 길은 아기들의 걸음 같았다. 봄이 오려면 멀기만 했다. 덕이가 보내는 겨울의 한밤도, 학규가 견디는 겨울의 한낮도 막연하고 길기만 했다.

덕이는 아침에 청이를 학교에 데려다 주고 놀이공원으로 향하곤 했다. 날씨는 봄과는 멀게 느껴졌지만 시간은 봄에 가까워서 봄을 준비하려는 사람들로 제법 붐볐다. 놀이기구는 긴 겨울잠에서 깨 삐걱거리며 시범 운행을 했고, 이때를 놓치지 않고 공짜로 즐기려는 중고등학생들이 수업을 빼먹고 찾아왔다. 학생들은 추운 줄도 모르고 즐거워했다. 덕이는 멀리서 그들을 지켜보며 마냥 부러워하기만 했다. 지난 시절, 그녀는 단 한 번도 저렇게 즐거웠던 적이 없었다. 그렇게 활짝 웃으며 놀아본 적이 없었다. 아픈 아버지 때문에 슬프고 힘든 인생이라 여겼는데, 아버지가 죽은 후에도 달라지는 것은 없었다. 덕이는 그것 때문에 때로 골똘해졌다. 행복하거나 즐거운 삶의 일부분도 자신에게만 없는 것 같았다. 여전히 봄이 되려면 멀었고 몸을 움츠리게 만드는 차갑고 냉정한 추위가 자기 삶의 전부 같았다.

덕이는 스물하나가 되었다. 청이를 돌보는 일이 싫지 않았고, 오히려 쓸쓸하기만 한 일상과 생활에 활력을 줬지만 자기의 삶보다 누군가를 돌봐야 하는 것은 달라지지 않았다. 아직도 해가 짧아서 사람들은 볕이 좋은 오후에만 잠깐 붐볐다. 사람들이 빠져나간 유원지 놀이공원에 호수에서 몰려온 습기가 내려앉았다. 눅눅한 공기가 어둠과 함께 몰려왔다. 집에서 자기를 기다리고 있을 청이를 생각하면 얼른 집으로 돌아가야 했지만 학규와 마주치는 것이 자연스럽지 않아서 그녀는 밤이 깊어질 때까지 매표소를 지키는 날이 많아졌다.

학규가 바라보던 그날이 불쑥 떠올랐다. 자기를 향해 날아오던 그의 시선이 생생했다. 처음 느껴보는 감정이었다. 벗은 자기의 몸을 누군가 그런 눈으로 쳐다보는 것이 처음이어서 당황하기도 했지만, 시선에 담긴 복잡한 심정을 느꼈다는 것이 새로운 경험이기도 했다. 그와 눈이 마주쳤을 때 느꼈던, 발끝부터 심장을 향해 저려오던 통증을 그녀는 설명할 수 없었다. 알 수 없는 것들이 너무 많았다. 단지 창피하고 부끄러운 마음만 남을 줄 알았는데, 그런 생각은 전혀 들지 않고 어떤 쾌감과 비슷한 저릿함이 있었다. 하지만 그러면서도 학규를 대하는 것이, 눈을 마주치는 것이 영 불편하기도 했다.

집으로 돌아가서 둘에게 밥을 차려주어야 했지만 그녀는 미루고 미루다가 한밤중이 될 때까지 매표소에 앉아 있을 때도 있었다. 바람 소리가 짐승의 괴기한 울음소리처럼 들렸다. 오스스 소름이 돋았다. 그녀는 매표소 안에서 책을 읽었다. 대부분은 학규의 방에서 훔쳐 온 것들이었다. 그가 읽는 책을 그녀도 읽고 싶었다. 어려울 줄 알았는데 거의 이해할 수 있는 내용들이었다. 그녀는 그것이 조금 신기했다. 선생인 학규도 이해하고 자기가 읽어도 이해할 수 있는 소설이라는 것이 새로웠다. 그녀는 자신에게도 부끄러워 꽁꽁 숨겨왔던 마음, 이런 것이라면 자기도 글을 써보고 싶다는 생각을 처음 했다. 그러다가 그런 생각을 품으면 안 되기라도 하듯 화들짝 놀라서 다시 생각을 접곤 했다. 작가가 되는 상상을 했다. 누구에게 들키면 큰일 날 것처럼 상상하는 자기를 스스로 나무라곤 했다. 소설에 등장하는 인물들이 하나같이 자기 같았다. 똑같을 순 없었지만 일부분 다르지 않음에 놀라곤 했다. 글을 쓴 작가에게 속마음을 들킨 것 같아 슬퍼지곤 했다.

그녀는 아주 천천히 아껴서 책을 읽었다. 좋은 부분은 두 번이고 세 번이고 반복해서 읽었다. 아름다운 것은 슬픈 것이었다. 그녀는 책을 읽으며 깨달았다. 슬픈 것은 아름답다는 것. 그녀는 되뇌었다. 인물이 처한 환경과 상황이 다르긴 했지만 자기의 인생과 다르지 않았다. 자기의 현실은 괴롭고 외롭고 쓸쓸한 것이었으나 책에 등장한 괴롭고 외롭고 쓸쓸한 것들은 아름다웠다. 어쩌면 자기의 삶도 한 발짝 떨어진 곳에서 지켜보는 신의 눈에는 아름답게 보일지도 모른다고 믿었다. 그녀는 매표소 구멍에 눈을 대고 자주 하늘을 올려다보았다. 용기를 내 놀이공원에 나와 서보면 등골이 오싹했다. 놀이기구들은 살아 있는 괴물 같았다. 포효하며 자기를 위협할 것처럼 낮의 모습과는 달리 괴기스러웠다. 꼭 말을 걸 것처럼 생생했다. 그녀는 똑바로 그것들을 쳐다볼 수조차 없었다. 외면하고 하늘만 올려다보았다. 겨울에 더 별이 잘 보였다. 하늘을 올려다보면 주위가 사라지면서 마음이 평온해졌다. 별이 가진 막막함이 좋았다. 똑바로 볼수록 멀어지고 흩어지는 것들이 좋았다. 그런 별들을 품은 밤하늘이 포근했다.

정말, 여기 있었구나.

덕이는 너무 놀라서 뒤로 넘어졌다. 하마터면 사타구니를 적실 만큼 그녀는 크게 놀랐다. 학규였다. 덕이가 갑자기 울기 시작했다. 너무 놀란 마음이 진정되지 않았다. 을씨년스럽게 서 있던 놀이기구 괴물이 말을 건 줄 알았다.

많이 놀랐구나? 저쪽에서부터 불렀는데, 못 들었어?

덕이는 엉엉 소리 내어 울었다. 그를 보니 눈물은 더욱 거대해졌다. 학규가 그녀를 잡아 일으켜 세우려고 쭈그려 앉았다. 그녀는 등을 돌리고 무릎에 얼굴을 묻었다. 등에 오스스 소름이 돋았다. 몸이 벌벌 떨렸다. 그가 가만히 등을 쓸었다.

미안해, 놀라게 하려고 그런 건 아닌데.

그의 품에 안기고 싶었다. 그의 품 안에서 눈물이 다 없어질 때까지 울고 싶었다.

겨울을 안은 것 같았다. 겨울바람 소리가 괴물의 울음 같았다.

둘은 꽤 먼 거리를 걸어서 왔다. 자꾸 덕이의 걸음이 뒤처졌고, 학규는 그때마다 멈춰 서서 덕이를 기다렸다.

넌 내가 불편하니?

그런 건 아니에요.

엄마 때문에 그래? 요즘 엄마, 자주 안 오는 것 같은데 무슨 일 있어?

덕이는 고개를 설레설레 흔들었다. 얼마 전 엄마가 했던 말이 떠올랐다. 이제는 감당할 수 없을 만큼 빚이 많아져서 밤에 도망을 가자고 했다. 엄마는 술에 취해 덕이를 붙잡고 횡설수설했는데, 아직도 너무나 젊은 엄마가 안쓰러워서 그녀가 하는 말이 귀에 잘 들어오지 않았다. 아버지가 죽고 난 후 엄마는 내리막길로 치닫는 굴레에서 어떻게든 벗어나려고 발버둥을 쳤지만 뾰족한 수는 없었다. 끈질기게 구애를 하는 사람이 있는 모양이었다.

빚 다 갚아준대, 덕이야. 엄마, 새로 시집갈까?

덕이는 좋다고도 싫다고도 말하지 못했다. 엄마가 행복했으면 했지만 다시 결혼하는 것이 옳은 선택인지는 확신이 서지 않았다.

난 엄마가 행복하기만 했으면 좋겠어. 근데, 문간방 아저씨는 어쩌려고?

그 사람이야, 여기 오래 있을 사람 아니잖아. 언젠가는 떠날 텐데.

결혼하자는 사람은 뭐하는 사람인데?

농사꾼이지, 뭐. 근데…… 나이가 좀 많아.

얼마나 많은데?

…… 환갑이 넘었어.

엄마, 이제 겨우 갓 마흔 넘었어.

아니야, 나한테 과분하지. 잔뜩 빚밖에 없는 사람인데. 그래도 그 사람이 잘해줘. 요즘은 일수도 안 찍어. 그 사람이 대신 내주고 있어.

엄마, 정말 괜찮겠어?

마담은 가만히 고개를 끄덕였다.

엄마는 아예 그 집으로 들어간 모양이었다. 아주 가끔 집에 들러 필요한 옷가지를 챙겨 가는 게 전부였다.

무슨 생각을 그렇게 골똘히 해?

덕이가 앞에서 기다리고 서 있는 학규를 지나쳐 가자 불러 세웠다.

아무것도 아니에요. 엄마, 이제 자주 못 오세요.

왜? 무슨 일 있는 거지?

그건 아니고…… 엄마, 애인 새로 생겼어요.

…….

덕이는 왜 그런 말을 했는지 자신을 이해할 수 없었다. 금세 얼굴이 빨개지고 걸음이 빨라졌다. 학규는 멋쩍은 듯 덕이의 뒤를 가만히 쫓았다. 구불구불한 골목에 들어선 둘은 어둠 속을 나란히 걸었다.

참, 청이는 어떻게 했어요?

내가 재웠어. 널 한참 기다렸어. 자기 싫어서 안 오는 거냐고 계속 묻더라고. 너를 많이 따르네.

정말 사랑스러운 아이예요.

학규가 가만히 고개를 끄덕였다. 동네는 사람이 살고 있지 않은 것처럼 조용했다. 지방 소읍의 하루는 빠르게 마감되고, 사람들은 도시보다 일찍 잠자리에 들었다. 어디선가 개가 짖었다. 겨울은 빠르게 물러가고 봄이 꿈틀거리고 있었다. 봄은 느끼는 사람에게 먼저 찾아왔다. 날씨는 뒤늦은 한파로 겨울의 긴 터널의 굴레를 벗어나지 못했지만 봄을 기다리는 사람들에게는 추위도 따뜻했다.

덕이는 그와 함께 걷는 어둠 속이 포근하기만 했다. 구불구불한 골목길에 들어설 때면 찾아오던 막막함과 절망스러운 운명이 보이지 않았다. 덕이가 가만히 학규의 손을 잡았다. 그 일은 너무 자연스러워서 둘 다 당황하지 않았다. 학규의 손은 따뜻했다.

손이 왜 이렇게 차가워?

몰라요. 손발이 너무 시려요, 항상.

학규는 사랑 넘치는 아빠 같고, 다정한 오빠 같았다. 컴컴한 어둠 속 서로의 표정이 보이지 않으니 더 친근하고 애틋한 감정이 솟았다.

학규는 조금 달랐다. 그는 덕이가 손을 잡을 때부터 심장이 멎을 것처럼 미친 듯이 뛰었다. 그의 착각이었지만 그녀가 내쉬는 숨이 차가운 공기와 섞여 볼에 닿는 것 같았다. 자꾸 볼이 간지러워서 그는 들떴다. 거칠어지는 숨을 들키지 않기 위해 그는 애를 썼다. 깜깜한 골목을 그녀의 손을 잡고 걸으며 그는 불안한 예감을 느꼈다. 우유부단하고 결단력 없는 자신이 두려웠다. 너무나 평온하기만 한 덕이 때문에 그는 감정을 들키지 않으려고 노력했다. 한편으론 그녀가 아무렇지 않게 다가서는 것에 안도했다.

저, 저기. 지난번에 미안했어. 술에 너무 취해가지고선.

뭐가요?

지난번에 욕실에서.

그게 미안한 거예요? 전혀 미안해하는 사람 같지 않던데.

서로의 얼굴이 보이지 않으니 암흑 속에서 목소리가 떨어지는 것만 같았다. 타박타박 둘이 걷는 발소리가 정적 안에 스몄다. 학규는 팽팽한 긴장감 안에 있었으나 덕이는 오히려 반대였다. 평소의 서로가 뒤바뀐 듯했다. 덕이는 학규의 손을 잡은 순간부터 마음이 놓였다. 이상한 일이었다. 떨리고 긴장되던 마음이 풀어졌다.

선생님은 사랑이 뭐라고 생각하세요? 요즘 책을 읽는데, 혼동돼요. 사람마다 정말 사랑의 색깔이 다른 것 같아요. 모든 사랑은 슬픈데, 끝나고 나면 아름다워요.

그럼 끝나고 나서 아름다운 게 사랑인가 보네. 사랑할 땐 대부분 모르는.

우리, 엄마는 어떤 거예요? 사랑이에요?

학규는 선뜻 대답하지 못했다.

사랑이었겠지. 시간이 좀 더 지나야 하지 않을까? 나도 상황이 좋지 않고 외롭고, 또…….

괜찮아요. 엄마한테 얘기 다 들었어요. 서울에서 무슨 일이 있었던 건지도 다 들었어요.

덕이는 거짓말을 했다. 실은 그녀는 그의 문 앞에서 술에 취해 주절거리는 그의 말을 엿들었다.

서울 일은, 정신을 차려보니 내가 나쁜 놈이 되어 있더라고. 내 잘못만은 아니야.

그럼, 모든 사람들이 잘못한 거네요? 피.

덕이가 볼멘소리를 했다. 어느새 둘은 집 앞에 다다랐다.

엄마는 집에 들어오기 전에 꼭 집을 바라보며 담배를 피우거든요. 그래서 왜 그러냐고 물었더니, 집이 꼭 살아 있는 괴물 같대요. 괴물 입으로 들어가는 기분이 들어서 마음을 가라앉히는 거래요. 그러니까 아버지나 나나 괴물 배 속에서 엄마를 기다리는, 기생충?

학규가 껄껄 웃었다. 너무 조용해서 그의 웃음소리가 유난히 크게 들렸다.

선생님, 방 구경할래요. 책도 빌려 가고요.

응? …… 그래.

학규는 덕이가 자기 방에서 책을 가져가는 것을 알고 있었지만 모른 척했다.

술도 마셔요.

술은 안 돼.

왜 안 돼?

그건 반말이잖아. 그래, 반말이 좋네.

녹슨 대문이 쇳소리를 내며 삐걱 열렸다.

저, 청이에게 좀 갔다 올게요. 자다 깨면 무서울 텐데.

괜찮을 거야. 어려서부터 혼자 자 버릇해서. 옆에 덕이랑 함께 자게 돼서 덕이를 따르나 봐.

그래도 잠깐만 자는 얼굴이라도 보고 올게요.

덕이가 총총 집 안으로 사라졌다. 우두커니 서 있는 집을 그는 한참 바라보았다. 그는 이미 설렘으로 가득했다. 그 사실이 그를 우울하게 만들었다. 그는 속으로 다짐하고 다짐했다. 어떤 일도 일어나면 안 된다고 빌었다. 세상에 믿지 못할 것은 자신밖에 없었다. 뭐든지 잘못된 일이었다. 그는 후회했다. 또 다른 잘못된 운명을 만들어가는 것 같아서 그는 절망했다. 그가 밖으로 뛰쳐나갔다. 암흑 속을 빠르게 걸었다. 올라올 때와는 전혀 달랐다. 그는 이미 지옥 속에 떨어진 것처럼 마음이 아프고 혼란스러웠다.

…… 선생님.

덕이가 학규의 방문을 열며 소곤거렸다. 두려움과 불안함이 어둠 속에서 밀려 나왔다. 그녀는 털썩 주저앉았다. 꼭 다시는 못 볼 것 같은 예감이 들었다. 주르륵, 눈물이 볼을 타고 흘러내렸다.

시간이 지나도 학규는 돌아오지 않았다. 덕이는 학규의 방에서 쪼그리고 앉아 그를 기다렸다. 시간은 더디게 흘렀고 정적은 그녀를 고통스럽게 했다. 그녀는 그에 대해 아무것도 이해할 수 없었다. 그에 대해 알 수 있고 이해할 수 있는 게 없었다. 밤에서 새벽으로 가는 시간이 그녀를 붙들고 있었다. 자기에게 처음 찾아온 감정의 실체가 무엇인지 그녀는 잘 알지 못했다. 그저 학규가 안쓰럽고 멋있어 보이는 게 전부라 여겼지만, 그를 생각하고 기다릴수록 마음이 아파서 견디기 힘들었다. 그녀는 그 때문에 아팠다. 밤마다 그의 방 앞에서 서성였던 겨울이 다시 온 것 같았다. 아침은 영영 오지 않을 것 같았고 그도 마찬가지였다. 그녀는 그를 기다리다가 언제 잠들었는지 모르게 잠이 들었다.

학규는 동이 틀 무렵이 돼서야 비틀거리며 집으로 향했다. 엉망으로 취해 그는 술집에서 쫓겨났다. 돈도 없었다. 그를 알아본 주인이 돈도 받지 않고 서둘러 내보냈다. 술집을 나서는 그의 등 뒤로 술집 안 사람들의 안쓰러움과 비아냥거림, 온갖 시선이 엉겨 붙었다. 좁은 동네라 서로의 숟가락 개수까지 훤한 사람들이었다. 이미 동네에 그와 마담과의 관계로 왈가왈부 말이 많았다. 마담이 남편이 죽기도 전에 남자를 한집에 끌어들였다고 수군거림이 이만저만이 아니었다.

집으로 돌아오는 길은 가까운 거리였지만 멀기만 했다. 골목을 오르며 그는 소리 내어 울었다. 무엇이 괴롭고 무엇이 화가 나는지 명확하게 알지 못했다. 그는 그저 자기 마음대로 할 수 없는 게 화가 난 것뿐이었다. 언제나 문제는 거기에서 출발했지만 그는 그런 것 따위를 알지 못했다. 문제는 자기 자신에게 있었지만 때마다 부정했다. 그와 관계된 많은 사람이 잘못됐지만 그는 책임을 자기로부터 지우기 바빴고, 술은 가장 좋은 수단이었다.

집 앞에 서자 그는 다시 골목을 내려가고 싶어졌다. 집을 떠나야 한다고 다짐했지만 그뿐이었다. 그는 삐걱대는 현실의 문을 열고 집으로 들어섰다. 미명이 집을 감쌌다. 어둠 속에 숨 쉬던 집이 깨어나고 있었다. 그는 가만히 자기 방에 들어섰다.

푸르스름한 빛이 웅크리고 잠든 덕이를 비추고 있었다. 학규는 자고 있는 덕이를 우두커니 내려다보았다. 어지러운 방 안에 그녀는 물건처럼 구겨져 놓여 있었다. 그 모습이 한없이 슬퍼서 그는 또 눈물이 났다. 무엇과 비교하거나 견줄 수 없을 만큼 큰 슬픔이 아름다워 보였다. 어리기도 했고, 순수하고 맑은 것이 그녀에게 서려 있었다.

그가 가만히 자고 있는 덕이의 머리를 쓰다듬었다. 푸른빛이 점점 환해지며 모든 게 확연해졌다. 어리고 흔들리던 것들이 제자리를 찾아가고 있었다.

9

시간 거의 다 됐으니까 다 먹었으면 이제 얼른 돌아가.

정말 가도 돼? 아저씨 진짜로 안 할 거야?

학규는 치킨과 맥주를 먹는 여자를 내내 그저 지켜만 보았다. 청이와 비슷한 나이처럼 보였다.

몇 살이라고 그랬지? 그런데 왜 이런 곳에서 지내.

또 꼰대 같은 소리 하시네. 그런 건 알아서 뭐에 써. 이런 데서 일하는 애들 다 뻔하지. 엄마 아빠 이혼하거나 죽고, 형제들 뿔뿔이 흩어지고, 친척 집 싫어서 어린 나이에 집 나와 여기저기 구르다, 그냥 이러고 사는 거지. 처음엔 술 마시고 남자들이랑 노는 것도 재미있었는데, 지금은 좀 재미없지만, 그래도 살 만해. 조금 심심하지만, 남자 친구도 있고.

연애도 해? 애인이 뭐라 안 해?

지가 어쩔 건데, 먹여 살릴 것도 아니고. 그냥 심심하니까 만나는 거지. 돈 안 받잖아, 애인한테는. 저도 좋은 거지. 뭐라 하긴, 아주 장려하지. 돈 많이 벌라고. 그래도 여자들은 몸이라도 팔지, 걔네들은 이십대에 짱깨나 닭 배달하다 서른 되면 인생 쫑이지, 뭐. 감옥 안 가면 다행이지 뭘 하겠어.

학규의 마음이 답답해졌다. 마치 청이가 자신에게 하는 말처럼 들렸다. 마주 앉아 있는 여자와 청이의 사정이 다르지 않을 거라 생각하니 가슴 아래가 저몄다.

이미 청이를 찾을 수 없다는 것을 알고 있었지만, 그래도 어딘가에서 잘 지내고 있었으면 하는 바람뿐이었다. 그는 딸에게 정말, 아무것도 해준 게 없었다. 앞에 앉아 있는 여자아이와 다를 게 하나도 없었다. 청이가 어렸을 적에는 그의 불륜으로 아내와 불화를 겪느라 딸과 함께 보낸 기억이 없었고, 이혼 후에도 그는 청이를 돌본 적이 없었다. 눈이 먼 후에는 거의 만날 수조차 없었다. 어쩜 청이가 집을 나간 것은 여자의 말대로 당연한 일이었다. 모든 문제는 자신에게 있었다.

그는 자책하고 반성했지만, 봉사인 그가 할 수 있는 일은 없었다. 고작해야 경찰을 찾아가 실종 신고를 하는 것이었지만, 운 좋게 발견해도 청이가 집으로 돌아가는 것을 거부했다. 부랴부랴 찾아가보면 청이는 이미 다른 곳으로 몸을 옮긴 뒤였다. 그는 청이를 만나기 위해 안마 시술소에서 안마사로 일한 적도 있었다. 하지만 안마사와 여자들과는 만날 일이 없다는 것을 알고는 그만두었다. 안마 시술소 여기저기를 수소문하고 다니다가 봉변만 당하곤 했다.

실은 있잖아, 아까 치킨 배달 온 애가 내 애인이야. 되게 귀여워. 그런데 주인이 장사 안 된다고 알바비 세 시간을 까고 퇴근할 때 치킨을 주는 거야. 정말 더럽지 않냐? 그거하고 맥주하고 팔면 2만 원이 남는데 못 파는 날이 대부분이야. 그래서 우린 주로 일 끝나고 강둑에서 둘이 치킨을 먹곤 해. 거지처럼. 애인이 그 근처 버려진 집에서 살거든. 되게 우울해. 맛도 없고. 그런데 내가 이렇게 일 나가서 치킨 시켜주면 애인도 2만 원 벌고 여관에서 먹으면 치킨도 맛있어. 아저씨는 착한 사람이니까 말해주는 거야.

그때 요란하게 전화벨이 울렸고, 여자가 전화를 받는 사이 밖에서 방문을 노크하는 소리가 들렸다.

나 진짜 가야 돼. 오빠가 안 한다고 했다. 딴말하기 없기야.

학규가 괜찮다는 듯이 고개를 끄덕였다.

나중에 다른 말 하면 안 돼. 오늘 못 한 건 다음에 두 배로 해줄게.

학규가 신발을 신고 손을 흔드는 그녀에게 자신도 모르게 손을 흔들었다. 씁쓸한 웃음이 번졌다. 문밖에서 애인이 기다리고 있었던 모양이었다.

조금 이상한 아저씨야. 안 했어.

그럼, SM이야? 때려도 되냐고 물어…….

문이 채 닫히기 전, 머리를 젖히고 눈을 감고 있는 그에게 둘이 속닥이는 소리가 들려왔다.

그는 그렇게 그대로 잠이 들었다.

눈을 떴을 땐 이미 아침이었다. 꿈도 꾸지 않았고, 뒤척임도 없었다. 깨어서 침대에 머리를 기대고 자고 있는 자신을 발견하고는 시간이 얼마 지나지 않은 줄 알았다. 피곤한 하루긴 했지만 조금 이상한 기분이 들었다. 그렇게 깊은 잠에 빠져본 것이 언제인지 기억나지 않았다. 민감해진 감각 때문에 그는 자주 잠에서 깨곤 했다. 자면서 아주 작은 소리만 나도 그는 벌떡 일어났고, 냄새나 촉감에도 예민해 제대로 잘 수 없었다. 앞이 보이지 않는 암흑 속이지만 잠은 더 달아났었다.

그는 아주 오랜만에 깊은 잠에서 깼다. 하지만 그는 무엇을 어떻게 해야 하는지 아무것도 모르고 있었다. 그는 할 수 있는 일도 없고 할 일도 없다는 것에 다시 어제 아침처럼, 매일 아침처럼 절망했다. 그것으로 하루를 시작했다.

배가 고팠다. 배가 고픈 것마저 모멸감이 들었다. 하지만 모텔 방에 틀어박혀서는 끼니를 해결할 수도, 청이나 덕이를 찾을 수도 없었다. 그는 천천히 샤워를 했다. 뜨거운 물이 몸을 타고 흘러내리도록 그는 오랫동안 서 있었다. 그는 마음속으로 항상 누굴 먼저 찾아야 하나 고민하곤 했는데, 다 부질없는 짓이라는 것을 알고 있었다. 자기를 증오하며 떠난 사람들을 찾아다니는 것이 얼마나 어리석은지도 물론 그는 깨닫고 있었다. 덕이를 잃고 눈을 찾은 것 같아서, 볼 수 있게 되자 청이와는 영영 볼 수 없게 되는 것 같아서 볼 수 있는 눈이 원망스러웠다. 볼 수 있다는 것이 후회되었다. 본다는 것이 이렇게 고통인 줄 몰랐다. 볼 수 없는 것을 보고 싶다는 마음이 이렇게 절망스러운 것인지 미처 몰랐다. 지난날 암흑 속에 가려져 있던 자신의 과오와 후회가 이렇게 선명한 것인지 이전에는 알 수 없었다. 그는 샤워기에서 쏟아져 내리는 물줄기를 맞으며 조금 울었다. 울면 마음이 조금 가라앉았다.

그는 모텔 밖으로 나왔다. 찬 공기가 젖은 머리에 달라붙어 등골에 한기가 들었지만 기분이 썩 나쁘지 않았다. 이른 아침 바쁘게 움직이는 사람들이 드문드문 나타났다. 아직 겨울이 시작되기 전이었지만, 사람들은 눈만 내민 채 몸을 꽁꽁 옷으로 감싸고 있었다. 그도 코트 앞섶을 여미고 깃을 세웠다. 크고 우람한 체격이라 지나치는 사람마다 그를 바라보았다. 그는 익숙한 거리를 따라 멀지 않은 시장 쪽으로 걸었다. 때마침 장날이어서 사람들이 분주하게 장을 준비하고 있었다. 그는 천천히 시장을 한 바퀴 돌았다. 시장에 물건을 사러 온 사람들은 거의 없었고, 상인들만 준비를 마치고 군데군데 모닥불을 피워놓고 불을 쬐고 있었다. 학규의 옷차림이 조금 이질적으로 느껴져서인지 지나갈 때마다 상인들이 그를 쳐다보았다. 그때마다 그는 고개를 숙이거나 돌리며 시선을 피했다. 그는 한 국밥집을 찾고 있었다.

그는 한참을 걷다 도로변에서 허름한 간판 하나를 발견했다. '피순대'라고만 달랑 적힌, 그가 찾던 식당이었다. 지난 세월 사이 식당 앞으로 도로가 난 모양이었지만, 식당은 간판이나 내부도 바뀌지 않은 채 그대로였다. 그곳을 드나드는 사람도 그대로인 듯했다. 식당에 들어서자 그는 아주 오래전으로 돌아간 듯 착각이 들었다. 메뉴는 피순댓국밥 하나뿐이었다. 이른 아침이라 그런지 손님은 별로 없었다. 그는 푸짐한 양의 음식을 멍하니 내려다보았다. 선뜻 숟가락이 가질 않았다.

학규와 덕이는 사람들의 눈을 피해 식당이 문을 열자마자 찾곤 했었다. 밤새 나눈 정사와 노곤함을 국밥으로 풀곤 했다. 국밥을 먹기 위해 밤을 새우는 것도 마다하지 않던 덕이가 그리워서 그는 또 눈물이 났다. 다시 꼭 마주 앉아 국밥을 먹을 수 있다면 그는 다시 눈을 내주어도 좋다고 생각했다.

그는 천천히 밥을 먹기 시작했다. 먹는다는 것은 단지 배만 채우는 것이 아니었다. 숟가락을 뜰 때마다 망각 저편에 머물던 기억들이 생경하게 떠올랐다. 그는 천천히 음식을 씹었다. 그가 느끼는 맛이라는 것도 기억의 맛이었다. 똑같은 음식을 먹어도 기억나는 것에 따라 씁쓸함과 달콤함이 다르게 느껴졌다.

왜, 입맛에 안 맞여?

주인 할머니가 더딘 그의 숟가락질이 마음에 걸린 모양이었다.

초장이라도 줄까? 찍어 먹으면 좀 나을 거여. 여기 사람 아닌가 본디, 처음 먹는 사람은 가끔 피순대가 낯설 수도 있어.

그녀는 학규가 대답하기 전에 이미 초장을 그릇에 담아 내왔다. 그가 슬쩍 고개를 숙였다. 여주인의 말에 식당 안에서 밥을 먹던 사람들이 학규를 돌아보았다.

그런디 내가 아까부텀, 들어올 적부텀 입이 근질근질했는디,

아저씨 옛날에 여기 잠깐 있었든 적 있었쥬?

주인이 돌아가지 않고 학규 옆에 서서 찬찬히 그의 얼굴을 쳐다보며 말했다. 학규는 선뜻 대답하지 못하고 안절부절못했다.

내가 장사를 50년째 하잖유. 낼모레 80인디 대충 하는 것 같어도 우리 집서 밥 먹고 가는 사람들 안 잊는 편이랑게. 아저씨 얼굴이 문을 열고 들어오는디 딱, 떠오른 거여. 10년도 훨씬 넘었는디, 20년은 안 된 거 같고. 저기 이름이 기억이 안 나네. 거기, 있잖여, 다방 하는 집에 하숙하던 양반 아녀요. 그 집 딸하고도 가끔 왔었고. 아, 서울서 내려온 무슨 문학 선생 하던 양반 맞잖여.

여주인은 학규를 정확히 알아보았다. 그는 이 읍내 사람들의 기억력에 깜짝깜짝 놀라곤 했다. 시골에 산다는 것은 도시의 생활보다 단조롭다는 것이고, 그런 생활은 기억력과 시간에 대한 무한한 적응이 존재하는 일인 듯했다. 그는 새삼 그런 게 무서웠다.

학규가 대답하지 않고 묵묵히 숟가락을 떴다. 반응이 없자 여주인은 조금 민망해졌는지 주방으로 돌아가며 계속 혼잣말을 했다. 식당 안에서 밥을 먹던 몇몇 손님이 학규를 자꾸 힐끔거렸다.

네, 맞아요, 할머니. 그 집에서 하숙하던 사람이요. 오랜만에 지날 일이 있어 들러봤어요. 여전히 국밥은 최고로 맛있네요.

여주인은 금방 얼굴에 화색이 돌았다. 그럴 줄 알았다는 듯이 아직도 자기가 좀 쓸모 있는 머리와 기억력을 가졌다는 것을 식당 안 사람들에게 말했다. 여주인은 작은 그릇에 수육을 더 담아 내왔다.

오랜만이라니께. 많이 드셔.

접시를 놓고 돌아서는 여주인을 학규가 용기를 내어 붙잡았다. 여주인은 조금 놀란듯이 무슨 일이냐는 듯, 가볍게 턱짓을 했다.

할머니, 거기 다방 집이요. 어떻게 요즘엔 소식 없어요? 식구들 소식 들으신 거 없어요?

거기 꽤 됐쥬. 10년 넘은 거 같은데, 다방 주인 바뀐 지가. 그 남편인가 죽고 딸이 시집갔등가. 그리고 얼마 안 있다가, 거기 그렇게 했잖여.

네? 그렇게 하다뇨?

그 다방 주인이 아마, 무슨 이유 때문인지 몰라도 자살한 거 아니유? 하숙했다드만 아무것도 모르셨구만.

학규는 가만히 고개를 끄덕였다.

뒤로 연락을 한 적이 없어서요.

학규는 보라다방 마담이 자살한 건 알지 못했다. 이미 한참 지난 뒤 덕이가 무덤덤하게 엄마가 죽었다고만 말했다. 놀라서 왜 그런 것이냐고 물었지만 덕이는 끝내 아무 대답이 없었다. 오래전 일이었다.

그 여자가 좀 시끌시끌했잖여. 동네 남자들하고 소문도 많았고. 아시쥬?

…….

학규는 대답하지 못하고 맥없이 국밥만 휘저었다. 오래전이었지만 눈이 멀고 난 뒤부터 그의 기억은 멈춰 있었다. 눈이 멀고 한참 후 덕이가 찾아온 뒤부터 그는 집 안에서만 살았다. 덕이가 주는 밥만 먹고, 그녀가 시키는 대로만 하고 살았다. 그가 할 수 있는 일이라는 것은 집 안을 더듬거리며 용변을 보고 밥을 먹는 정도였다. 그가 무엇을 하든지 덕이는 용납하지 않았다.

근데 생각해보니 그 여자 죽고, 아들이라던가 아주 젊은 양반이 다방을 했었는디, 그 사람도 안 보인 지 꽤 됐지, 아마.

학규의 눈이 번쩍했다. 천천히 숟가락을 내려놓으며 주방으로 돌아가는 여주인의 뒷모습을 쳐다보았다. 운동하던 덕이의 남동생이 다방을 했다는 것은 처음 듣는 말이었다.

벌써 다 먹었슈?

다가온 학규를 보며 여주인이 슬쩍 학규가 남긴 국밥을 쳐다보았다.

오랜만이라 그런가 입맛에 안 맞는가 보네.

학규가 내민 돈을 받으며 여주인이 서운한 듯 말했다.

할머니, 그게 얼마나 됐어요?

뭐가?

아들이 다방 했다면서요.

그 젊은 양반 말여? 아니 혼자 다방을 한 거는 아니고, 그 집 아주 어린 색시랑 같이 했지. 남자가 오토바이 태우고, 색시가 배달 다니고 그러더라고. 사람들이 좀 쑥덕대고 그랬었어. 어린 여자 데려다 다방 레지 시킨다고. 둘이 결혼했는가, 그건 잘 모르겠는데, 아주 어리고 이쁘장한 여자랑 같이 다녔었지, 아마. 한 스무 살이나 됐을랑가? 처음에는 어리고 하도 붙어 다녀서 남맨 줄 알었는디, 아닌가 보더라고. 거기, 딸, 그 누난가. 그니까 있잖여. 아저씨랑도 가끔 왔던 그 여자랑도 셋이 가끔 왔었잖여. 한 5년 됐나? 아주 오래는 안 됐어. 딸은 어디 서울 가서 성공했다등가, 그러더라고. 가끔 내려왔지, 셋이서. 아들 내외는 자주 오고. 여기서 살았응게.

그가 휘청거렸다. 덕이 남동생과 함께 있었다던 여자는 청이임이 분명했다. 학규는 오래전 몇 번 보았던 덕이의 고등학생 남동생이 떠올랐지만, 얼굴이며 자세한 기억은 없었다. 덕이에게 남동생이 있었다는 것도 잊고 있었다. 덕이는 단 한 번도 동생에 대해 얘기한 적이 없었다. 곰곰 생각해보니 덕이의 아버지가 죽었을 때 상주로 앉아 있던 모습이 얼핏 떠올랐다. 그게 전부였다. 덕이의 동생은 타지에서 생활했고, 아주 가끔 집에 들렀는데, 그때마다 학규는 자리를 피하곤 했던 것도 생각났다.

그는 국밥집을 나와 다시 덕이의 옛날 집 쪽으로 걷기 시작했다. 5년 전까지도 다방을 운영했다니 누군가 그들의 소식을 알 만한 사람이 있을지도 몰랐다. 가슴이 두근거리고 점점 걸음이 빨라졌다. 한참 걷던 그가 우뚝 멈춰 서더니 돌아서 터미널 쪽으로 방향을 바꾸어 걷기 시작했다. 그가 뛰다시피 향한 곳은 어제 들렀던 보라다방이었다.

어머, 이 아저씨 또 왔네?

학규가 헐떡거리며 다방에 들어서자 다방에 있는 사람들이 일제히 그를 쳐다보았다. 이른 아침이어서 몇몇 남자들이 커피를 마시고 있었다. 마담도 없고 어제 보았던 여자들도 없었다. 청치마를 입고 있던 여자 혼자 서빙을 보고 있었다.

학규가 구석 자리에 가서 앉았다. 여자가 다가와 어제와는 달리 주문을 받았다. 다방 가운데 자리를 잡고 앉은 남자들이 학규 쪽을 힐끔거렸다. 학규는 그들을 등진 채 자리를 바꿔 앉았다.

커피 주세요.

여자가 금방 커피를 들고 왔다.

…… 저기, 아가씨 것도 한 잔.

여자는 자기가 마실 무엇인가를 큰 잔에 따로 가져왔다.

다들 어디 갔나 보죠?

퇴근했죠. 오늘은 제가 아침 당번이에요. 아침에만 잠깐, 차를 팔 거든. 이 동네는 아침 일찍 차를 마시러 오는 손님들이 있어. 새벽 농사일 갔다가 아침 먹고 잠깐.

학규가 천천히 커피를 마시며 고개를 끄덕였다.

어제, 안 했다면서요?

여자가 가까이 다가앉더니 작은 소리로 중얼거리곤 피식 웃었다.

그런 게 아니고.

학규가 머쓱해서 손을 내저었다. 남자들은 학규를 유심히 바라보았지만 그뿐이었다. 새로울 것 없는 동네에 낯선 사람의 등장만큼 호기심을 갖게 만드는 것도 드문 일이었다. 남자들이 학규를 보며 수군댔다.

놀러 온 것은 아니고, 뭘 좀 물어보려고 왔는데. 마담은 출근하려면 멀었어요?

왜요? 보통은 5시에 퇴근해서 점심때 되어야 나와. 아침은 전날 일 없던 사람이 돌아가면서 맡고. 왜, 무슨 일인데?

여기 다방 인수한 지 얼마나 됐나 해서. 전에 다방 하던 사람들 소식 좀 알 수 있을까 해서요. 내가 아는 사람들이 5년 전까지는 여기를 운영했다고 해서.

글쎄, 우린 잘 모르지. 여기 마담 언니도 여기 사람 아니에요. 우리도 고작해야 1년밖에 안 있어서, 뭘 알까 모르겠네. 이런 것만 소개해주는 브로커가 따로 있으니까, 보통은 다방 자리도 그 사람들 통해서 알아보고, 아가씨들도 마찬가지고 그래.

딸랑, 문에 달린 종이 울리며 한 무리의 남자들이 다방으로 들어왔다. 모두 작업복을 입고 있었다. 아침을 먹고 오는 길인 듯 모두 하나같이 이쑤시개를 물고 있었다.

이따가 점심에 한번 들러요, 그럼. 마담 언니 나오면 물어보세요. 낯선 사람들에게 좀 경계를 하긴 하지만 내막을 들으면 그렇게 매몰찬 사람은 아니야.

여자가 자리를 뜨며 학규에게 소곤거렸다. 주문을 받는 여자에게 남자들이 누구냐는 듯 턱짓을 했다.

애인 생긴 줄 알았지.

학규가 계산을 하는 사이, 한 남자가 여자에게 농을 걸었다.

아는 냥반 같은디, 당최 오래되어서.

남자가 찬찬히 학규의 얼굴을 쳐다보았지만, 학규는 시선을 피하고 그를 향해 등을 돌렸다. 학규는 여자에게 카드를 내밀었는데, 여자가 난감해했다.

다음에, 와서 줘요. 여기 카드 안 돼.

학규가 문을 나서며 얼핏 돌아보자 남자가 그때까지 학규를 바라보고 있었다. 학규도 그와 안면이 있다는 것을 알았지만 정확히 누구인지는 생각이 나질 않았다. 학규가 급하게 다방을 나왔다.

5년 전이면 청이가 집을 나가 있을 때였다. 스물이 되자마자 청이는 갑자기 사라졌다. 편지도 한 장 남기지도 않았고, 전화도 한 통 없었다. 그저 평범한 하루였으나 갑자기 사라진 청이는 뒤로 연락이 없었다. 처음 연락을 받은 것은 2년쯤 지난 후였다. 간혹 엉뚱한 곳에서 연락이 왔다. 학규가 실종 신고를 해놓은 상태라 어떤 좋지 못한 곳에서 단속이나 검문에 걸려 연락이 오곤 했다. 학규는 집을 향해 걸었다. 잠깐 어떤 생각에 골똘해지면 어느새 발걸음은 옛날 집을 향해 걷고 있었다.

그는 집 앞에 서서 허물어져가는 시간들을 바라보고 있었다. 오래전 처음 대문을 들어서며 느꼈던 암울함과 난감함과 절망이 이제 다른 모습으로 서 있었다. 어제 보았던 깜깜한 암흑 안에 그림자로만 서 있던 모습과도 달랐다. 마당은 어른 키 높이로 풀이 자라 있었다. 무엇보다 담쟁이가 집 전체를 둘러싸고 있었는데, 숨도 쉬지 못할 만큼 어떤 압박이 집을 감싸고 있는 것처럼 느껴졌다. 결코 벗어나지 못할 숙명의 그물을 뒤집어쓰고 있는 것 같았다. 집이 처한 운명이 이 집에 살았던 사람들의 숙명으로 번진 것 같은 착각이 들었다.

아저씨는 또 누구래요? 이상한 일이고만. 요새 이 집에 뭔 일이 생길랑가, 자꾸 사람들이 찾아쌌네.

어느샌가 할머니 하나가 학규 옆에 서서 집을 바라보고 있었다.

아저씨도 가만치롬 지켜보니께, 예전에 여기 문간방에 살던 사람이고만. 근디, 누구 집 산다는 사람 나왔어? 요새 사람들이 찾아와쌌는가 보니께.

아, 예.

그는 노인이 말하는 문맥을 잠시 잊고 머쓱해졌다. 자신을 알아보는 사람이 한둘이 아니어서였다.

아니, 근데 할머니, 누가 또 여기 찾아왔어요?

그 있잖어, 딸 말이여. 내가, 여기 감나무집이잖어.

노인이 손가락으로 어딘가를 가리켰지만 학규는 노인을 기억하지 못했다.

딸이라뇨? 덕이가 여길 얼마 전에 들렀어요?

아니, 이 집 딸 말고, 지비 딸 말이여. 심청이 말이여. 아, 가가 어렸을 적, 여기 살 적에 우리 집에 자주 왔었잖요. 우리 외손녀랑 친구여서.

청이가 왔었어요?

몰랐는개비. 지난준가? 아니네, 반소매 티 입고 있었웅게 한 달쯤 됐능가 보네. 아저씨맨치로 여기 서서 우두커니 집을 쳐다보고 서 있드랑게. 어떻게 그렇게 이쁘게 잘 컸나, 대견해서…….

노인이 말을 멈추고 학규를 뻔히 쳐다보았다.

아니, 근데 눈멀었다고 허던디 괜찮은갑네. 잘 봬야?

노인이 학규의 눈앞에 손을 대고 흔들었다. 학규가 고개를 끄덕였다.

그래서 어디로 간다고 말 안 해요? 어디 있다고요?

어디 간댜? 내가 뭘 알간. 그냥 반가워서, 밥 한 끼 차려줬어. 맛있다고 어린아가 밥을 얼매나 먹는지, 이쁘게 잘 컸더라고.

아니, 여기 5년 전까지 살았다고 하더라고요. 그리고 얼마 전에 보신 거예요?

여기서 살았댜? 한 10년, 15년 만에 처음 봤어, 난. 있잖요, 아저씨가 여기 살다가 서울 데리고 가고 못 봤어.

학규는 혼란스러웠다. 순댓국밥집 주인의 말과 감나무집 노인의 말 모두가 맞는 것 같아서, 그는 조금 난감했다. 자신만이 어떤 시간에서 사라져버린 사람처럼 느껴졌다. 사라진 덕이를 찾으러 온 것이었으나, 그는 오래전에 집을 나간 청이의 소식에 가슴이 뛰기 시작했다.

10

학규는 덕이가 잠에서 부스스 깨자 뭐에 댄 것처럼 놀라서 뒤로 물러섰다. 날이 훤해져서 모든 것이 너무 확연해졌다. 자신이 해서는 안 될 일과 일어나지 말아야 할 일을 새로운 하루가 일러주는 것 같았다.

선생님, 어디 갔다 오셨어요. 많이 기다렸어요.

맨바닥에 그대로 잠이 들었던 터라 그녀는 잠에서 깨어 몸을 떨었다. 학규가 이불을 끌어다 덮어주었다.

술 마시고 왔어. 술이 너무 먹고 싶어서.

저 너무 추워요. …… 보고 싶었어요, 선생님.

덕이의 말에 그는 마음이 내려앉았다. 그녀는 잠에서 깼지만 잠에서 나오지 못했다. 그녀는 비몽사몽간 말을 흘렸다. 곧 다시 잠에 떨어졌다. 곤한 숨소리가 아침이게 했다.

학규는 어떤 참을 수 없는 필연에 휩싸였다. 잠잠했던 욕망이 꿈틀거렸다. 그는 일찍 미적인 것만 좇아다녔다. 그렇다고 믿었다. 처음 글을 쓰게 된 이유도 그랬고, 학교를 나오게 된 이유, 조교나 어린 학생들을 만나게 된 것도 그래서였다. 그것은 이유일 수는 있었지만 당위적인 것은 아니었다. 필연적인 관계를 이끌어낼 수도 없었다. 사회적인 시선에서 보면 그저 그런 못된 취향이거나 변명에 가까웠다. 하지만 그는 어떤 것에 매혹되고 자신을 잃어버리는 순간만은 잘 알고 있었다. 그것은 병에 가까웠다. 그는 덕이가 자고 있는 어떤 한 찰나에 몰입되었고, 그것은 미적인 것에 대한 욕망의 본질적이고 철학적인 연유라기보다는 그에게 숨겨져 있는, 가라앉아 있는 욕망의 중요한 모티프였다.

그는 그저 어린 여자를 좋아하는 것뿐이었다. 그가 이성을 잃고 함몰되는 한 지점이 어린 여자에게서 나오는 것뿐이었다. 그는 덕이에게서 멀리 떨어졌다. 벽에 등을 기댄 채 그녀를 바라보았다. 그녀의 숨소리가 들리지 않고 닿지 않는 곳에서 바라보기만 했다.

그녀를 탐하는 것이 어떤 결과를 가져올지 충분히 짐작이 가는 부분이었다. 그는 이성적이어야만 했으나 자꾸 그녀 앞에서 무너져 내렸다. 본능이나 충실한 욕망이 이성을 몰아냈다. 지난날 그는 그것이 예술이고 소설이고 솔직함이라고 여겼지만 그것은 과장된 절망이고 비현실이라는 것을 겨우 깨닫는 중이었다. 조교와의 스캔들은 한 번의 실수로 덮어버렸지만 무수하게 많았던 지난날 여자들과의 관계는 스스로 예술적 감성이라고 치부해버릴 수 있는 것이 아니라는 것을 알게 되었다. 하나같이 무참하게 비틀어진 관계와 상처만을 남겼다. 그러므로 그는 냉정했으며 세상에서 가장 나쁜 남자였다. 어린 여자들이 조금이라도 자기의 삶을 해치도록 놔두는 법이 없었다. 때론 자신이 가진 권위로 제압했고, 현란한 혀와 거짓말로 여자들을 뿌리쳤다.

그는 다시 또 빠져들고 있었다. 얼마 전까지 자기와 정사를 나누던 여자의 딸을 탐하는 것이었다. 그는 그러면 안 된다고 여겼지만 마음과 몸은 자꾸 덕이를 향해서 뻗어 나갔다. 그는 자신을 향한 그녀의 마음을 알고 있었기에 더 나빴다. 그러므로 악연과 절망은 이미 예견되어 있었다.

지난날의 경우와 다른 것이 있다면 덕이는 이제껏 남자에 대한 경험이 전혀 없다는 것이었다. 하지만 학규는 그 점 때문에 마음이 급격하게 허물어지고 있었다. 그는 연인과의 사랑이나 공감에는 아무 관심이 없었다. 그런 감정은 촌스러운 사람들이나 열망하는 것이라고 믿었다. 그는 글을 쓰며 이미 그런 감정을 불태워 소진해버렸고, 교수라는 직업을 가짐으로써 비어버린 마음을 무엇으로 채워야 하는지 알았다. 그는 덕이가 자고 있는 모습을 바라보며 아름다움을 느끼는 것이 아니었다. 이미 사랑을 만들어내는 것이 불가능했다. 그는 갖고 싶어 하는 마음과 기대감, 그리고 가져야만 충족되고 다시 비어버리는 욕망의 순환만을 간직하고 있었다. 그런 자신을 잘 알고 있었다. 그가 욕망하는 것을 단지 망설이는 이유는 후에 자기 힘으로 풀지 못할 어떤 굴레 같은 것에 대한 두려움 때문이었다. 엉켜버린 관계와 그 때문에 생긴 상처 위에서도 다른 것에 대한 욕망으로 괴로워할 것을 알기 때문이었다.

그는 깊은 잠에 빠진 덕이를 잠자코 바라보기만 했다. 그 나름대로 어떤 기다림을 즐기는 방식이었다.

한낮의 햇살이 큰 창으로 쏟아져 들어오고 있었다. 덕이는 눈이 부셔서 잠에서 깼다. 깜짝 놀라서 몸을 일으켜보니 윗목에서 학규가 웅크리고 자고 있었다. 그도 잠에서 깬 듯 몸을 뒤틀었다.

어떡해요. 청이 학교는요.

내가 데려다 줬어.

학규가 잠결에 대답을 하며 돌아누웠다. 덕이는 그의 등이 넘을 수 없는 큰 벽처럼 보였다.

아침은 어떻게 했어요?

대충 먹였어. 걱정하지 말고, 잠이나 더 자.

죄송해요, 선생님.

너는 맨날 뭐가 그렇게 죄송하니.

학규의 말에 전에 없이 송곳 같은 것이 숨어 있었다. 그래서 덕이는 더욱 안절부절못했다.

…….

학규는 곧 다시 잠이 든 듯 낮게 코를 골았다.

선생님, 거기 너무 추워요. 여기서 주무세요.

덕이가 들릴 듯 말 듯 말했다. 학규는 미동이 없었다. 덕이는 웅크리고 잠든 학규의 뒷모습을 우두커니 바라보았다. 자기에게 생긴 감정을 스스로도 이해할 수 없었다. 그는 나이가 많았고, 엄마의 애인이기도 했고, 청이의 아버지이기도 했다. 모든 수식이 그녀가 향하는 마음을 금지하는 것들이었지만, 감정은 그를 보아도, 보지 않아도 하루하루 점점 더 거대해졌다. 무엇을 어떻게 해야 할지 아무것도 알지 못했다. 왜 이렇게 된 것인지 알 수 없었다.

그녀는 단지 소설 읽는 것을 좋아하는 스물이었다. 그건 그냥 운명이라고밖에는 설명할 수 없었다. 그녀는 소설가가 글쓰기 강의를 하러 내려온다는 얘기를 듣고 그가 누구인지도 모르고 괜히 설렜다. 미리 학규의 이름을 알아내어 도서관에서 그의 책을 찾아보면서 이미 사랑할 준비를 마쳤다. 표지 안쪽 책날개에 박혀 있는 학규의 사진을 보고 그가 누구인지도 모른 채 첫눈에 반해버린 것뿐이었다. 그의 소설을 읽으며 그에 대한 상상을 사랑으로 마쳤다. 문간방에 하숙을 시작한 사람이 그라는 것을 알게 된 후에는 자신의 사랑을 운명으로 받아들였다. 엄마의 애인이 된 그를 사랑할 수밖에 없는 것을 숙명으로 알았다. 그를 생각하면 이유 없이 명치끝이 저렸다. 그가 엄마와 정사를 나누는 것을 엿들으면서도 그가 행복해져서 자기 삶을 제대로 찾았으면, 하고 바랐다. 엄마가 다른 남자를 찾아 떠난 것이 그에게 상처로 남지 않기를 빌었다. 그를 떠올리면 위로를 주고 싶었다. 청이를 친동생처럼 살갑게 돌보는 이유도 그 때문이었다. 그는 세상모르고 잠에 취해 있었고 그의 뒷모습을 바라보는 것만으로도 눈물이 새어 나왔다. 그녀는 자기가 덮던 이불을 가져다 그에게 덮어주었다. 그녀는 벽에 등을 기대고 앉아 그의 숨소리를 들었다. 봄 햇살의 따사로움이 창을 통해 가득했지만 방 안에 퍼진 평온함과는 달리 이제껏 한 번도 느껴보지 못한 거대한 비바람이 가슴속에 가득 차는 듯 그녀는 혼란스러웠다.

자는 줄 알았던 학규가 벌떡 일어나서 그녀는 깜짝 놀랐다. 학규가 밖으로 나갔다. 그녀도 엉거주춤 무슨 일인가 싶어 따라 나섰다. 그가 수돗가에서 세수를 하더니 나설 채비를 했다. 그녀는 문가에 앉아 그를 바라보기만 했다.

선생님, 어디 가시려고요?

그가 대답은 않고 대문을 나섰다. 그녀가 급하게 그를 따라나섰다. 봄이 성큼 다가와 있었다. 햇살은 눈부셨고 간혹 불어오는 바람은 차갑지 않았다. 그녀는 성큼성큼 골목길을 내려가는 그를 놓치지 않기 위해 종종걸음으로 뛰다시피 했다. 그래도 자꾸 그와의 거리가 멀어졌다. 정신없이 발걸음을 재촉하는데 그가 우뚝 서서 돌아보고 있었다. 그녀도 깜짝 놀라 걸음을 멈추었다.

나 따라오는 거니?

그녀는 대답하지 않고 고개를 모로 돌렸다. 따뜻한 햇살을 받은 그녀의 얼굴이 화사했다.

나 따라오는 거면 얼른 이리 와. 밥 먹으러 갈 거야. 같이 걷자.

그녀가 슬금슬금 다가왔다.

넌 내가 무섭니?

그녀가 고개를 설레설레 흔들었다.

그럼?

그녀는 이번에도 말은 못 하고 고개만 흔들었다. 힘들게 골목을 오르는 할머니 한 분이 둘을 이상한 눈으로 쳐다보았다.

덕이 아녀? 왜, 무슨 일여?

할머니가 학규를 아래위로 훑어보았다.

안녕하세요, 할머니. 아무 일도 아니에요.

덕이가 쭈뼛쭈뼛 학규에게 다가섰다.

저기, 저희 집에서 하숙하시는 선생님이세요, 할머니. 저기, 위에 감나무집 할머니세요.

그녀가 학규와 할머니 사이에 서서 속삭이듯이 말했다.

아, 안녕하세요, 할머니.

학규가 꾸벅 고개를 숙였지만 할머니는 고개만 끄덕이곤 의심을 풀지 않는 눈치였다.

밥 먹으러 내려가는 길이에요. 할머니는 식사하셨어요?

무슨 밥을 때도 없이 어정쩡하니 그런댜? 아침은 벌써 지났고, 점심은 너무 이른디. 젊은 사람들은 그런개벼.

할머니가 이유 없이 웃었다.

제가 글을 쓰느라 낮밤을 뒤바꿔어 살아서 그럽니다.

학규가 넉살을 부렸다.

아, 이 냥반이 서울서 내려왔다는 거시기고만. 덕이네 집에서 거시기하면서 저기 도서관에서 거시기한다는. 니네 어매랑 거시기도 한담서.

네?

덕이가 피식 웃었다. 할머니는 덕이가 한 말을 이제야 생각이 났다는 듯이 무릎을 치며 말했다.

이제, 봄 왔나벼. 더워, 겨울옷이.

할머니가 자기 할 말만 하고 획 돌아서 다시 골목을 올랐다. 학규는 말을 알아듣지 못하고 당황스러워서 얼굴이 금세 벌게졌다.

거시기구만.

할머니가 혼잣말을 했고, 학규는 또 자기에게 하는 말인 줄 알고 귀를 세웠다. 덕이가 웃음을 참으면서 가만히 학규의 팔을 잡아끌었다.

뭐라시는 거야? 넌 알아들어?

그녀가 긴장이 좀 풀렸는지 웃음을 참지 못하고 키득거렸다.

좀 알려줘. 뭐라고 했는지. 거시기가, 거시기가 뭐라는 거야, 도대체.

덕이가 환하게 웃었고, 학규도 웃는 그녀를 보자 모처럼 기분이 좋았다.

정말 밥이나 먹으러 가자, 덕이야. 기다렸다가 청이도 데려오고.

아, 이 냥반이 서울서 내려왔다는 거시기고만, 선생님이시구만. 덕이네 집에서 거시기하면서, 하숙하면서, 저기 도서관에서 거시기한다는, 강의한다는, 니네 어매랑 거시기도 한담서, 엄마랑 연애도 한다면서.

덕이가 신이 나서 할머니가 했던 말을 따라 하며 설명을 붙였다. 마지막 말을 듣고서 학규는 얼굴이 화끈 달아올랐다.

이미 동네에 소문이 다 났구나.

학규는 머쓱해져서 기분이 금세 가라앉았다.

작은 동네잖아요. 끼니 반찬도 서로 다 알아요. 그나마 우리는 외지인이라 좀 덜한 편이에요.

덕이는 아무렇지 않다는 듯 학규를 안심시켰다.

어떡하니, 소문이 안 좋게 나서.

상관없어요. 그래 봤자 대부분 노인들이고. 그런 거 신경 안 써요. 엄마도, 저도요. 선생님도 신경 쓰실 거 없어요. 그래 봤자 잘 알지도 못하는 사람들이잖아요.

학규가 고개를 끄덕였다. 둘은 나란히 골목을 내려갔다. 따뜻해진 햇살에, 춥지 않은 바람에 덕이는 기분이 괜찮았다. 학규는 그런 그녀를 보니 좋았다.

봄은 얼어붙었던 마음도 녹게 했다. 한파처럼 몰아쳤던 굴곡 많은 마음의 괴로움들이 아무 일 아니었던 것처럼 각자의 자리에 내려앉았다. 사방 천지가 꽃들로 화사했다. 날씨가 완전히 풀리고 녹색의 여음이 완연해지자 덕이네 집 식구들도 안정을 찾아가는 것 같았다. 덕이와 학규는 서로의 감정을 숨긴 채 각자의 마음을 붙잡았다. 바야흐로 봄이었다.

청이는 초경을 했다. 덕이가 엄마처럼 청이를 챙겼다. 그것으로 청이는 부쩍 더 학규와 데면데면해졌다. 서울에 살 때도 밖으로만 나돌던 아빠였고, 내려와서도 청이는 아빠보다는 덕이를 더 의지해서 학규가 낄 틈이 별로 없었다. 청이는 사춘기여서 아빠를 보면 괜히 얼굴을 붉히며 피하곤 했다. 학규도 방법을 몰라 그저 덕이에게 모든 것을 맡겨둔 채 뒤로 물러나 있었다. 청이는 덕이의 그림자만 밟고 다녔다. 부쩍 소녀가 되어가는 와중이었다.

봄은 꽁꽁 얼었던 만물의 심정을 누그러뜨렸다. 모든 일이 잠잠해지고 안정적으로 마음이 가라앉았다고 생각했을 때 일이 일어났다. 덕이는 훨씬 편해진 마음으로 학규의 방을 들락거렸다. 청이를 학교에 보낸 다음, 오전 내내 거의 학규의 방에서 그의 책을 뒤적였다.

원래 제 방이어서 그런지 이곳이 마음 편해요. 조금 지저분해졌지만 오히려 잘 어울리는 것 같아요.

학규는 출판사에서 원고를 받아 교정보는 일을 시작했다. 마담이 집에 들르는 경우가 드물게 되자 학규는 가장 아닌 가장 노릇을 하고 있었다. 청이를 학교에 보내려면 무슨 일이라도 해야 했다. 그는 교정 일을 하면서 스트레스가 이만저만이 아니었다. 글을 쓸 때보다 더욱 날카로워져 있을 때가 많았다.

도무지 이해할 수가 없어. 맞춤법도 모르는 작자들이 무슨 작가라고 말이야.

왜요? 많이 엉망이에요?

내 글을 쓰는 것보다 남의 글을 만지는 게 더 힘들어. 마음에 드는 구석이 하나도 없어.

그는 자주 앉은뱅이책상을 무르고 그대로 눕기 일쑤였다. 낮은 천장이 멀고 높게 느껴졌다. 점점 시력이 나빠져 그는 자주 눈을 꼭 감았다 떴다. 아침에 그러다가도 오후가 되면 괜찮아졌고, 밤이 되면 또 침침해졌다.

안경을 맞추어야 하나. 요즘 원고를 봐서 그런지 잘 안 보여.

그가 엎드려서 책을 읽고 있는 덕이를 눈을 껌벅이며 바라보았다.

노안 온 거 아니에요?

그녀가 까르르댔다. 그가 순식간에 그녀 옆에 가서 누운 것은 굉장히 자연스러운 일이었다. 그녀도 슬쩍 쳐다볼 뿐 이내 책으로 시선을 옮겼다.

아직 그 정도는 아니거든? 너보다는 많지만 나 아직 마흔도 안 됐어.

책을 읽는 그녀의 옆 선이 고왔다. 하얀 피부와 똑 떨어지는 턱 선이 맑았다. 가늘게 내쉬는 숨과 살짝 들린 코가 예뻤다. 긴 속눈썹이 움직일 때마다 잠시 미뤄두었던 감각이 천천히 일어서고 있었다. 그는 팔베개를 하고서는 그녀의 얼굴과 휘어진 허리선을 바라보았다. 그가 결국 마지막 선을 참지 못한 것은 그녀의 냄새 때문이었다. 아주 희미하고 미약하게 그녀가 숨을 내쉴 때마다 질끈 묶은 머리에서, 고운 턱 선에서, 작게 오르내리는 어깨에서 그녀의 냄새가 풍겨왔다.

그가 아주 천천히 다가가서 그녀의 귓불에 입을 맞추고는 다시 멀리 떨어졌다. 그녀는 너무 놀라서 몸이 굳었다. 어떻게 해야 할지 몰라서 책에서 시선을 떼지 않았다. 점점 숨이 거칠어지며 볼이 빨개졌다.

그가 다시 상체를 일으켜 그녀에게 다가갔다. 그녀의 숨소리가 빨라졌다. 코로 내뱉는 숨이 고르지 못했다. 이번에는 더욱 길게 그녀의 귓불을 빨았다. 혀로 귓바퀴를 천천히 핥았다. 그녀는 책에 시선을 박고는 미동도 하지 않았다. 그가 하는 것을 내버려두었다. 작은 신음 소리가 터져 나왔다. 아니, 거친 숨을 참지 못하고 내뱉는 소리였다. 그녀가 손으로 입을 가렸다. 그는 귀에서 턱 선을 따라 입을 맞추었다. 가늘고 긴 목선을 따라 움직였다. 그녀는 점점 무방비 상태가 되었다. 머릿속은 아찔하고 어지러웠다. 그녀는 눈을 감고 그가 움직이는 대로 느꼈다. 점점 자기의 입술을 향해 다가오는 그의 혀를 느끼고 있었다. 볼을 타고 입술 쪽으로 움직이는 그의 입술을 그녀는 기다렸다. 그가 입술을 가볍게 물었다. 처음엔 밑에 입술을, 다음엔 윗입술을 물고 키스했다. 그리고 이 사이를 비집고 혀가 들어와 혀를 찾았다. 그녀는 그저 입을 벌리고만 있었다. 감은 눈 속에서 소용돌이치는 어떤 바람을 맞고 있었다. 갑자기 그가 몸을 일으켰다. 그녀는 자기가 뭘 잘못한 건가 싶어 놀란 눈을 뜨고 그를 올려다보았다.

바보, 너 키스도 안 해봤구나? 혀 좀, 줘봐.

네?

그녀는 더욱 놀라고 창피해져서 귓불까지 벌게졌다. 그의 말대로 처음이었다. 그의 혀가 다시 입술로 들어오자 그녀는 모든 생각이 순식간에 사라졌다. 그의 혀는 그녀의 혀를 찾았다. 그의 혀가 움직일 때마다 조금씩 자기의 영혼이 빠져나가는 기분이 들었다. 그의 손이 천천히 움직였다. 그녀의 몸 위를 떠다녔다. 그럴 때마다, 그의 손길을 느낄 때마다 오스스 소름이 돋았다. 자꾸 몸 어딘가가 간지러웠다. 옷 안으로 들어온 그의 손이 따뜻하고 부드러웠다. 그러면서도 심장은 터질 것처럼 뛰었다. 그의 손이 움직이는 모든 곳에 길이 나는 것 같았다. 몸이 갈라지는 것처럼 섬뜩한, 아프지 않고 긴장감이 충만한 그런 느낌의 길이 났다. 그녀의 몸은 갈라지고 벌어졌다. 그녀는 모든 것을 그에게 내맡겼다. 그는 서두르지 않았다. 천천히 차근차근 그녀의 옷을 벗겨냈다. 그녀는 하나도 부끄럽지 않았다. 아무것도 알지 못했지만 아무것도 알 수 없는 것이 아니었다. 그녀가 단단한 그의 가슴을 쓸었다. 그의 가슴팍에 자기의 얼굴을 묻었다. 정신은 점점 아찔해졌고, 자기 아닌 다른 누군가가 자기의 몸을 이끌고 있는 것 같았다. 그녀는 처음 느끼는 감각에 눈을 뜨고 있었다. 그녀의 몸이 훤히 드러나자 그가 한발 물러났다. 그녀는 몸을 웅크리고 그를 올려다보았다. 아버지의 성기와 달랐다. 쪼그라들고 늘어진 그것과 달랐다. 그녀는 그의 시커먼 성기에서 눈을 떼지 못했다. 인격을 가진 또 하나의 생물체 같았다. 그녀가 손을 뻗자 그가 한발 가까이 다가섰다. 그가 자신의 페니스를 그녀의 얼굴 가까이 들이밀었다. 그녀가 자연스럽게 입속 깊숙하게 그것을 물었다. 남자에게서 작은 신음 소리가 배어 나왔다.

그가 그녀의 몸에 들어왔다. 몸이 산산이 부서져 먼지가 된 느낌이 들었다. 머릿속은 멍해졌다. 눈앞이 아득해졌고, 말할 수 없는 고통이 깊숙한 곳에서부터 흘러나왔다. 그녀가 입술을 깨물었지만 아픔에 겨운 신음 소리가 새어 나왔다. 그가 움직일 때마다 조금씩 아주 조금씩 몸은 허물어지고 사라지는 기분이었다. 온 신경이 오직 하나의 감각으로 모아졌다. 그녀의 몸은 모래로 만들어진 것처럼 조금씩 바람에 파도에 씻겨나가는 것 같았다. 마지막으로 아무것도 남지 않고 모든 것이 사라진 그 때, 그도 그녀도 절정에 다다랐다. 아무 소리도 들리지 않았다. 귓속에선 날벌레가 파닥거렸다. 감정도 느낌도 없는 상태를 그녀는 처음 경험했다. 땀으로 뒤범벅된 그가 그녀의 위에 포개어져 있는 것도 느낄 수가 없었다. 성이라는 것은 상대적인 것을 느끼고 받아들이는 것이었지만, 그녀는 맨 처음의 경험이 오직 자신에게로만 향해 있는 기분이 들었고, 그것은 굉장히 만족스러운 것이었다. 몸이 다시 몸으로 돌아왔을 때 그녀는 그의 존재를 느꼈고, 사랑스러웠고, 고마웠다.

둘은 아무 얘기도 하지 않고 벌거벗은 채 포개져 있었다. 시간이 지나자 부서졌던 몸이 다시 일어나는 것 같았다. 그녀가 다시 그의 몸을 탐하기 시작했다. 그녀는 그의 몸 위에서 본능이 시키는 대로 움직였다. 능숙하지 않았지만 열정적이었다.

그가 오히려 당황했다. 단 한 번 그녀가 그의 것이었다면 이후부터 온전히 그는 그녀의 것이 되었다. 그는 그녀를 거부할 여력이 없었다. 덕이의 몸은 아름다웠다. 세상의 모든 편견과 조롱을 감수하고라도 가지고 싶을 만큼 찬란했다. 그는 자기 몸 위에서 너울거리는 그녀의 몸이 감격스러웠다. 햇살을 받아 눈부신 빛을 발하는 그녀를 똑바로 바라볼 수가 없었다. 두 번째의 여정은 첫 번째보다 짧았고, 세 번째 여행은 고단하고 길었으며, 쾌감도 길었고 여운은 오래오래 방 안에 남겨졌다. 둘은 벌거벗은 채 그대로 잠이 들었다. 두 사람 모두 그렇게 깊은 잠에 빠진 것은 참으로 오랜만이었다. 낮은 금방 저물어 창밖은 어둑어둑해졌고, 둘은 같은 꿈속에서 헤어 나오지 못했다. 죽을 만큼 깊고 아련한 잠 속에서도 둘은 서로의 몸을 탐했다. 덕이는 그에게서 떨어지지 않으려고 잠결에서도 그의 성기를 꼭 쥐고 있었다.

청이가 그의 방문을 두드리고 나서야 이미 하루가 가고 있음을 깨달았다. 둘은 서둘러 옷을 갈아입었고, 덕이는 황급히 방구석 트렁크 뒤에 몸을 숨겼다.

언니가 데리러 안 왔어.

청이는 울고 있었다. 학규가 마당에 내려서서 청이를 꼭 안아주었다.

오늘 일이 있어서. 아빠가 갔어야 했는데, 잠이 들어서 깜빡했어. 아빠가 미안해.

미워. 다 싫어.

청이가 그의 품에서 엉엉 울었다. 큰 여행 가방 뒤에 몸을 숨긴 덕이는 뜨끔하고 미안해서 손톱 끝을 물었다. 원래 있던 현실로 돌아왔지만 한잠 자고 난 뒤의 그녀는 더 이상 예전의 그녀가 아니었다. 그녀는 자기가 한껏 성숙해진 것을 느낄 수 있었다.

그래서 계속 기다렸어?

계속 기다렸어. 하루 종일 기다렸어.

청이가 서럽게 학규의 품에 안겨 울었다. 셋 모두에게 새로운 날이 분명했다. 청이는 덕이에게 버림받았다고 느꼈으며, 덕이는 새로운 세계에 진입했고, 학규는 삶의 큰 활력을 되찾았다. 셋은 모두 이유는 달랐지만 서로에게 자신에게 의미 있는 날이었다. 이후 인생에서 이 맨 처음의 날이 어떤 결과를 낳게 될지는 알지 못했다. 그냥 그저 그런 하루가 인생의 먼 결과를 갖고 있다는 것만큼 아이러니한 것은 없었다. 어쩌면 셋, 모두는 그 하루가 특별하지 않게 그저 그런 평범한 하루였어야 했을지도 모를 일이었다.

들어가서 손 씻고 있어, 아빠가 얼른 가서 언니 찾아올게.

언니, 싫어. 이제 말 안 할 거야. 선물도 준비했는데.

그럼, 이따 보면 막 화내. 그럼 되지.

청이가 씩씩거리며 안채로 사라졌다. 덕이가 슬그머니 마당으로 나왔다. 둘은 눈이 마주치자 미소를 머금었다. 서로는 지나치며 슬쩍 손을 잡았다. 덕이도 안채로 사라지고 학규는 마당에 쭈그리고 앉아 저물녘 하늘을 올려다보았다. 서쪽 하늘은 붉은빛으로 물들어 있었고, 모처럼 평안해 보였다.

덕이야, 너도 공부를 해서 대학에 가지그러니.

선생님도 참, 내가 대학에 가서 뭐해요.

그렇다고 계속 놀이공원에서 일을 할 수도 없잖아. 미래를 준비해야지.

나는 선생님만 있으면 돼. 청이랑 선생님이랑만 있으면 돼.

학규는 무슨 말인가를 하려다가 참았다. 나른한 평일 오후였다.

덕이는 곧 놀이공원 개장에 맞춰 다시 출근을 했다. 하지만 기쁘지 않았다. 학규와 있는 시간이 줄어들기 때문이었다. 밀린 임금이 해결된 것도 아니었고 월급이 꼬박꼬박 들어오리란 기대도 없었지만 어쨌든 일은 해야만 했다.

며칠 전 밤에 한 무리의 남자들이 집 안으로 들이닥쳤다. 마담을 찾는 사람들이었다. 다짜고짜 행패를 놓았지만 덕이는 당황하지 않았다. 놀란 청이가 학규의 품을 파고들었다. 멀찍이 비켜서서 그들을 바라만 보았다. 덕이는 야무진 데가 있었다.

니네 엄마 못 찾으면 니가 그 돈 다 갚아야 돼.

덕이는 대답하지 않았다. 한동안 행패를 부리던 남자들도 어쩔 수 없다는 듯 돌아갔지만 언제 또 이런 일이 벌어질지 모를 일이었다. 그러고 보니 엄마가 집에 다녀간 지도 한 달이 넘었다. 가끔은 전화로 안부를 묻고 소식을 전해주곤 했는데 한 달째 소식이 감감했다.

선생님, 우리 서울 가서 살까?

서울에 가서 어떻게 어디서 살아.

내가 일하면 돼요. 선생님도 다시 강의할 거라면서요.

학규는 말없이 읽고 있던 책의 책장을 넘겼다. 청이는 엎드려서 숙제를 하고 있었고 덕이는 둘을 번갈아 바라보기만 했다. 청이가 가끔 덕이와 학규를 바라보았다.

이제 일하러 가면 청이는 어떡해요.

뭘 어떡해. 혼자 다녀야지. 이제 청이가 앤가?

청이는 입을 비죽거렸다. 덕이는 근심스러운 눈으로 두 사람을 쳐다보았다. 긴 한숨을 내쉬었다.

다방에 가봤더니 엄마가 없었어요. 다른 사람이 인수했대.

학규가 책에서 눈을 떼고 덕이를 넌지시 바라보았다. 덕이가 딴청을 피우며 그의 시선을 피했다.

엄마, 소식 없어?

그녀가 고개를 끄덕였다.

어디에 계신지도 말 안 했어?

그가 청이 눈치를 슬쩍 보며 말을 했다. 덕이는 이번에도 고개만 끄덕였다.

언니 엄마 예쁘던데. 우리 엄마는 못생겼어. 화만 내고.

덕이가 청이 머리를 쓰다듬었다.

별일 없을 거야. 걱정하지 마, 덕이야.

학규가 덕이를 그윽하게 바라보았다.

그런데 언니 우리 집 두고서 왜, 맨날 아빠 방에 있어? 언니, 우리 이제 우리 방으로 가자. 우리끼리만 있자.

청이가 노트를 덮더니 덕이의 팔을 잡고 재촉했다. 덕이는 청이에게 끌려 나가다시피 했다. 덕이는 매일 밤 청이를 재우고 엄마가 그랬던 것처럼 학규의 방으로 향했다. 그녀는 단 한 순간도 그와 떨어져 있는 게 싫었다. 스물한 살 그녀는 이제껏 무엇엔가 그런 집착이 생긴 적이 없었다. 그녀는 살면서 자기가 가져야 하는 것에 대해 욕심을 부린 적이 없었다. 어린 청이는 잠결에 그녀를 찾았다. 덕이가 있던 빈자리를 잠에서 깨어 우두커니 바라볼 때가 많았다. 어린 그녀도 밤마다 덕이가 아빠에게 가는 것을 알고 있었다. 어린 청이는 왜 자기가 좋아하는 사람들마다 떠나가는 것인지 슬펐다. 엄마도 그랬고, 덕이도 그랬고, 모두 아빠 때문이었다. 그녀는 잠에서 깨어 울다가 잠들기 일쑤였다.

학규는 잠결에 그녀가 시커먼 그림자로 서 있는 것을 바라보았다. 덕이는 알몸으로 서서 그가 잠에서 깰 때까지 기다렸다. 어두운 벽의 그림자 안에 자기를 숨기고 자고 있는 그를 내려다보았다. "사랑해, 선생님" 그녀는 소곤거렸다.

꿈결에 본 그녀의 나체는 비현실적으로 아름다웠다. 매끄러운 살결은 멀리 떨어져 있어도 윤이 났다. 잘록한 허리와 골반으로 이어지는 곡선은 평화스러웠다. 양쪽 팔꿈치를 향해 벌어지며 툭 떨어진 가슴은 안개 낀 호수처럼 아득하고 고요하고 고즈넉했다. 갈비뼈가 언뜻언뜻 드러나는 부서질 듯 가냘픈 몸이 그를 꿈속에서 불러냈다. 매일 밤 꿈속에서 환생하는 신비로운 여인을 그가 맞았다. 그는 어둠 속에서 꿈틀거리는 여자의 나신에 취했다. 황홀했고 그보다 더 아름다운 것을 그는 일찍이 본 적이 없었다. 그는 매일 밤 다른 환상에 빠져들었다. 그녀는 그에게 헌신적이었으며 열정적이었다. 그의 상상을 그토록 충족

시켜준 여자는 이제껏 없었다. 그녀의 혀는 수줍었으나 촉촉했다. 그녀의 혀가 그의 몸 구석구석 헤집고 다닐 때마다 피부가 슬며시 벌어지는 것처럼 아찔했다. 눈을 감고 있으면 한 마리 뱀이 자기 몸 위를 기어 다니는 것 같았다. 그녀는 천천히 부드럽게 시작해서 점점 다급하게 몸을 휘었다. 그리고 다시 아주 느리고 가볍게 그의 몸을 떠다녔다.

황홀한 꿈결의 정사가 끝나면 그는 금방 잠에 다시 곯아 떨어졌다. 그녀는 그의 몸에 찰싹 달라붙어 떨어지지 않으려고 애썼다. 그는 돌아눕기 일쑤였다. 슬쩍 그녀를 밀어내며 몸을 뗐다. 의식적으로 그런 것은 아니었고, 그의 습성이었다. 덕이는 그런 순간이 올 때마다 가슴 깊은 곳에서부터 묵직한 것이 목울대를 타고 넘어오는 것을 꾹 참았다. 그의 돌아누운 뒷모습에 감당할 수 없는 서러움이 서려 있었다. 그녀는 손을 뻗어 그의 등을 쓸었다. 낮게 그가 코를 골았다. 괜스레 눈물이 흘렀다. 학규가 햇살에 눈부셔 잠에서 깨보면 그녀는 이미 없었다. 한 번도 그녀가 방을 나서는 모습을 본 적이 없었다. 그녀는 아침이 되기 전 청이의 옆자리로 돌아왔다. 자고 있는 청이를 보면 그의 딸이라는 것이 신기했다. 닮은 듯 전혀 닮지 않은 청이의 얼굴을 오래도록 바라보았다. 청이는 잠결에 덕이의 품을 파고들었다. 떨어지지 않으려고 그녀를 꼭 껴안았다.

놀이공원은 봄을 맞아 다시 문을 열었지만 손님은 드물었다. 놀이기구 사장들과 상점 주인들만 기대가 커서 분주하게 움직였다. 덕이도 매표소로 돌아왔다. 아침부터 조그마한 티켓 박스 안에 앉아 손님을 기다렸지만 한겨울만큼도 사람들이 없었다. 그녀는 작은 구멍을 통해 밖을 내다보며 온종일 학규 생각만 했다. 엄마나 남동생, 돌아가신 아버지와 같은 원래 가족들은 아주 오래전에 헤어진 사람들처럼 마음속에서 까마득해졌고, 짧은 시간임에도 불구하고 학규와 청이가 자기의 진짜 가족처럼 느껴졌다.

서쪽으로 사정없이 해가 허물어졌다. 붉은 하늘이 세상 모든 빛을 훔쳐서 달아나고 있었다. 그녀는 서둘러 매표소 문을 닫았다.

여기, 일찍 문 닫네요?

네, 야간 개장은 다음 주부터예요.

그녀는 문을 잠그고 돌아서다 깜짝 놀랐다. 학규가 청이의 손을 잡고 서 있었다.

언니 보러 왔어.

청이가 신이 나서 주변을 두리번거렸다.

그런데 놀이공원이 뭐 이래.

청이가 실망한 듯 볼멘소리를 했다.

일 끝났어? 같이 밥 먹으려고. 나 교정 일 돈 들어왔어. 생각했던 것보다는 규모가 크네, 제법.

언니가 놀이기구 태워줄까?

언니랑 같이 타.

덕이와 청이는 함께 빙글빙글 돌아가는 원반 같은 기구를 탔다. 학규가 멀찍이서 둘을 바라보았다. 그녀들은 꼭 친자매 같았다. 어지럽게 돌아가는 기구에서 떨어지지 않으려고 서로를 꼭 붙잡았다.

셋은 오랜만에 외식을 했다.

청이는 순대 괜찮아?

나 엄청 좋아해.

주인 할머니가 셋을 맞았다. 처음엔 청이와 덕이를 보고 반가워하다가 뒤따라 들어오는 학규를 보고선 인상을 찌푸렸다.

오늘은 선상님이랑 같이 왔네?

주인이 억지로 웃어 보이며 말했다. 덕이가 대답은 않고 쭈뼛대며 고개를 끄덕였다. 옆에 앉은 청이가 누구냐는 듯 눈짓을 했다.

저기, 선생님 따님이에요.

아, 그래. 딸이 있었어? 우리 선상님은 술을 너무 드신다.

시키지도 않았는데 주인 할머니가 소주를 내왔다. 학규가 멋쩍게 웃었다.

덕이 쟈가 학교 다닐 때 백일장에서 상도 타고 그랬어. 글 잘 쓴다고 엄마가 자랑도 많았는데. …… 그땐 덕이네도 아무 일두 없이 평온했제. 오래전이여 벌써. 지 애비 눕기 전이니. 그치?

덕이가 어색하게 웃으며 고개를 끄덕였다. 덕이가 학규를 바라보며 살짝 미소를 머금었다. 셋은 순댓국과 머릿고기를 먹었다. 덕이와 학규는 가볍게 소주를 한잔 했다. 청이는 두 사람 사이에 있는 게 기쁜 듯 학교에서 있었던 일을 연신 재잘거렸다.

셋은 천천히 걸어서 집으로 돌아왔다. 엄마의 소식이 전혀 없어서 걱정이 됐다. 순댓국밥집에 간 이유도 혹시나 엄마가 들렀을까 해서였는데, 주인 할머니도 본 지 꽤 됐다고 했다. 엄마가 남자를 따라나선다고 했을 때 연락처라도 받아둘 것을 후회됐다. 청이는 피곤했는지 일찍 잠에 떨어졌다.

덕이는 그 앞에서 점점 과감해졌고, 자기의 솔직한 감정을 숨기지도 않았다. 방에 불을 켜자 발 디딜 틈 없이 어지러웠다. 학규는 발로 대충 짐들을 밀어놓았다.

방이 살아 있나 봐요. 내가 며칠 안 들어오면 저절로 이렇게 되네.

덕이가 학규의 책과 옷가지를 정리했다. 학규가 물러나 뻘쭘하게 서서 그런 그녀를 지켜봤다. 그녀는 무릎을 꿇고 엎드려 방을 정리했다. 그녀를 보자 잠잠했던 성욕이 일었다. 밑으로 휘어진 허리의 굴곡이 그를 가만두지 않았다. 그가 갑자기 그녀에게 덤벼들었다. 거칠게 옷을 벗기고 그녀의 몸을 탐했다. 그녀의 머리맡에 살만 루슈디의 『한밤의 아이들』이 있었다. 그는 그녀의 몸속으로 들어가며 인도의 한 풍경을 떠올렸다.

그는 잠이 들었다. 깨보니 그녀가 없었다. 돌아눕는데 잠결에 벌거벗은 스탠드 앞 그녀가 눈에 들어왔다. 그녀는 의자 위에 무릎을 세워 앉은 채 책을 읽고 있었다. 그가 몸을 반쯤 일으켰다. 그는 눈에 졸음이 가득했다. 그녀와 몸을 섞으면 여지없이 엄청난 졸음이 쏟아졌다.

선생님, 난 이 작가의 책이 너무 좋아요.

그녀가 블라디미르 나보코프의 『롤리타』를 흔들었다.

결국 사랑엔 죄나 용서도 미움이나 책임도 필요 없는 것 같아. 죄책만 남아요. 그게 마음에 들어, 정말.

너 제법인걸?

학규가 그녀를 보며 미소 지었다. 그녀가 책을 들고 벌떡 일어섰다. 불빛을 등진 빛나는 그녀의 윤곽이 그를 내려다 봤다.

우리 한 번 더 해요. 롤리타처럼 우리도, 그렇게 해요.

그녀가 그의 몸 위로 쓰러졌다.

놀이공원은 주말에 사람들이 제법 몰리자 야간 개장까지 하게 됐다. 낮보다 밤에 손님들이 붐볐다. 그녀는 작년과는 달리 일을 하는 것이 하나도 기쁘지가 않았다. 시간은 더디게만 흘렀고, 집으로 돌아갈 시간은 멀기만 했다.

봄은 빠르게 흘러 금방 여름을 눈앞에 두었다. 봄은 봄인가 싶으면 가고 없었다. 날씨가 많이 따뜻해졌고 천지사방에 꽃들이 만개했다. 이상하게 환한 꽃만 보아도 덕이는 눈물이 났다. 놀이공원을 찾는 사람들도 많아졌다. 연애하기 좋은 계절이었다. 그녀는 이제껏 자기 또래가 부러운 적이 없었지만, 놀이공원에 놀러 온 많은 제 또래의 커플을 보면 자기는 너무 다른 세상에 살고 있는 것같이 느껴졌다. 그럴 때면 자기가 앉아 있는 티켓 박스가 너무 답답하게만 느껴졌다. 자신의 세상은 오직 한 평 남짓한 작은 매표소 안에 남겨진 것 같았다. 탈출구도 없고, 미래도 없는 시간이 흐르는 것만 같았다.

한밤중이 되어서야 놀이공원은 문을 닫았다. 늦게까지 사람들이 붐볐다. 마지막 손님들이 모두 놀이공원을 빠져나가고, 놀이기구들의 조명이 모두 꺼질 때까지도 그녀는 우두커니 매표소 안에 앉아 있었다. 부쩍 몸이 나른하고 자꾸 우울해졌다. 예전엔 아무렇지 않고 생각하지 못했던 것들이 떠올라서 그녀는 종종 깊은 상념에 빠져 있곤 했다. 놀이공원의 모든 불이 꺼지고 모든 사람이 퇴근을 하고서야 그녀는 겨우 몸을 일으켰다. 피곤하고 몸이 무거웠다. 봄이 한창인 것이 분명했다. 한낮이면 꾸벅꾸벅 졸고 있기 일쑤였다. 아버지가 아프고 엄마는 빚에 허덕일 때에도 활기를 잃지 않은 그녀였지만 어쩐 일인지, 요즘엔 꼭 자기가 아닌 것처럼 느껴졌다.

문을 잠그고 돌아선 그녀 앞에 학규가 있었다. 벤치에 앉아서 그녀가 나올 때까지 기다린 모양이었다.

샘, 웬일이세요.

웬일이긴, 애인 모시러 왔지요. 저녁은 먹었어?

그가 봉지 안에 맥주를 들어 보였다. 둘은 벤치에 앉아서 학규가 사 온 치킨과 맥주를 먹었다. 덕이는 치킨은 손도 대지 않고 맥주만 마셨다.

왜 안 먹어?

요즘 속이 계속 안 좋아요. 명치가 답답하고 소화가 잘 안 돼.

그녀는 맥주를 연신 홀짝거렸다. 학규만 치킨을 야무지게 먹었다. 덕이가 애잔하게 그를 바라보았다. 그는 먹는 데 정신이 팔려 있었다. 그녀가 그를 바라보며 미소 지었다.

밤엔 여기도 제법 좋구나.

다 먹었으면, 우리 저기로 가요. 곧 경비원이 순찰할 시간이에요.

저 멀리서 손전등 불빛이 흔들렸다. 둘은 손을 잡고 고양이처럼 조용히 움직였다. 다람쥐통같이 생긴 놀이기구 안으로 문을 열고 들어갔다. 흔들리는 놀이기구를 손전등이 여기저기 비추었다. 둘은 숨을 죽인 채 몸을 숨겼다. 다가왔다가 멀어지는 발소리가 들렸다. 덕이가 맥주를 한 모금 가득 입에 머금었다. 학규의 얼굴을 잡고 그의 입술에 입을 맞추었다. 입안에 모았던 맥주를 그의 입안에 흘려보냈다. 학규가 어둠 속에서도 놀란 눈을 감추지 못했다. 덕이가 남아 있던 맥주를 모두 마셨다. 찌그러뜨린 깡통이 다람쥐통 안에서 구르는 소리가 요란하게 정적을 깼다. 학규가 입에 머금은 맥주를 꿀꺽 마셨다. 덕이가 다시 그의 입술에 입을 맞추었다. 혀를 내밀어 그의 입 주변을 핥았다.

맛있어.

그녀가 그의 귀에 속삭였다. 그의 바지 지퍼를 천천히 내리고 머리를 그의 사타구니에 묻었다. 그가 그녀를 일으켜 세우고 옷을 벗겼다. 깜깜한 암흑 속에서도 그녀의 실루엣은 또렷했다. 그는 그녀의 몸 여기저기를 탐했다. 그녀가 불안한 듯이 밖을 살폈다. 아주 멀리 손전등 불빛이 흔들거렸다. 그녀는 몸을 그에게 내맡기며 흔들렸다. 다람쥐통이 끄윽 쇳소리를 내며 흔들거렸다. 그녀는 앉아 있는 학규의 몸 위에 걸터앉았다. 봄바람도 조용한 적막을 깼다. 둘은 서로에게 몰두했다. 작은 신음 소리가 다람쥐통 밖으로 새어 나왔다. 끄윽, 끄윽 녹슨 쇳소리가 규칙적으로 봄밤을 갈랐다. 둘은 점점 무아의 세계에 진입했다.

아무것도 보이지 않았고 어떤 생각도 떠오르지 않았다. 자신을 잊었고 서로의 몸에만 몰두했다. 멀리서 손전등 불빛이 깜박이며 다가오고 있었지만 그들은 알지 못했다. 다람쥐통이 그네처럼 흔들렸다. 급기야 경비가 움직이는 다람쥐통 안을 비추었다. 한참을 비추고 있는데도 둘은 서로에게만 정신이 팔려 알지 못했다. 적나라한 둘의 알몸이 드러났다. 학규 위에서 꿈틀거리는 덕이의 나신이 하얗게 떠올랐다.

거기, 혹시 덕이냐?

경비원이 소리치며 덕이의 얼굴을 비추었다. 불빛을 피해 고개를 돌렸지만 손전등은 집요하게 그녀를 쫓아다녔다. 학규는 이미 빛이 닿지 않는 곳에 몸을 숨긴 뒤였다. 급하게 옷으로 몸을 가렸지만 모든 것이 훤하게 드러난 뒤였다.

작은 동네에 소문은 금방 퍼져나갔다. 덕이는 일자리를 잃었다. 남자들의 수군거림을 견뎌낼 수가 없었다. 그 일이 있은 뒤로 놀이공원의 모든 남자가 그녀에게 수작을 걸었다. 그녀는 한동안은 매표소 안에서 나오지 않았지만, 이런저런 핑계로 그녀를 술자리에 불러내곤 했다. 놀이공원은 한 사람이 운영하는 것이 아니라 각 놀이기구마다 사장이 따로 있었다. 그녀에게 밀린 임금을 주겠다며 접근하는 사장이 종종 있었다. 그녀를 술자리에 불러내 술시중을 들게 했다. 그녀는 밀린 임금이라도 받고서 일을 그만두려고 했지만 결국 험한 일만 여러 번 당하고선 그만두었다.

덕이는 학규 방에 박혀 책만 읽었다. 동네에 돌아다니는 것도 눈치가 보였다. 순식간에 동네에 소문이 퍼져 그녀와 마주치는 거의 모든 사람이 한마디씩 거들었다. 학규에게 보내는 노골적인 경멸의 시선은 말할 것도 없었다. 그나마 학규는 외지인이라 그에게 직접적으로 면박을 주는 사람은 드물었다. 덕이는 집에서 나오지 않았고, 청이는 혼자 학교에 다녀야만 했다. 청이에게도 아이들이 놀려대기 일쑤였다. 작은 시골 동네에서 별일이라면 별일이었다.

둘은 그럼에도 서로에 대한 사랑을 멈추지 않았다.

해가 한낮에 떠 있어도 둘은 잠들어 있곤 했다. 청이는 혼자 밥 먹고 등교해야만 했다. 덕이는 거의 학규의 방에 있었기 때문에 청이는 모든 식구가 떠나버린 안채에서 사는 것이나 다름없었다. 청이는 나란히 방문 앞에 놓여 있는 덕이와 학규의 신발을 말없이 바라보며 학교에 가곤 했다. 아니, 그 무렵 청이는 학교에 가지 않고 온종일 다른 곳에 있다가 집으로 돌아오곤 했다. 담임이 집으로 찾아오고서야 학규는 그 사실을 알게 되었다. 청이도 자기 방에 들어가서 나오지 않았다. 조금씩 관계가 틀어지기 시작했다. 덕이네 집 벽에 실금이 가기 시작했다. 미세한 균열은 갑자기 집이 무너지게 하지는 않았지만 불안과 두려움을 동반하기 마련이었다. 덕이가 살갑게 달래도 청이는 쉽게 마음을 풀지 않았다. 결국 덕이가 다시 안채로 옮겼다. 이번엔 학규가 혼자 남았다. 청이가 학교에 가고 없을 때만 덕이는 학규의 방에 들렀다.

아무 일도 하지 않는 덕이와 학규가 하루 종일 지낼 때에는 아무 일도 일어나지 않는 것이 별일이 되기도 했다. 함께 있지만 둘은 서로에게 아무 말도 걸지 않고 지낼 때도 있었다. 책을 뒤적이거나 글을 쓰면서도 서로를 인식하지 않았다. 그러다가도 격정적으로 정사를 나누었다. 둘은 함께 밥을 먹었지만 사사로운 이야기는 줄어들었다. 청이 얘기가 아니면 얘깃거리가 거의 없었다.

학규가 늦잠에서 깨보면 덕이는 창으로 들어오는 뜨거워진 햇살을 받으며 눈을 감고 앉아 있곤 했다. 언제나 벌거벗은 채였다.

덕이야, 옷 좀 입고 있어. 누구라도 오면 어쩌려고 그래.

누가 와요, 우리 집에. 여름도 아닌데, 벌써 더워요.

그녀는 학규의 방에 있을 때면 옷을 입고 있지 않았다. 학규는 점점 덕이와의 관계에서 풀지 못한 과제 같은 것을 느끼곤 했다. 경험상 본능적으로 해결하기 힘든 관계로 빠져드는 것을 알 수 있었다. 그녀는 여전히 더욱 열정적으로 학규에게 달려들었지만 학규는 예전 같지 않았다. 그는 사랑이라는 것, 욕망이라는 것도 사회적 시선의 틀을 중요하게 생각하는 나이였고 덕이는 아직 어렸다. 그럼에도 그의 본능은 완벽한 덕이의 몸을 보면 끌렸다. 그녀는 짧은 시간 안에 가장 성숙한 여인이 되어 있었고, 그것은 거부하기 힘든 몸짓이었다.

덕이는 누워서 학규의 몸을 다리로 꼭 꼬고는 놓아주지 않았다. 그러면 그럴수록 학규는 그녀에게서 떨어지려고 애를 썼지만 어떻게 된 것인지 더 깊숙하게 그녀의 몸 안에 자기가 있곤 했다.

선생님하고 절대 떨어지지 않을 거야.

고개를 저으며 학규는 그녀의 가슴에 얼굴을 묻곤 했다. 젖꼭지를 입에 물고 잠에 들기도 했다.

서울에 가야 했으나 그는 차일피일 미루고 있었다. 덕이에게는 동우에게 볼일이 있다고 얘기해두었다. 거짓말은 아니었지만 전부는 아니었다. 이혼한 아내에게서 연락이 왔다. 동우를 통해서였다. 일거리를 얻기 위해 동우에게 전화를 했는데, 그가 아내의 메시지를 전해주었다. 청이를 방치하다시피 하는 것이 마음에 걸렸던 차였다.

아무 데도 못 가.

내가 어딜 가겠어. 갈 데가 어디 있어.

말은 그렇게 했지만 그는 속으로는 동우가 한 말을 되뇌곤 했다. "좋은 소식이 있다. 서울에 언제 올 거야? 얼굴 보고 얘기하자" 동우는 조금 들뜬 목소리였다. "좋은 소식이라니? 내가 좋을 일이 뭐가 있냐" 그는 심드렁하니 말을 뱉었다. 슈퍼 아줌마가 딴청을 피우며 그가 통화하는 내용을 노골적으로 엿듣고 있었기 때문이었다. 그는 슈퍼 주인의 눈치를 보며 말을 아끼고 듣기만 했다. "그것도 두 개야" 동우는 무조건 만나서 얘기하자고 했다. 그러면서도 참기 힘들었는지 간략한 내용은 전해주었다.

하나는 아내와 관련된 얘기였고, 하나는 학교 얘기였다. 동우가 직접 내려오겠다는 것을 가까스로 말려야만 했다. 서울에서 일으킨 문제로 S읍으로 내려와선 청이를 옆에 두고 덕이와의 관계를 내보일 자신이 없었다. 자기가 올라가겠다고 말하고선 서둘러 전화를 끊었다. 그 일도 벌써 시간이 꽤 지난 뒤여서 혹시라도 아내나 동우가 자기를 찾아 내려올까 불안하기만 했다.

나 서울에 좀 다녀와야겠어, 정말.

왜?

친구 좀 만나러. 일거리도 떨어졌고 해서.

그가 그녀의 가슴에 얼굴을 묻고 손가락으로 천천히 젖꽃판을 훑었다.

친구 오라고 그래요. 내가 김치찌개 맛있게 끓여줄게.

학규가 피식 웃었다.

그것 먹으러 여기까지 오냐? 너도 참.

왜요? 그게 창피해?

아니, 그냥 넌 아직 어려, 정말.

그녀가 입을 꾹 다물었다.

언제 갈 건데요?

응, 이따가 청이 학교 끝나면.

청이도 가요? 그럼 나도 갈래.

넌 안 돼. 너 모르는 사람이잖아.

기다리면 되지.

…… 저기 그냥 그렇게 하자. 청이만 데리고 들를 데가 있어.

어딘데요. 싫어 나도 데려가요.

…… 애 엄마가 돌아왔어.

…… 미국에서요? 알았어요. 그러니까 밖에서 기다릴게요.

저 신경 쓰지 말고 천천히 일 보고 같이…….

안 된다니까, 왜 그렇게 말귀를 못 알아듣니, 넌. 너 이럴 때마다 촌스러워 죽겠어. 질리게 만들어.

…… 제가 뭘요. …… 죄송해요, 선생님. 제가 눈치가 없어서. 그냥, 혼자 이 집에 남아 있는 게 싫어서 그런 것뿐이에요. 청이랑 다녀오세요. 알았어요.

그녀가 왈칵 눈물을 쏟아냈다. 울면서 가슴팍을 파고들었다. 아무리 멈추려고 애를 써도 눈물은 계속 흘렀다. 그녀가 울면서 그의 사타구니로 얼굴을 가져갔다.

그러지 마, 좀. 제발.

불안해. 돌아오지 않을까 봐 두려워.

그녀가 학규에게 찰싹 매달렸다. 그가 천천히 그녀를 밀어냈다.

걱정 안 해도 돼. 아무 데도 안 가. 금방 갔다 올 거야. 밤에 돌아올 거니까 한숨 자고 있어.

그가 그녀를 안심시켰지만 불안은 사라지지 않았다. 그녀는 오래도록 그의 눈을 들여다보았다. 그의 속마음은 전혀 보이지 않았고, 더욱 답답한 마음만 더해졌다.

11

현관 도어록을 풀고 누군가 집 안으로 들어왔다.

아주머니 어떻게 된 거예요? 어제 오시는 날이었잖아요. 말도 없이 그렇게 안 오시면 저는 어떡합니까.

학규가 더듬더듬 거실로 나오며 볼멘소리를 했다. 후천적 실명은 적응하는 데 꽤 오랜 시간이 걸렸다. 무엇보다 절망감이 그를 게으르게 만들었다.

이제 아줌마 안 와요, 선생님.

덕이가 큼지막한 트렁크를 아무렇게나 던져놓으며 소파에 길게 누웠다. 그녀는 머리가 아픈지 양쪽 관자놀이를 손으로 연신 눌러댔다.

덕이니? 네가 어떻게. 현관문 비밀번호는 어떻게 알았어?

그런 게 뭐가 중요해요. 내가 여기 왜 왔는지가 중요하지. 저 여기서 살려고 왔어요. 짐도 다 싸 왔어.

그게 무슨 말이야. 나랑 상의도 없이.

선생님도 예전에 우리 집에 와서 살 때, 상의하고 온 거 아니잖아요. 자기도 자기 맘대로 왔으면서.

덕이는 소파에 다리를 펴고 누웠다. 학규는 안절부절못했다.

그게 지금하고 같아?

다를 건 또 뭐 있겠어요. 서로에게 필요하면 같이 사는 거지, 뭐.

덕이가 소파에 누운 채로 옷을 벗어 아무렇게나 던졌다. 옷이 떨어지는 쪽을 학규가 민감하게 돌아보았다.

뭐, 하는 거야?

나 좀 씻을게. 너무 피곤해.

덕이가 속옷마저 벗어 던지며 욕실로 향했다. 학규가 더듬더듬 바닥을 짚으며 옷을 주웠다. 곧 욕실에서 샤워하는 소리가 들려왔다. 덕이의 팬티와 브라가 손에 잡혔다. 그가 코에 대고 냄새를 맡았다. 여자들의 살이, 체온이 사무치게 그리웠다. 그것이 얼마나 큰 위안을 주는 것이었는지 그는 눈이 멀고 알게 되었다. 그저 욕망을 해소하는 데 급급했던 것이 얼마나 바보스러웠는지 욕실에 떨어지는 물소리를 들으며 그는 후회했다. 그는 샤워기에서 떨어지는 물이 덕이의 몸을 타고 흘러내리는 것을 상상했다.

후천적 실명이 괴로운 것은 상상이 가능하다는 것이었다. 과거의 기억이 계속해서 반복된다는 것이었다. 스물의 덕이가 그에게 얼마나 소중한 존재였는지 그는 예전에는 미처 알지 못했다. 세상에서 가장 아름다운 것을 본다는 것조차 깨닫지 못하던 무지함을 눈이 먼 뒤에야 깨달았다. 그는 집으로 들어온 덕이를 경계하며 말했지만 속으로는 반가웠다. 한때 탐닉했던 아름다움을 애타게 보고 싶었다. 그는 욕실 앞에 서서 그녀가 나오기를 기다렸다.

학규의 아내는 자살했다. 옷방에 목을 맨 것을 학교에서 돌아온 청이가 발견했다. 학규는 며칠째 집에 들어오지 않았다. 종종 있는 일이었다. 이혼했다가 학규가 학교에 복직을 하고 난 후 다시 같이 살게 되었지만, 한 번 일어났던 문제는 여전히 반복됐다. 하지만 재결합한 이후에는 그런 것이 전혀 문제가 되지 않았다. 학규의 여성 편력은 예전보다 더했지만 아내는 그런 것을 문제 삼지 않았다. 다만 미국에서 돌아온 아내는 우울증이 심해서 병원을 들락거렸다. 아내가 학규를 사랑해서 상처를 입은 것이 아니었다. 둘은 여전히 이혼한 상태였다. 한방을 쓰는 것도 아니었다. 학규가 다시 아내의 집으로 들어와 살게 된 후, 둘의 사이는 예전보다 좋아졌다. 서로 각자의 삶을 살았기 때문이었다. 둘은 서로의 사생활에 대해 간섭하지 않았다. 그저 좋은 친구처럼 지냈다.

그의 아내는 알코올중독이 되어 있었다. 매일 술을 마셨다. 술을 끊으려고 노력했지만 불시에 찾아오는 우울을 그녀는 견디기 힘들었다. 학규는 그런 아내를 간섭하지 않고 내버려두었다.

청이는 부모와 함께 살았지만 혼자 커야만 했다. 버젓이 부모가 있었지만 보통의 부모 같지 않았다. 청이는 부모에게 아무런 보호도 받지 못했다. 방치되었다. 오히려 항상 술에 취해 있는 엄마를 돌봐야 했고, 엄마를 대신해 자주 외박하는 아빠를 기다려야만 했다.

갑자기 청이의 엄마가 죽었다. 왜 죽었는지는 아무도 알지 못했다. 술을 마시다가 그냥 울컥해서 그런 것일 수도 있었다. 아니면 죽으려고 오래전부터 계획해오던 것을 실행한 것일 수도 있었다. 아니면 학규에게는 들키지 않았던 엄청난 상처가 그녀를 죽음에 이르게 한 것인지도 몰랐다. 그녀가 왜 죽었는지는 아무도 몰랐다. 무엇보다 그걸 궁금해하는 사람도 없었다.

행거에 대롱대롱 매달려 있는 엄마를 청이가 발견했다. 청이는 울지 않았다. 조금 신기했다. 처음엔 무서웠지만 살아 있는 엄마가 죽어 있는 엄마로 바뀐 것뿐이었다. 아빠에게 전화를 했지만 받지 않았다. 청이는 아빠가 오기를 기다렸다. 경찰에 신고하고 구급차를 부른다고 해서 엄마의 죽음이 해결되는 것도 아니어서, 그녀는 아빠가 돌아와 엄마를 발견하길 바랐다. 청이는 엄마가 죽어 있는 옷방 문을 닫고 평상시처럼 이틀을 살았다. 밥을 차려 먹고 숙제를 하고 TV를 봤다.

이틀이 지나고 학규가 지친 모습으로 집으로 돌아왔다. 작은 트렁크를 들고 있었다.

아빠, 어디 갔다 왔어?

응, 일본에 세미나가 있었어. 엄마가 얘기 안 해?

그렇구나.

청이가 무심하게 말했다. 청이는 중학교 2학년이었다. 그녀는 TV에서 눈을 떼지 않았는데, 동물 다큐멘터리가 방영되고 있었다. 초식동물인 누gnu 새끼를 하이에나 세 마리가 사냥하는 중이었는데 어미는 하이에나를 막는 데 역부족이었다. 갓 태어난 새끼는 제대로 뛰지도 못했다. 어미마저 새끼를 포기하고 멀찍이 멀어졌다. 하이에나들이 무방비 상태의 새끼를 잡아먹기 위해 모여들었다. 그때 어디선가 암사자 한 마리가 나타나 하이에나를 쫓았다. 사자는 누 새끼를 어미가 바라보고 서 있는 쪽으로 떠밀었지만, 새끼는 자기 어미를 분간하지도 못했다. 도망가기는커녕 암사자에게 자기 몸을 부비며 젖을 찾았다. 입맛을 다시던 하이에나 한 무리가 기다리다 지쳐 물러갔다. 암사자는 새끼를 어미에게 돌려주려 애를 썼지만 그러면 그럴수록 암사자를 피해 어미는 가까이 오지 못하고 더 멀어졌다. 청이는 다큐 내용이 신기하기도 했지만 잘 이해가 되지 않았다.

엄마는?

청이가 TV에 시선을 고정한 채 손가락으로 옷방을 가리켰다. 학규가 가방을 내려놓으며 옷방을 바라보았다.

거기서 뭘 하는데?

청이가 모르겠다는 듯 어깨를 으쓱했다.

엄마, 또 안 좋니? 술 마셨어? 네가 좀 말리지그랬어.

학규가 천천히 옷방으로 갔고, 청이는 학규의 뒷모습을 바라보았다. 청이가 죽은 엄마를 그대로 내버려둔 이유는 아빠의 반응이 궁금해서이기도 했다.

옷방에 들어갔던 학규가 헐레벌떡 뛰쳐나왔다. 온몸이 땀으로 뒤범벅이었다.

너, 너 알고 있었어?

뭘?

청이가 아빠에게 태연한 표정으로 물었다.

엄마 말이야.

청이가 고개를 끄덕이며 TV로 시선을 돌렸다.

왜, 신고를 안 했어.

신고를 하면 뭐해. 아빠하고 연락도 안 되고, 언제 올 지도 알 수 없잖아. 내가 혼자 장례를 치를 수도 없고. 더 복잡할 것 같아서 아빠를 기다린 거야.

학규가 벌겋게 상기된 표정으로 청이를 내려다보다, 덥석 껴안았다.

왜 그래.

넌 아무렇지도 않아? 엄마가 죽었잖아.

학규가 놀란 마음을 진정시키려고 애썼지만 자꾸 몸이 떨렸다.

이미 죽었잖아. 슬프지만 어쩔 수 없는 일이야.

청이가 지나칠 만큼 담담하게 얘기했다.

아빠, 얼른 신고하고 구급차 불러.

청이가 학규를 밀어내며 다시 보고 있던 TV로 시선을 옮겼다. 학규는 경찰을 부른 후에도 당황해서 우왕좌왕했지만 청이는 여전히 침착하기만 했다.

덕이는 우려했던 것과는 달리 봉사가 된 학규를 극진하게 보살폈다. 학규는 덕이를 의심했던 것을 반성했다. 시간이 지났다고 해서 사람의 본성마저 바뀌는 것이 아니라는 것을 다시 깨달았다. 덕이는 스무 살 때처럼 맹목적이지 않았고 여유로웠다. 더 편한 느낌을 주었다. 그녀는 주로 밤이 되면 일을 나갔고, 새벽에 완전히 지쳐서 돌아왔다. 가끔은 술에 완전히 취해 돌아오는 날이 많았지만 이른 아침이면 일어나서 살뜰하게 학규의 아침을 챙겼다.

너 나한테 왜 이렇게 잘 해주는 거야? 내가 이제 안 미워?

왜요? 맞아, 음식에 독이라도 타서 서서히 죽여야만 하는 건데. 내가 선생님을 증오해야 하는 게 맞는 거죠? 그럴 생각이었는데, 그렇지가 않네. 나도 잘 모르겠어.

덕이는 학규와 한방을 썼다. 그녀는 학규를 만졌지만 학규는 그녀를 만질 수 없었다. 덕이는 그에게 하고 싶은 대로 했지만 그는 덕이를 하고 싶은 대로 할 수가 없었다. 정하지는 않았지만 같이 사는 시간이 흐르면서 암묵적인 룰 같은 게 만들어졌다.

시간은 부지런히 계절을 바꾸었다. 평안한 시간이 흘렀다. 학규는 절망의 나락으로 빠질 수 있던 차에 덕이가 구해준 것이 신기하기만 했다. 아무 일도 일어나지 않는 시간이 꽤 흘렀다. 그는 덕이가 먹이면 먹었고, 씻겨주면 씻었고, 산책을 시켜주면 걸었다. 눈이 멀어버린 큰 사건이 일어난 시기였지만 인생이라는 세월 안에서 보면 참 별일이 없는 시간이었다.

덕이가 학규의 집에 들어가 살기 시작하면서 청이는 덕규와 동거를 했다. 벌써 두 번째였다. S읍으로 덕이를 찾아갔을 때 덕규를 처음 보았다. 청이는 덕규를 사랑하게 되었는데, 무엇보다 덕규가 꼭 자기 같았기 때문이었다. 덕규는 감정이 무뎠고 말수가 적었다. 청이보다 네 살 많았는데, 어른스러웠다. 어려서부터 외롭게 컸기 때문이라고 청이는 생각했고, 한 번도 느껴보지 못했던 연민이란 감정을 그를 통해 알게 되었다.

S읍으로 덕이를 찾아온 청이는 다방에서 일하게 되었다.

그런데 넌 어떻게 여기를 기억하고 있었어?

살면서 언니랑 살 때가 가장 좋았거든. 꼭 언니를 만날 거라곤 생각 못 했는데. 옛날 집 가는 길이 너무 또렷하게 생각나는 거야. 그런데 집에 불은 왜 났어?

덕이는 대답하지 않고 청이를 바라보았다. 얼굴에 겹쳐지는 학규에 대한 잔상이 그녀는 좀 불편했다. 반가울 리 없었다. 덕이는 마치 학규에게 복수하는 심정이 들었다.

덕이와 덕규는 엄마가 그랬던 것처럼 여자 티켓 장사를 했다. 청이는 덕규가 모는 오토바이를 타고 커피 배달을 다녔다. 늙은 동네엔 늙은 남자들이 주로 살았다. 청이가 할아버지뻘 되는 남자들에게 몸을 파는 동안 덕규는 밖에서 그녀를 기다렸다. 청이는 아무런 불만도 없었고 자기의 현실을 인정하는 것에 빨랐다. 둘은 함께 살았지만 청이의 부모가 그랬던 것처럼 아무 문제가 없었다. 청이가 덕이를 찾아왔을 때, 청이의 인생은 이미 상할 대로 상해 있었다. 평생 갚아도 다 해결할 수 없을 정도로 빚이 많았다.

왜, 아빠한테 말해보지 않고 나한테 온 거야?

덕이가 청이에게 물었다. 덕규가 멀리 떨어져서 둘이 나누는 대화를 엿들었다.

그런 생각 안 해본 거 아닌데, 우리 아빠 이제 앞을 전혀 못 봐, 언니. 애착이 많은 것도 사랑이 많은 것도 아닌데, 이상하게 아빠 돈을 먹으려니까 쪽팔려, 인생이. 나 살겠다고 아빠 죽이는 것도 그렇잖아. 앞도 못 보고 살 텐데, 돈마저 없으면 어떻게 될까 생각하니깐.

덕규가 가까이 다가와 덕이 뒤에 섰다. 청이가 덕이 어깨 너머로 그를 바라보았다. 덕이는 학규가 눈이 멀었다는 소식에 조금 놀랐다. 증오는, 저주는 시간이 갈수록 무뎌지는 것이 아니었다. 보이지 않는 세계는 점점 거대해지기 마련이었다. 청이는 덕규를 좋아하게 됐다. 덕규는 덤덤했다. 자기의 감정이나 생각을 웬만해선 드러내는 법이 없었다. 청이는 탄탄한 덕규의 몸이 좋았다.

니 몸은 꼭 단단한 스펀지 같은 느낌이야. 잘 구부러지지만 부러지지는 않는 그런 것 말이야. 난 어때?

덕규가 청이보다 네 살이나 많았지만 그녀는 처음 보았을 때부터 반말이었다. 청이가 덕규의 몸 위에 앉아 허리를 활처럼 휘었다. 덕규가 작게 신음 소리를 뱉었다. 그녀가 덕규의 가슴을 가만히 쥐었다.

넌, 할아버지들이나 좋아하게 생겼지. 난 아니야.

상처받을 만했지만 청이는 그렇지 않았다. 오히려 그런 그의 말이 그녀의 감정을 더욱 흥분시켰다. 덕이의 복수심이 수포로 돌아간 이유였다.

선생님, 들어올래요?

욕실 문 앞을 지키던 그를 덕이가 불렀다. 마치 문 앞에 서서 물소리를 엿듣는 것을 덕이가 다 알고 있는 것 같았다. 순식간 저 깊은 곳에서부터 묵직하고 뜨거운 것이 천천히 위로 올라오는 것을 느꼈다.

그는 못 들은 척 뒤돌았다. 뒤에서 욕실 문이 벌컥 열렸다. 학규는 깜짝 놀랐다.

선생님, 들어오라니까. 내가 씻겨줄게.

학규가 난감한 척 표정을 관리했지만 쿵쾅대는 가슴을 숨길 수가 없었다. 덕이가 다가와 그의 옷을 벗겼다. 학규는 못 이기는 척 가만히 서 있었다. 앞이 보이지 않는 것은 때론 엄청난 기대감을 갖게 했다. 그녀가 그의 팬티를 내리며 살짝 그의 성기를 건드렸다. 학규가 움찔했다. 일부러 그러는 것인지 스친 것인지 알 수 없었지만, 그는 그게 더 흥분되었다. 욕실에 들어서서 학규는 어찌해야 할지를 몰라 어정쩡하게 서 있었다. 더운 김이 욕실 안에 가득했다.

일루 와, 선생님.

학규가 앞을 손으로 훠이 저으며 더듬더듬 다가갔다. 그가 샤워 부스 안으로 들어섰다.

뒤돌아봐, 물 뿌려줄게.

학규가 천천히 뒤돌아섰다. 그녀가 샤워기를 손에 들고 그를 향해 물을 뿌렸다.

아, 차가워.

학규는 깜짝 놀라서 넘어질 뻔했다. 앞으로 물을 피해 도망가며 겨우 벽을 짚었다.

어머, 미안해요, 선생님.

덕이는 온도를 맞추고 샤워 타월에 비누 거품을 내 그의 몸을 부드럽게 마사지했다. 그는 자꾸 덕이의 몸으로 손이 갔다. 때마다 그녀는 그의 손을 치웠다. 그녀의 손이 자기 몸 구석구석 돌아다녔다. 서서히 발기를 했다. 조금 민망하고 창피했지만, 그는 기분이 좋았다. 그녀의 손이 항문을 닦을 때 그는 절정에 다다를 뻔했다. 생각해보니 여자와 잠을 잔 게 꽤 오래전이었다. 그는 그녀에게 기대가 컸지만 그녀는 그의 기대에 부응하지는 않았다.

자, 이제 돌아요. 헹궈줄게.

그의 성기가 빳빳하게 일어섰고, 기분이 썩 좋았다. 덕이는 물을 틀어 온도를 맞추는 듯했다.

앗, 뜨거.

뜨거운 물이 그의 성기에 뿌려졌다. 그는 깜짝 놀라서 뒤로 꽈당 넘어졌다. 넘어진 후에도 뜨거운 물이 그에게 뿌려졌다.

앗!

그가 허공을 손으로 막았다.

어머, 어떡해. 괜찮아요?

그의 살이 벌겋게 달아올랐다. 그가 성기를 손에 쥐고 몸을 웅크렸다. 뭔가 심상치가 않았다. 몸이 비누칠한 탓에 자꾸 미끄러졌다.

일부러 그러는 거야?

제가 왜 그러겠어요, 선생님. 이렇게 해봐요.

앗, 차거.

덕이가 이번에는 찬물을 뿌렸다. 그가 몸을 더욱 움츠렸다. 그녀에게 기대감이 크고 기분이 좋았던 터라, 낭패감은 배가 됐다. 학규는 덕이가 좀 무서워졌다.

그의 등에 수포가 일었다. 작은 화상 자국이 등에 새겨졌다. 그는 한동안 바로 누워 잘 수가 없었다.

하루에 한두 개 크고 작은 상처가 그의 몸에 생겼다. 덕이는 뭔가를 발등에 떨어뜨렸고, 종종 뜨거운 국그릇을 엎었으며 산책을 나가서 엉뚱한 곳으로 그를 이끌었다. 그럼에도 기꺼이 그는 감수했다. 아주 가끔, 그녀는 술에 취해 그 옆에서 자기도 했기 때문이었다. 간혹 잠결에 덕이가 그의 목을 끌어안기도 했기 때문이었다. 아주 가끔 그녀의 손이 그의 사타구니에 들어와 꼼지락거려서 그는 뜬눈으로 밤을 새운 적도 있었다.

어떤 날은 덕이가 완전히 취해서 학규와 섹스를 했지만 아침이 되면 아무것도 기억을 못 하는 사람처럼 그를 대했다. 학규가 그녀의 몸을 더듬을 때마다 부지런히 손을 떼어냈다.

덕이의 바로 정 회장이 찾아왔다. 오픈 전이라 그녀는 홀을 혼자서 청소하고 있었다.

방 마담이 이런 것도 직접 하는 줄은 몰랐네?

덕이가 수줍게 청소 도구를 내려놓았다. S읍의 다방을 정리하고 갑작스럽게 서울로 올라온 뒤로 경제 상황은 점점 나빠졌다. 바에서 일하던 종업원들을 모두 그만두게 하고 덕이 혼자 직접 모든 일을 했다. 갑자기 찾아온 정 회장 때문에 당황했다. 그는 중소기업체를 운영하는 사람이었는데, 일전에도 여러 번 들른 적이 있었다. 그를 소개한 지인은 회사보다도 부동산으로 엄청난 부를 축적한 사람이라고 했다.

오늘, 예약도 안 하시고 어쩐 일이세요?

저기, 내가 마담에게 부탁이 있어서 말이야.

남자가 뒤에 서 있는 운전기사에게 눈치를 주자 밖으로 나갔다.

차 한잔 드릴까요?

좋지.

남자가 바에 앉았고 덕이는 커피를 내렸다. 이상하게 영업하는 중에 만난 사람을 평범한 시간에 만나면 그녀는 긴장되고 불안함이 생겼다. 술과 술로, 몸과 몸으로만 대화를 나누는 관계에 멀쩡하고 일반적인 대화는 이상하게 이질적인 느낌을 주곤 했다.

덕이는 커피를 내리며 남자가 이렇게 일찍 찾아온 이유를 찾으려 했지만 감이 잡히는 일이 없었다. 마지막으로 그가 왔을 때를 떠올려보려 했지만 잘 기억이 나지 않았다.

덕이가 남자에게 커피를 건네자, 남자도 안주머니에서 봉투를 하나 꺼내 건넸다.

이런 일이 좀 쑥스럽기도 하고 말이야, 오늘 마담을 보러 온 건 청이 때문이야.

덕이는 청이라는 단어가 그의 입에서 나오자마자 왠지 모르게 가슴이 철렁 내려앉았다.

걔가 왜요? 무슨 사고라고 쳤어요?

그게 아니고, 내가 그 애를 참, 아끼게 됐는데 말이야. 아무래도 마담에게 양해도 좀 구하고 그래야 할 것 같아서 말이야.

양해라뇨?

덕이는 그가 내민 봉투를 내려다보았다.

이게 어찌나 애교가 많은지. 나이 70에 어떻게 회춘이라도 해야 할지 고민이 많아.

그가 껄껄 웃었다. 덕이는 억지로 웃어 보이려고 애를 썼지만 자못 더 심각한 표정이 되었다.

그 애가 마담에게 빚이 많다고 해서. 아무래도 언제까지 그 친구가 옆에 있을지는 모르겠지만 말이야. 당분간은 여기서 일하는 게 좀 그래서 말이야. 그런 거 있잖아, 돈 있는 사람들 재수 없는 것. 아끼고 좋은 것이 있으면 자기만 갖고 싶은 그런 거 있잖아. 마담이 좀 이해해줘. 내가 대신 친구들 소개해줄게.

덕이가 난간함 표정으로 웃었다. 뭐라고 대답할 수가 없었다.

그때 청이가 바로 들어왔다. 그녀는 대학생처럼 옆에 책을 끼고 이어폰을 꽂고 있었다. 뒤로 질끈 묶은 머리가 그녀가 움직일 때마다 찰랑거렸다. 청이가 남자를 발견하더니 뛰어와 남자에게 안겼다.

어머, 할아버지가 여기 이렇게 일찍 웬일이야?

뭐가 일찍이야. 이제 저녁인데. 그런데 넌 나한테 계속 할아버지라고 부를 거야?

그럼, 아빠라고 부를까? 아빠?

청이가 슬쩍 덕이의 눈치를 보았고 덕이는 얼른 시선을 피했다. 남자가 건넨 돈 봉투를 슬그머니 감추었다.

아빠, 나 배고파. 맛있는 거 사줘.

응, 그래야지.

일 시작하기 전에 잘 먹어야, 술도 잘 먹으니깐.

남자가 고개를 끄덕였다. 청이가 남자의 팔짱을 끼고 잡아끌었다. 남자가 덕이에게 눈인사를 했다.

언니, 나 밥만 먹고 얼른 올게.

아니야, 청이야. 오늘 나올 거 없어.

아니, 왜?

저기, 회장님 밖에서 잘 모셔.

정말? 아빠, 그럼 우리 Q호텔 갈까? 저기 광장동에 있는 호텔인데, 요즘 젊은 애들이 엄청 가고 싶어 하는 데야.

남자는 좀 멋쩍은 듯 고개만 끄덕이곤 말이 없었다. 청이가 슬쩍 덕이의 표정을 살폈다. 덕이는 청이의 눈을 피했다. 남자와 청이는 덕이를 뒤로하고 사라졌다. 덕이는 청이가 좀 근심스러웠지만, 어떻게 할 도리도 생각나지 않았다. 그녀는 남자가 놓고 간 봉투를 열어보았다. 5천만 원짜리 수표가 두 장 들어 있었다. 남자가 준 돈은 청이가 덕이에게 진 빚의 두 배나 됐다. 남자가 너무 쉽게 준 돈이라 그런지 그렇게 큰돈이라곤 실감이 나지 않았다. 어쨌거나 청이는 수완이 좋은 아이인 것은 분명해 보였다.

12

마담이 돌아왔다. 깊은 밤, 도둑처럼 그녀가 집으로 돌아왔다. 청이와 덕이가 나란히 누워 자고 있었다. 그녀는 그녀들 옆으로 몸을 쓰러뜨렸다. 그녀가 온 것을 덕이도 청이도 알아채지 못했다. 그녀는 고된 몸을 뉘었다. 얼마 만인지 잘 기억이 나질 않았다. 남편이 죽은 게 가을이었으니, 겨울쯤이었을 것이다. 그러고 보니 거의 반년 만이었다. 그녀는 옆으로 누워 아이들을 바라보았다. 둘이 꼭 붙어 자는 것을 보니 지난 시간이 찰나에 불과한 것처럼 느껴졌다. 덕이가 별일 없이 있어준 것이 그저 고맙기만 했다. 내일 다시 길을 나서려면 자야만 했지만 쉬 잠이 들지 못했다. 그녀는 오랫동안 덕이를 바라보았다. 많이 야윈 얼굴을 보자 마음이 저렸다. 그녀는 불안했다. 잊고 있었던 많은 것이 한번에 떠올라 마음이 복잡해졌다. 오지 말아야 했으나, 그녀는 덕이를 마지막으로 보려고 큰 위험을 감수해야만 했다. 그녀를 쫓는 사람이 여럿이었다. 그들에게 이번에 잡힌다면 그녀의 신장은 온전하지 못할 게 분명했다. 빚은 예전보다 더 늘었다. 그녀는 덕이를 데리고 중국으로 갈 생각이었다. 아니, 북한으로라도 넘어갈 수 있으면 가고 싶었다. 돈이 없으면, 빚을 갚지 못하면 이 땅에서 살 수 있는 방법이 없었다.

뾰족한 수가 있는 게 아니었다. 삶은 더 이상 나락으로 떨어지지만 않는다면 다행이었다. 하지만 하루하루가 점점 밑으로, 절벽으로 가까이 다가갔다. 그녀는 완전히 갈피를 잃었다.

덕이가 일어나서 옆에서 쓰러져 자고 있는 엄마를 발견했다. 비현실적이어서 그녀는 꿈속인 줄 알았다. 그녀가 놀라서 벌떡 일어났다. 발밑에 이불도 없이 겉옷을 입은 채로 곯아떨어져 있는 엄마를 그녀는 꿈속에서 본 자기의 모습인 줄 알았다. 현재보다 조금 늙고 추레한 자신이 웅크리고 잠들어 있었다.

그녀는 엄마를 흔들어 깨우려다가 그만두었다. 엄마의 맨발이 새까맸다. 삶의 고단한 때가 끼어 있었다. 그녀는 자기가 덮고 잔 이불을 엄마에게 덮어주었다. 행색이 더욱 남루해진 엄마를 보자 마음이 아렸다. 헝클어진 머리와 수척해진 얼굴이 그간 힘들게 고생했던 시간을 알려주는 것 같았다. 돌아온 엄마가 낯선 이유는 상한 외모 때문이 아니라 냄새 때문이었다. 엄마에게서 차갑고 낯선 이국의 냄새가 풍겼다. 엄마를 깨우지 않기 위해 조용한 아침을 준비했다.

덕이는 돌아온 엄마보다도 다른 데 정신이 팔려 있었다. 학규는 서울에 다녀온 뒤로 많이 달라졌다. 그녀는 불안함이 늘었다. 별 애기를 하지 않는 게 더 그랬다. 학규는 다음 날 돌아왔다. 청이에게 물어보아도 단단히 단속을 해놓았는지 별말이 없었다. "나는 엄마보다 언니가 더 좋아" 덕이는 청이를 꼭 안고 불안함을 떨치려 애를 썼다. 자꾸 둘에게서 멀어지는 것 같아 그녀는 두려웠다.

그녀가 조용히 문을 열고 학규의 방에 들어섰다. 이른 아침이었다. 그는 잠에서 깬 채 누워 있었다. 빤히 덕이를 올려보았다. 덕이가 문을 잠그고 뒤돌아서 옷을 벗었다. 그 옆에 누웠다.

선생님, 엄마가 돌아왔어요.

덕이가 학규의 품을 파고들었고, 학규가 가만히 그녀의 가슴을 쓸었다.

언제?

깨어보니 자고 있었어요. 엄마, 몰골이 말이 아니에요.

어디 있었대?

아직 물어보지 못했어요. 깊이 잠들었어요. 우리 안 해요?

학규가 피식 웃었다.

어제 밤새 글 썼어. 피곤해.

그녀의 손이 그의 사타구니에서 꼼지락거렸다. 그가 조용히 그녀의 손을 걷어냈다.

그냥, 이렇게 좀 안고 있자. 응?

덕이는 학규가 자기 몸에 대해 예전 같은 열정을 보이지 않는 것이 불안했다. 그녀가 그의 겨드랑이를 파고들었다. 다리를 꼬아 그의 다리를 휘감았다.

답답해, 좀, 덕이야. 응? 엄마 깼겠다. 가봐야 하지 않아? 혹시라도…….

학규가 그녀를 밀어냈다. 그러면 그럴수록 그녀는 악착같이 더욱 그에게 달라붙었다.

정말, 엄마 알면 어쩌려고 그래. 앞으로 이제 엄마 있는 동안엔 여기 오지 마.

학규가 돌아누웠다. 이번엔 그녀가 그의 등을 꼭 껴안고 다리로 다리를 휘감았다.

샘, 서울 갔다 오더니 이상해졌어요.

내가 뭘.

다녀와서 아무 얘기도 하지 않잖아요.

너한테 할 얘기가 아니어서 안 한 것뿐이야. 아무 일도 아니야.

선생님하고 관계된 모든 것이 제게는 아무 일이거나 아무 말이 아니에요. 무슨 말이든지 해줘요.

…….

왜 아무 말도 안 해?

서울에 일자리를 얻을 수 있을지도 모른대, 친구 말이.

그럼, 같이 서울로 가면 되지. 잘됐어요.

아직 결정된 것은 아니야. 당장은 아니고.

좋은 일인데, 왜 말 안 했어요. 잘됐다.

덕이가 그를 꼭 안았다. 학규가 한숨을 내쉬었다.

학규는 숨이 막혔다. 덕이와의 사랑은 다를 줄 알았다. 순정하고 순수한 그녀이기에 그는 다를 것이라고 생각했다. 문제는 그녀가 아니라는 것이 문제였다. 그는 사랑하게 되면 벗어나고 싶었다. 좋아했던 감정도, 성에 대한 욕망도 서로의 감정을 확인하는 순간 멀어지는 것 같았다. 점점 그녀가 버거워졌다. 스스로 아무리 자문해보아도 딱히 이유를 찾을 수가 없었다.

옛날에 어떤 소설가가 글에 이런 말을 쓴 적이 있어. '사랑은 가난한 것들이나 하는 거'라고.

갑자기 무슨 말이야? 우리가 가난해서 그런 거예요?

돈이 없다는 게 아니라, 아마 그 작가는 마음을 얘기한 걸 거야.

우리 마음이 가난해요?

뭐, 그렇다는 말이야.

학규가 그녀를 품었다.

네가 날 좋아하는 것이 꼭 정말 나를 사랑하는 것은 아닐지도 몰라. 네가 가진 콤플렉스나 이상적인 것을 사랑하고 싶어 하는 욕망일 수도 있어.

무슨 말이 그렇게 어려워요. 선생님은 그럼 날 사랑하는 게 아냐?

…… 내가 사랑하는 것은 너라는 대상이 아닐 수도 있지.

그럼, 뭔데?

설명하기 좀 힘들어. 나중에 나이가 들면 알 수 있을지도 모르지.

몰라요. 전 샘이 좋아요. 샘 생각이 좋고, 몸이 좋고, 그것도 좋고, 다 좋아.

네가 아직 어려서 스스로의 감정을 모를 수도 있는 거야.

샘은 뭐가, 맨날 그렇게 복잡해요. 그냥 좋으면 좋은 거지, 꼭 그렇게. 내가 보기엔 그냥 그런 설명이 길어지는 것은 단지, 솔직하지 못하기 때문일 거예요.

학규는 아무 대답을 하지 못했다. 그가 거칠게 그녀의 몸을 탐했다. 그녀의 몸은 마치 거품 비누처럼 건들기만 해도 부풀어 올랐다.

덕이는 그와 성을 나눌 때만큼은 어떤 생각이나 불안함을 떨칠 수 있었다. 온전히 그가 자기 것인 것만 같았다. 이른 아침 그와의 섹스는 짧고 건조했지만 그녀는 다행스러운 하루처럼 다가왔다.

마담은 죽은 사람처럼 잤다. 오랫동안 잠을 못 잔 사람처럼 그녀는 다음 날 한밤중이 될 때까지도 꼼짝하지 않았다. 덕이는 무릎을 세우고 앉아서 엄마를 내려다보았다. 안쓰러움이 가득했다. 그녀도 인생이 이렇게 꼬일 줄은 몰랐을 것이다. 이제 갓 마흔을 넘겼지만 엄마는 중년의 고단함 같은 게 얼굴에 묻어났다. 엄마는 인상을 잔뜩 찌푸린 채 자고 있었다. 덕이가 가만히 엄마 옆에 누웠다. 익숙했던 엄마의 냄새는 사라지고 낯설고 좀 이질적인 향이 났다. 엄마는 지난가을의 엄마가 아닌 것처럼 느껴졌다.

그날 밤 한밤중에 한 무리의 사람들이 들이닥쳤다. 구두를 신은 채 그들은 방 안까지 들어와 마담의 머리채를 휘어잡았다.

덕이는 놀란 청이를 부둥켜안았다. 학규가 뒤늦게 남자들을 말려보려고 달려들었지만 셋을 상대하기엔 무리였다. 바닥에 나뒹굴어진 학규를 덕이와 청이가 두려움에 떨며 바라보았다.

중국으로 갈 생각이시라매?

방바닥에 찍히는 남자들의 신발 자국을 마담은 넋이 나간 듯 바라보았다.

너 같은 것을 뭐라고 부르는지 알아? 악질이라고 해. 남의 돈 떼먹고 도망가는 악질.

리더로 보이는 사람이 덕이 앞에 쭈그리고 앉아 그녀를 요리조리 살폈다.

돈이 없으면 딸이라도 팔아, 가진 게 없으면 딸이라도 팔아야지. 넌 이제 퇴계라서 어디 사 간다는 사람도 없어.

덕이는 청이의 눈을 가리고 얼굴을 파묻었다. 학규는 팔이 꺾인 채로 한 남자에게 제압당해서 꼼짝달싹할 수가 없었다. 그가 뭐라고 고함을 질렀지만 다른 남자가 발로 그의 입을 막았다.

너, 돈 없는 건 세상천지가 다 아는 일이니깐, 팔 수 있는 걸 팔아야지. 너랑 같이 도망간 남자는 한쪽 눈하고 한쪽 신장을 내놓는다네? 그러니 너도 한쪽 눈하고 한쪽 신장을 내놓으면 되겠네. 둘이 의지하면서 알콩달콩 살면 되겠어.

남자들이 웃었다.

그것 팔아도 난 본전도 안 남아. 사채 한 지 10년 만에 너같이 가진 게 없는 사람도 처음이다, 정말. 어이, 아가씨. 엄마를 위해서 희생할 용의 없어? 아가씨 구하기가 하늘에 별 따기야, 요즘.

밑져도 우린 그게 좋은데 말이야.

조금만 기다려줘. 두 달만, 아니 한 달만이라도 시간을 줘. 그때도 못 갚으면 심장이라도 팔게.

왜 또 마담 중국 가시려고요? 그러니까 너도 남자를 물었으면 그냥 돈이나 뜯어내지 왜 사랑을 하고 지랄이야. 마흔 넘어 무슨 로맨스를 하겠다고. 남자한테 버림받고 빚만 늘었잖아.

마담은 아무 말도 하지 못하고 남자의 바짓가랑이를 붙잡고 빌었다.

아주 가난한 것들 상대하는 데 질렸어. 어떻게 하나같이 하는 말도 행동도 똑같으냔 말이야. 그게 화가 나, 나는. 네가 왜 가난한지 넌 모르지? 한 달 줄 테니, 성의를 좀 보여봐. 신장하고 망막은 그때 가서 다시 생각해볼 테니. 알지? 봐, 대화를 하면 방법이 생기잖아. 우리 그렇게 꽉 막힌 사람들이 아니라니까. 도망가지 말고 대화를 해야 돼. 무슨 말인지 알지?

아무도 우는 사람이 없었다. 울 일이 아니었으니 우는 사람이 없었다. 덕이는 남자들이 돌아가고 난 후에도 청이를 꼭 안고 있었다. 때론 체온이 두려움을 없애주기도 하는 것이다. 엄마는 헝클어진 머리 그대로 우두커니 앉아 있었고 학규는 멀찌감치 떨어져 담배를 피웠다. 아버지가 살았던 방을 마담이 쳐다보다가 학규와 눈이 마주쳤다. 학규가 시선을 피하며 땅을 내려다보았다.

청이야, 아빠랑 방에 가 있자.

싫어. 언니랑 있을 거야.

청이가 덕이의 품을 더욱 파고들었다. 덕이가 청이를 억지로 밀치며 등을 떠밀었다. 청이가 마지못해 아빠를 따라나섰다.

어떡해, 이제.

덕이가 가라앉은 목소리로 엄마를 불렀다. 마담은 멍하니 남편이 누워 있었던 방을 쳐다보다가 다가가 문을 열어보았다.

네가 다 치웠어? 생각해보니, 너네 아빠는 참 불쌍한 사람이었다.

우리 이제 어떻게 해, 엄마.

죽기밖에 더 하겠어. 기껏해야 죽는 거지.

무슨 말을 그렇게 해.

덕규는 집에 좀 들렀어? 어떻게 지낸다니?

생각해보니 장례를 치르고 집에 다녀간 적이 있었던가. 잘 기억이 나질 않았다. 그녀는 대답을 못 하고 딴청을 피웠다. 청이가 돌아왔다.

아빠는 너무 심심해. 나한테 아무 관심도 없고. 그런데 아줌마 피 나요.

청이의 말을 듣고 보니 마담의 한쪽 귀에서 피가 흐르고 있었다. 그녀가 대수롭지 않다는 듯 쓱 닦았다.

그런데, 어떻게 먹고사는 거니? 놀이공원에 다시 나가는 거야?

마담이 청이를 내려다보았다. 청이는 덕이 옆에 꼭 붙어 있었다.

…… 어, 그게. 그만뒀어. …… 월급도 안 나오고. 선생님이 거의 해주셨어.

너무 늦었다. 이제 자야지.

마담이 청이에게 냉정하게 굴었다. 시간이 벌써 새벽으로 가고 있었다. 덕이와 청이는 자리에 누웠고, 마담은 오랫동안 욕실에서 나오지 않았다. 마담은 한참 만에 돌아왔다. 머리에서 물이 뚝뚝 떨어졌다. 그녀는 자주 멍하니 허공의 먼 곳을 바라보았고, 덕이는 그런 엄마가 다른 사람 같았다. 상황이 어려워도 어떻게든 이기려고 노력하던 과거의 그녀가 아니었다. 덕이 옆에 엄마가 누웠다. 덕이는 옆으로 누워 엄마를 쳐다보았다. 아직 예쁘고 젊은 나이였지만 인생을 너무 빨리 살고 소모한 것 같아 엄마가 불쌍했다.

엄마는 날 왜 그렇게 일찍 낳았어?

마담이 고개를 돌려 덕이를 바라보았다. 어둠 속에서 반짝 젖은 눈이 빛났다.

너무 외로웠어. 네가 있어서 얼마나 든든했는지 몰라. 가진 것도 없고 가족도 없었고 겨우 스물이었으니 네 아빠가 나를 사랑한다고 믿었겠지.

엄마, 우리 어떡해?

마담이 한숨을 내쉬며 덕이를 토닥거렸다. 미뤄놓은 졸음이 금세 찾아왔다.

도망가야지. 너랑 나랑 멀리멀리 아무도 못 찾는 곳으로 가야지.

덕이에게도 엄마의 품은 필요했다.

그런데 그 아저씨하곤 어떻게 된 거야? 잘 살 거라며.

덕이가 잠에 빠져들며 중얼거렸다. 엄마에게 안겨 잠든 것이 까마득한 옛날이었다. 덕이는 금방 잠이 들었다.

마담은 뜬눈으로 밤을 새웠다. 어떤 계획이나 할 수 있는 일이 없었다. 사채업자들에게 한 달의 시간을 벌어놓았지만 돈을 구할 수 있는 방법은 누군가에게 다시 빚을 내는 것밖에 없었다. 작은 동네에서 이제 그녀에게 돈을 꾸어줄 사람이 있을 리 만무했다. 어떻게든 벗어나야만 했다. 덕이를 데리고 아무도 찾지 못하는 곳으로 가야만 했다.

동쪽 하늘 저 멀리에서부터 푸른빛의 미명이 돌았다. 마담은 마당으로 나와 먼 허공을 오래 바라보고 서 있었다. 새벽이어도 춥지 않을 만큼 날씨가 따뜻했다. 곧 동쪽에서부터 여름이 시작될 것이 분명했다. 그녀는 결혼하고 S읍으로 내려와 살면서 어디고 가본 적이 없었다. 외국이고 다른 고장이고 그녀는 경험이 없었다. 마담은 무작정 남자를 따라나섰다. 남자는 중국으로 도망가서 살자고 했다. 헐값에 다방을 넘기고 얼마 되지 않는 목돈을 남자에게 주었다. 남자를 믿었다. 하지만 튼실한 줄 알았던 남자의 사정은 마담보다도 더 좋지 않았다. 중국은커녕 서울로도 가지 못했다. 중국인들이 많이 사는 A시에 마담을 버리고 남자는 사라졌다. 마담은 허름한 여관방에서 며칠을 기다렸다. 남자는 돌아오지 않았다. 그녀는 남자를 기다렸다. 무슨 사정이 있겠거니, 혹시 돌아와서 자기를 찾지 못할까 봐 A시에 남았다.

사채업자들이 무서워 집으로 돌아올 수도 없었다. 가진 돈이라곤 몇만 원이 전부였고 여관비를 내자 아무것도 남지 않았다. 남자를 믿는다는 것은 하나 남은 삶의 의지를 믿는 것과 같았다. 그러다가 잊었다. 얼마 되지 않아서 남자의 얼굴이나 이름도 기억이 나질 않았다. 덕이가 걱정됐지만 그뿐이었다. 덕이도 이해해줄 거라고 믿었다.

일자리는 모두 중국인들의 차지였다. 상점 주인도 모두 중국인이었고, 일하는 사람들도 중국인들이었다. 한국이라는 나라에 이런 곳이 있는 줄 처음 알았다. 아무도 그녀를 믿어주지 않았다. 돈이 없어서 중국인들에게 몸을 팔았다. 하루하루 겨우 잠잘 곳과 먹을 것을 얻었다. 그녀가 집으로 돌아왔다는 것은 삶을 포기한 것이나 다름없었고, 이젠 정말 갈 곳이 없었다.

마담이 학규의 방으로 들어갔다. 자고 있던 학규는 덕이가 들어온 줄 알았다. 잠결에 문 앞에 서 있는 시커먼 그림자를 보고서도 놀라지 않았다. 마담이 입고 있던 옷을 모두 벗고 학규 옆에 누웠다. 학규는 개의치 않고 등을 돌렸다. 마담이 학규의 몸을 탐했다.

자기 몸 위에서 일렁이는 그녀를 뒤늦게 알아챘지만 너무 늦었다. 학규는 덕이가 아니라 마담인 것을 알았지만 그냥 그대로 있었다. 거부하기 힘든 몸짓이 계속됐다. 아니, 그것은 핑계였다. 자기로 인해 어떤 불행이 닥칠지 그는 알았지만 모른 척했다. 그 어떤 것도 책임지고 싶지 않았다. 여자들은 아무 잘못이 없었다. 그를 제대로 모른다는 것이 잘못이라면 잘못이었다.

마담이 그 옆에 누워 담배를 피웠다. 현실은 순간순간 옆에 있었지만 깨닫지 못하는 사람들에겐 없는 시간이었다. 그때서야 학규는 걱정이 되기 시작했다. 서로 아무 말도 하지 않았다.

마담이 담배를 태울 때까지 학규는 천장만 바라보고 있었다.

고마워.

뭐가?

그냥, 다. 이 집을 떠나지 않은 것도 고맙고.

뭘.

마담이 옷을 천천히 챙겨 입고 밖으로 나갔다. 새까만 그림자가 따라 나갔다. 유난히 긴 하루였고, 영원히 불행의 밤은 끝날 것 같지 않았다.

학규는 날이 새자마자 집을 나섰다. 집에 있다가는 숨이 막혀 죽을 것만 같았다. 책임져야 할 때마다 그는 도망쳤다. 오히려 그런 고민을 준 사람들이 원망스럽고, 고민하는 자신을 괴롭고 불쌍하다고 여겼다. 그는 집을 떠날 생각을 하고 있었다. 아내가 돌아왔고, 다시 재결합하길 원했다. 그는 심각하게 고민하고 있었다. 청이 때문이라도 더 이상은 안 되겠다고 결심했다. 그는 서울로 갔다. 당분간은 돌아오지 않을 생각이었다. 청이가 걱정되었지만 그뿐이었다. 어디 머리라도 식히고 올 생각이었다. 청이를 두고 나간 이유는 덕이 때문이었다.

덕이는 그가 방에 없는 것을 알고는 안절부절못했다. 엄마에게 얘길 했지만 오히려 이상한 눈으로 쳐다보아서 그녀는 아무 얘기도 할 수가 없었다. 청이를 학교에 데려다 주고 수업이 끝날 때까지 기다렸다. 혹시 그가 청이를 데리러 올 수도 있을 거라 여겼기 때문이었다. 자꾸 이상한 생각만 들었다. 덕이는 하고 싶었던 말을 하지 못한 게 후회됐다.

그녀는 학교 교문 옆에 쭈그리고 앉아 길의 양쪽 끝을 번갈아 가며 바라보았다. 반나절이 지났고 학교 수업이 끝났지만 학규의 모습은 보이지 않았다. 그녀는 실망에 가득 차서 청이를 데리고 집으로 돌아왔다.

마담은 이미 저당 잡혀 있는 집을 담보로 빚을 내보려고 동분서주했다. 빚을 갚으려는 게 아니었다. 마련된 돈을 가지고 덕이와 도망을 갈 예정이었지만 가뜩이나 저당이 잡혀 있는 집을 담보로 빚을 더 내어줄 사람이 드물었다. 오래돼서 밤이면 무덤처럼 서 있는 집을 탐내는 사람도 없었다. 마담은 작은 돈이라도 얻으려고 열심이었지만 별로 가능성이 없는 일이었다. 시간은 빠르게 일주일이 하루처럼 흘렀고 덕이는 밥도 먹지 못한 채 매일 터미널 근처를 서성였다.

정말이지 약속한 듯이 학규가 버스에서 내렸다. 놀란 것은 학규가 아니라 덕이였다. 그녀는 버스에서 내리는 그를 발견하자마자 그 자리에 주저앉아 엉엉 울었다. 사람들이 이상한 눈으로 쳐다봐서 학규도 그녀를 알아보았다. 그가 다가가 덕이를 일으켜 세웠다.

말도 없이 그렇게 사라지면 어떡해요. 나는 어떡하라고…….

터미널 안 많은 사람이 두 사람을 힐끔거렸다. 학규는 그게 여간 신경이 쓰이는 것이 아니어서 금방 짜증이 일었다.

일단 일어나서 가자. 그만 울고. 내가 잘못했어. 어서 일어나, 사람들이 모두 쳐다보잖아.

너무 보고 싶었어요. 너무 힘들었어. 다신 보지 못할까 봐 무서웠어요.

덕이는 설움이 복받쳐 눈물을 주체하지 못했다. 사람들은 가던 길을 멈추고 두 사람을 빙 둘러싸고 아예 구경을 했다.

그만 좀 해.

학규가 버럭 소리를 질렀다. 덕이가 깜짝 놀라서 울음을 멈추었다. 놀란 것은 덕이뿐만이 아니라 터미널 안에 있는 사람 거의 모두였다. 얼마나 소리가 컸던지 무슨 일인지 모르던 사람들까지도 모두 걸음을 멈추고 두 사람 주위로 몰려들었다.

학규가 주위를 둘러보더니 성큼성큼 터미널을 빠져나갔다. 사람들이 수군거렸다. 몇몇은 덕이를 알아보는 사람도 있었다. 덕이가 얼른 일어나 학규를 쫓아갔다. 눈물이 하염없이 흘렀다. 아무리 멈추려 해도 멈춰지지 않았다. 빠르게 걸어가는 학규를 뛰다시피 쫓았지만 금세 멀어졌다. 그녀는 다가가서 미안하다고 잘못했다고 말하고 싶었다. 불러 세우고 싶었지만 다시 또 미안해질까, 그가 화를 낼까 두려웠다.

아름다운 것은 언제나 너무 멀리 있었다. 하늘도, 구름도, 파도도, 햇살도, 사랑도, 미래도 말이다. 지나치고 지나간 것은 돌아오기 힘들었고, 온전하지 않았다. 앞서 걷는 그와 자꾸 멀어지는 거리만큼 그녀의 사랑도 뒤로 밀려나고 있었다. 곧 여름이었다.

며칠만 다녀올 거라니까 그래.

다녀온 지 얼마 안 됐잖아요.

학교에 자리가 날 것 같아. 마지막 기회야.

학규가 가방에 짐을 챙기고 있었다. 그는 약간 들떠 있었다. 덕이는 근심스러운 표정으로 벽에 등을 기대고 쭈그려 앉았다.

그런데 그렇게 아주 갈 사람처럼 짐을 싸요. 거의 다 겨울옷들이잖아요.

올라가는 김에 놓고 오려고.

어디에요?

학규가 말문이 막혔다. 사실대로 모든 것을 말할 수가 없었다.

응, 작은 오피스텔을 친구가 구해줬어. 강의하려면 여기서 출퇴근할 수가 없잖아. 주중에 거기 있고, 주말에 여기로 오든가 해야지.

제가 가면 되잖아요. 제가 밥도 하고 빨래도 하고 청이 학교도 데려다 주면 되잖아요.

내 사정 알잖아. 스캔들 때문에 잘렸는데, 또 어린 여자랑 지낸다고 하면 어떻게 되겠어. 혹시 소문이라도 나면.

덕이 눈에 눈물이 그렁그렁했다. 그는 정신없이 짐을 챙기느라 미처 그녀를 돌아보지 못했다.

그럼, 청이는 왜 데려가요?

…….

학규가 손을 멈추고 잠시 머뭇거렸다.

아이 엄마가 아주 돌아왔어. 자기가 맡겠대. 그게 청이에게도 좋고.

저는 안 되고요?

엄마가 있는데, 네가 왜 맡아. 그럴 것 없어.

청이도 저 좋아하고 따르잖아요.

그냥 외로워서 그런 걸 거야.

눈물이 볼을 타고 하염없이 흘러내렸다.

점심도 안 먹고 갈 거예요?

나 바빠. 가서 만나야 할 사람이 많아.

학규가 시계를 흘끔거리며 서둘렀다.

저 선생님이랑 만두 먹고 싶어요.

나 가야 한대도. 갔다 와서 먹으러 가자. 그러지 말고 버스 시간이나 좀 알아봐줘.

저, 할 얘기도 있단 말이에요.

뭔데? 얘기해.

그가 트렁크의 지퍼를 겨우 올리며 말했다.

저, 아기 가졌어요.

손을 멈추고 학규가 덕이를 돌아보았다. 놀란 듯 아무 말이 없었다. 울고 있는 덕이를 그가 다가와 가만히 안아주었다.

엄마는 아시니?

그녀가 고개를 가로저었다. 그녀가 얼굴을 학규의 가슴에 묻고 울었다.

선생님, 너무 무서워요.

괜찮아. 뭐가 무서워. 내가 있는데.

그녀가 그의 허리를 잡고 꽉 끌어당겼다.

저는 선생님밖에 없어요. 그게 때때로 너무 두렵고 무서워요.

사랑하면 행복할 줄 알았는데, 너무 불안하고 무서워요.

하규가 그녀를 안은 채로 가만가만 그녀의 머리를 쓰다듬었다.

괜찮아, 덕이야. 나 믿어. 내가 다 알아서 할 테니, 걱정하지 마. 먼저 전화를 좀 해야겠다. 나 좀 나갔다 올게. 일단 오늘 약속을 미뤄야겠어.

서울 안 가세요?

응, 미루지, 뭐.

다녀오세요. 저 괜찮아요.

아니야. 안 가도 돼.

그가 서둘러 밖으로 나갔다. 따뜻한 바람이 그의 뒤를 따라 나갔다. 그녀는 다리에 힘이 풀려 주저앉았다. 자꾸 눈물이 났다. 아버지가 죽었을 때도 그렇게 슬프지 않았는데 이상한 일이었다. 그를 바라만 보아도 금세 눈에 눈물이 맺혔다. 서운하고 야속해서 그런 게 아니었다. 그가 슬펐다. 그가 하는 말이, 행동이, 표정이, 그가 내쉬는 숨도 슬펐다. 그녀는 그런 것이 사랑이라고 믿었다. 이제껏 처음 느끼는 감정이었다. 사랑이니 받아들여야 한다고 믿었다. 그것이 온전한 사랑이라고 생각했다. 그랬지만 그를 생각만 해도 눈물은 멈추지 않고 계속 흘렀다.

전화만 하고 돌아온다는 그가 한참을 기다려도 오지 않았다. 배에서 꼬르륵 소리가 났다. 근래에 시도 때도 없이 배가 고팠다. 그녀는 먹고 싶은 것을 마음대로 먹을 수 없어서 음식점 앞에까지 가서 구경만 하고 왔다. 막상 먹고 싶은 음식을 보면 또 식욕이 사라지기도 했다. 실컷 걸으면 먹고 싶은 생각이 좀 사라졌다. 그녀는 자주 시장에 나가 배회했다. 그러다 가장 먹고 싶은 것을 먹으면 다른 음식 생각이 사라졌다.

그녀는 웅크리고 잠이 들었다. 식욕이 사라지면 졸렸다. 참을 수 없는 졸음이 몰려와 그녀는 쓰러지듯 잠에 들곤 했다.

얼마나 잤는지 몰랐다. 학규가 흔들어 깨워서 그녀는 겨우 눈을 떴다. 한낮이었다. 남쪽으로 나 있는 창에서 햇빛이 쏟아져 들어왔다. 눈이 부셔서 제대로 뜰 수도 없었다.

선생님, 몇 시예요? 청이 데리러 가야 하는데.

응, 내가 알아서 했어. 아이 엄마가 자꾸 보고 싶다고 그래서 버스 태워서 보냈어.

혼자서요?

그녀가 근심스러운 눈으로 말했다.

아이 엄마가 터미널로 데리러 나오기로 했어. 걱정 안 해도 돼.

그녀가 안심이 되는 듯 고개를 끄덕였다.

저 배가 너무 고파요.

응, 가서 먹자, 만두.

왜 이렇게 오래 걸렸어요?

응, 이것저것 좀 알아보느라고. 일어날 수 있겠어?

학규가 그녀를 부축하고 일어섰다.

만두 먹으러 가자.

진짜요? 저 먹고 싶은 게 너무 많아요. 돈이 없어서 못 사 먹었어요. 맨날 앞에 가서 구경만 하고 왔어요.

그래, 오늘 내가 다 사줄게.

터미널 앞 포장마차에서 덕이는 허겁지겁 음식을 먹었다. 만두, 순대, 떡볶이를 모아놓고 쉬지 않고 먹었다. 학규는 한 발 떨어져서 담배를 피우며 음식을 먹는 덕이를 바라보기만 했다.

선생님은 왜 안 먹어요?

나, 이런 음식, 별로야. 덕이야, 늦겠다. 그만 먹고. 내가 버스 내려서 또 사줄게.

어디 가는데요? 서울 가요?

학규가 덕이 손을 잡고 끌었다. 그녀는 음식을 꾸역꾸역 입에 밀어 넣으며 그를 따랐다. 둘은 버스를 타고 가까운 Y시로 갔다.

너한테 미안한 게 많아서. 선물도 좀 사고, 맛있는 음식도 먹고 그러려고.

덕이가 고개를 끄덕였다. 학규는 창밖으로 시선을 던졌고, 덕이는 학규만 바라보았다. 그의 어깨에 기대어 어딘가를 간다는 건 생각지 못한 일이었다. 더 이상 그를 바라보아도 슬프지 않았다. 그녀가 가졌던 불안함과 두려움이 언제 있기나 했었냐는 듯 그녀는 행복했다. 그의 팔짱을 끼고 그녀는 기대어 눈을 감았다. 늦은 오후의 햇살이 감은 눈 안에서 일렁였다. 스르륵 잠이 들었다.

Y시는 S읍에서 한 시간 거리에 있는 가장 가까운 도시였다. 학규는 그녀를 시내에 데리고 가서 운동화를 한 켤레 사주었다. 그녀는 운동화를 가슴에 꼭 품었다. 그가 그녀의 손을 잡고 거리를 천천히 걸었다.

아무도 우리를 알아보는 사람이 없으니까 너무 좋아요, 선생님. 우리 아무도 모르는 곳에 가서 함께 살아요.

그래, 그러자. …… 그 전에 말이야. 아기, 어떻게 할 거니?

어떻게 하다니요?

우리 둘에게 뭐가 좋은지 생각 안 해봤어? …… 이성적으로 가장 우리에게 합리적인 생각을 해야 돼.

덕이가 학규의 팔짱을 끼고 걸음을 재촉했다. 눈물이 핑 돌았다.

계속 이대로 있는 것은 옳은 일이 아니야. 네가 아직 어려서 모르는 거야.

그러고 보니 주변에 산부인과가 있었다. 그녀는 멈칫했다. 그녀의 가냘픈 팔에 걸린 쇼핑백이 거추장스러웠다.

알았어요, 선생님. 생각해볼게요. 뭐가 우리에게 옳고 좋은 일인지. 저 배고파요.

덕이가 그를 잡아끌었지만, 그의 다리는 땅에 꺼진 것처럼 움직이지 않았다.

고민이 많으면 많을수록 우린 나쁜 선택을 하게 돼 있어.

그는 덕이가 움직이려는 방향과 전혀 다른 쪽으로 그녀를 끌고 움직였다.

자신을 못 믿겠으면 나를 믿어. 내가 선택한 것이 네게도 옳다고 믿는 거야.

학규가 그녀를 데리고 산부인과로 향했다. 그녀는 그를 따라가면서도 그의 얼굴에서 시선을 떼지 않았다.

저, 선생님 믿어요. 선생님을 믿지 않으면 누굴 믿어요. 아이는 나중에 다시 가져도 돼요.

둘은 천천히 산부인과로 향하는 계단을 올랐다.

학규는 수술을 마친 덕이를 허름한 여관방에 뉘었다. 방 안은 눅눅했고 칙칙한 냄새가 가득했다. 알아볼 새도 없이 가장 가깝고 눈에 띄는 곳에 학규가 허겁지겁 잡은 것이었다. 이불에서도 퀴퀴한 냄새가 올라왔다. 덕이는 마취에서 덜 깬 채 여관으로 옮겨졌다. 병원에 오래 있을 수가 없었다. 그녀는 정신이 없었다. 환상과 현실을 분간하지 못한 채 짧은 말들을 뱉어냈다. 그녀는 배를 부여잡고 뒹굴었다. 방까지 따라온 여관 주인이 의심스러운 눈으로 둘을 바라보았다.

진짜, 별일 없는 거죠?

무슨 일이 있어요? 그냥 좀 아파서 잠깐 쉬고 갈 거예요.

학규가 여관 주인을 몰아내고 문을 닫았다.

아파.

그녀가 배를 쥐고 웅크렸다.

많이 아파?

그녀가 고개를 끄덕였다. 학규가 이불을 끌어다 덮어주었다.

미안해, 덕이야. 힘들게 해서.

그녀가 고개를 저었다. 맺혀 있던 눈물이 옆으로 흘러내렸다. 학규가 다가가 그녀의 이마에 입을 맞추었다.

덕이야, 나 서울에 좀 다녀와야 해. 약속을 미루려고 했는데, 그게 잘 안 됐어. 갔다가 일만 보고 금방 내려올게. 뭐 먹고 싶은 거 없어? 만두 사 왔어. 일단 이거 먹고 있어.

…….

덕이가 입술을 가만히 물었다. 마취가 깨며 찾아온 통증을 참는 듯 표정이 일그러졌다.

덕이야, 내 말 잘 알아들었어? 정신 있는 거지?

덕이가 고개를 끄덕였다. 그녀가 눈을 꼭 감았다. 맺혀 있던 눈물이 또 옆으로 흘러내렸다.

그럼, 나 다녀올게. 조금만 참고 있어. 알았지?

그가 더러운 이불을 올려주며 그녀를 꼭 안았다. 이마에 입을 맞추고 일어섰다. 잠깐 덕이를 내려다보다 문을 나섰다. 덕이는 다시 깊은 잠에 빠져들었다.

덕이는 아플 때에만 꾸는 꿈이 있었다. 흙탕물에 하얀 종이가 젖어 있는 것이었는데, 그녀는 하얀 종이가 더러운 물에 젖으며 구겨지는 것을 바라보는 꿈을 꾸었다. 그녀는 이상한 불안감이 들곤 했다. 의식적으로 종이를 집어내거나 젖지 않게 하기 위해 애를 썼지만 그 광경은 계속 반복해서 재생되곤 했다.

덕이는 누군가 흔들어 깨워서 겨우 잠에서 깼다. 정신이 없었다. 입속은 타들어갈 것처럼 말랐고, 갈증이 심했다. 그녀가 가늘게 눈을 뜨고 올려다봤다.

선생님, 이제 오셨어요?

뭐라는 거야. 어린 아가씨가, 죽은 줄 알고 내가 119 불렀어. 살아서 얼마나 다행이야.

덕이가 힘들게 몸을 일으켰지만 구급대원이 억지로 자리에 다시 눕혔다.

열이 너무 높아요. 무슨 약 드신 것은 아니지요?

그녀가 힘겹게 고개를 끄덕였다. 이불은 땀으로 질척거렸다. 그녀는 정신이 하나도 없었다. 그녀를 들것에 옮겼다. 그녀가 누웠던 자리에 하혈한 자국이 선명했다. 질척거렸던 것이 땀이 아닌 것 같았다. 그녀의 원피스에도 핏자국이 주홍글씨처럼 박혀 있었다. 그녀는 정신이 없는 와중에도 창피해서 치마를 밑으로 내렸다. 한 대원이 담요로 몸을 가려주었다.

저기, 여기로 누구 오기로 했어요. 저 여기서 기다려야 해요. 곧 올 때 됐어요.

그녀가 억지로 들것에서 내려오려고 했다.

무슨 소리야, 아가씨야. 여기에 3일이나 이렇게 있었어. 죽을 뻔했다고.

여관 주인이 딱하다는 듯이 혀를 찼다. 덕이의 눈에 3일 전에 그가 놓고 간 만두가 눈에 들어왔다. 여관 주인이 코를 막고선 그것을 집어 들었다.

아이고, 이것 때문에 쉰내가 방 안에 가득하네.

그녀가 여관 주인이 들고 있는 검정 비닐봉지를 넋을 놓고 바라보았다. 눈물도 맺히지 않았다. 사랑은 슬픈 것만이 아니라는 것을 그녀는 정신을 잃으며 깨달았다.

13

S읍에서 그는 아무것도 건진 게 없었다. 무엇을 기대하고 내려온 것은 아니었으나 그는 더욱 큰 절망만을 안게 되었다. 덕이와 청이에 대한 목격담이나 이야기들은 그녀들의 행방을 더욱 묘연하게 만들었다. 오랜 세월 묵묵히 한곳을 지키고 서 있었던 덕이의 집만이 그 사실을 모두 아는 듯 침묵했다. 사람의 기억이란 모두 편한 대로만 남겨져서 온전히 남겨져야만 하는 사실과 시간을 방해했다.

덕이와 청이가 함께 한동안 S읍에 내려와 살았다는 것은 분명했지만, 사람들의 기억은 모두 그 시기도 달랐고 기억하고 있는 것도 믿을 수 없으리만치 신빙성이 없었다. 그는 여관방에 틀어박혀 그저 시간을 보냈다. 며칠이고 몇 달이고 기다리면 자기가 있는 곳에 덕이와 청이가 거짓말처럼 나타날 것만 같았다. 덕이가 느닷없이 자기를 찾아왔듯이 다시 와줄 것만 같았다. 뭔가를 본다는 것은 보이지 않는 너머에 존재하는 것을 볼 수 없는 일과 같았다. 그는 자기가 무엇을 보지 못하는 것인지 알지 못했다.

돌아가야 했으나 돌아갈 곳이 없었다. 그녀들을 기다릴 곳이 없었다. 그가 살던 집은 누군가에게 넘어간 지 오래였고, 그 뒤로 그가 지냈던 덕이의 오피스텔에도 한 사채업자가 찾아와 그를 쫓아냈다.

네가 몇 사람의 인생을 망친 건 줄 알기는 알아?

남자가 경멸에 찬 눈으로 학규를 쏘아보았다.

학규는 뭐라도 먹어야만 할 것 같아 오랜만에 밥을 차리던 중이었다. 작은 원룸 안에 어둡게 커튼을 치고 며칠째 문밖으로 외출도 하지 않았다. 수술한 후 눈부심이 심해서 밖에 나갈 때엔 짙은 선글라스를 껴야만 했다. 방 안에 있을 때에도 그는 어두컴컴하게 하고 있었다. 김치를 볶고 있었다. 밖에서 번호 키를 누르는 소리가 들려왔다. 덕이가 사라진 지 1년이 다 되어가고 있었다. 학규는 심장이 터질 것처럼 두근거렸다. 너무 떨려서 그는 다리에 힘이 풀리며 그 자리에 주저앉았다. 한 손엔 국자를 쥔 채였다. 학규가 살고 있는 오피스텔을 아는 사람이라곤 덕이밖에 없었다. 수술하고 한 달이 지난 후, 드디어 붕대를 풀고 돌아와보니 덕이는 사라지고 없었다. 오피스텔은 보이지 않을 때보다 보일 때가 더 낯설었다. 처음 와보는 공간에 들어선 느낌이었다. 그녀의 짐은 모두 그대로 있었으나 그녀는 돌아오지 않았다. 전화도 해지되었다. 돌아오겠지, 돌아오겠지. 그는 믿었다. 그는 그녀에 대해 아무것도 아는 것이 없었다. 예전에도 그랬고 그녀가 다시 찾아와 다시 살던 몇 년 동안에도 그는 그녀에 대해 아는 게 없었다.

문을 열고 들어온 사람은 덕이가 아니었다. 한 낯선 남자가 성큼성큼 원룸 안으로 들어섰다. 학규는 그것이 너무 비현실적이고 꿈 같아서 얼이 빠진 채 멍하니 남자를 바라보기만 했다. 남자는 안으로 들어오더니 주저앉아 있는 학규를 지나쳐 갔다. 커튼을 젖혔다. 순식간에 밝은 빛이 원룸 안에 가득해졌다. 학규는 갑자기 들어찬 환한 빛 때문에 찡그리며 고개를 돌렸다. 언뜻 남자를 힐끔거렸다. 남자는 잠시 학규를 내려다보더니 다가와 가스레인지 불을 껐다. 그사이 김치볶음은 모두 타버려서 방 안에 매캐한 연기가 가득했다.

아저씨, 밥이 넘어가? 팔자 좋네, 정말.

학규는 그를 떠올려보려 아무리 애써보아도 기억나지 않았다. 처음 보는 사람이 분명했으나 남자는 자기를 훤히 알고 있는 것처럼 대했다.

너 때문에 몇 사람 인생이 망가진 줄 알기는 알아?

학규는 어안이 벙벙했다.

누구세요?

학규가 한참 만에 꺼낸 말은 공허하게 창을 통해 쏟아져 들어오는 밝은 햇빛 속에 부서졌다.

집 비워야 돼, 이제. 언제까지 이러고 살 거야? 덕이가 부탁해서 그냥 좀 두고 보려고 했는데 이젠 더 이상은 안 되겠어.

남자가 지갑에서 수표를 여러 장 꺼내 식탁 위에 올려놓았다.

짐은 당신 거나 챙겨서 나가. 여자 물건은 그대로 두고.

남자가 자기 할 말만 하고 햇빛을 등졌다. 다부진 뒷모습이 희미하게 멀어져갔다.

저기요, 그런데 누구세요?

학규가 손으로 눈을 가리며 물었다.

누구긴 누구야, 집주인이지. 이번 주 안으로 하여튼 나가.

학규는 모텔 방에 틀어박혀 오래도록 낮에서 밤이 되는 시간을, 밤에서 푸른빛의 새벽으로 가는 여정을 바라보았다. 그는 아무것도 먹지 않았다. 모텔 방 안에서 지내는 시간은 밖에서보다 더 빨리 흘렀다. 그는 일주일을 더 연장했다. 모텔 주인은 학규가 의심스러웠는지 청소를 핑계로 학규의 방을 꼼꼼하게 살폈다.

아저씨, 이상한 짓 하려는 거 아니지요?

이상한 짓이라뇨?

학규가 주인에게 되물었다. 누구나 예측하고 짐작할 수 있는 것을 자기만 모르고 있었다.

아니에요. 그냥 혹시 그런 사람들 있으면 우리가 골치 아파지거든요.

주인이 머쓱한지 연신 머리를 긁적였다. 학규는 그제야 여관 주인이 하는 말을 알아들었다. 자기는 이제껏 왜 자살을 한 번도 고려하지 않았는지 이상했다. 그럼에도 그것은 굉장히 비현실적이고 현실감이 없었다. 그는 금방 생각을 잊었다. 어차피 자기는 그럴 용기도 그런 결말을 원하지도 않는다는 것을 이미 알고 있었을지도 모른다고 생각했다. 하지만 여관 주인이 다녀간 이후로 그는 그것도 나쁘지는 않겠다는 쪽으로 생각하기도 했다. 어차피 덕이나 청이를 만나지 못한다면, 남은 생을 혼자서 살아야 한다면 보이지 않을 때보다 그가 받아들여야만 하는 어떤 절망을 고려한다면 그것도 나쁜 쪽은 아니라고 생각했다.

무엇보다 달라진 것은 그가 학교로 돌아가 잘 살아보려는 생각이 전혀 없는 것이었다. 그는 수술한 후에도 동우나 학교 관계자들에게 아무런 연락도 하지 않았다. 그사이 나이가 들어서 그런 것이라기보다, 인생의 실패가 모두 그로부터 발현된 것 같은 느낌이 들어서였다. 그는 학교로는 돌아가지 않을 생각이었다.

그는 가방에서 주섬주섬 유일하게 들고 온 책을 꺼냈다. 일주일 내내 그 책은 가방 속에 있었지만 학규는 까마득하게 잊고 있었다. 그 책은 미시마 유키오가 쓴 『가면의 고백』이라는 책이었다. 책장을 넘기자 글자들이 어지럽게 흩어졌다. 그는 눈을 꼭 감았다 떴다. 글자들은 더욱 심하게 날아갔다. 그는 조용히 책을 덮었다. 이미 오래전, 여러 번 읽었던 책이어서 내용은 알고 있었지만 그가 남긴 유려하고 아름다운 문장을 읽고 싶었다. 앞을 볼 수 없을 때 그는 속으로 혹시라도 다시 볼 수 있게 된다면 가장 읽고 싶은 책 리스트를 만들었는데, 미시마 유키오가 가장 그리웠다. 학규가 이십대에 심취했던 작가 중 하나였다. 당시에는 미시마 유키오의 문장은 그저 치기 어린 유미주의의 로망 정도로 읽혔는데, 시간이 지날수록 문장 뒤에 남겨진 여운이 길었다. 학규는 그의 작품보다는 작가에게 더 큰 연민을 느꼈다. 그의 소설이 아름답게 느껴지는 이유는 작가에 대한 연민 때문이라는 것을 깨달았다. 그는 아직 읽지 못하는 책을 쓰다듬었다.

당분간은 남자가 던져주고 간 돈으로 어떻게 지낼 수 있을 테지만 곧 무슨 일이라도 해야만 했다. 그럼에도 학규는 아무 생각이 없었다.

그는 온종일 침대를 기대고 앉아 창만 바라보고 있었다. 오래된 여관이라 창이 크고 넓었는데 투명한 유리창에 낮이 가고 밤이 오는 것을 그저 바라보기만 했다. 밤은 금세 찾아왔고 순식간에 동이 텄다. 그는 어둡고 깜깜한 창이 푸른빛으로 변해가는 순간을 기다리곤 했다.

졸리면 그대로 쓰러져 잠이 들었다. 술이 간절했으나 그는 그것만은 하지 않을 생각이었다. 잠깐 잠이 들면 꿈속은 현실보다 더 견디기 힘들 만큼 가혹하기만 했다. 덕이나 청이가 그 주변에 서 있었으나 가까이 가면 그녀들은 어딘가로 바쁘게 움직였다. 그녀들은 하나같이 앞을 보지 못해서 허둥댔다. 그녀들이 사라지는 쪽에는 큰 강이 있거나 큰 도로가 있었다. 아무리 크게 소리쳐도 그녀들은 듣지 못했다.

언제 잠이 들었는가 모르게 그는 또 악몽 속을 헤매고 있었는데, 깜짝 놀라서 잠에서 깰 수밖에 없었다. 누군가 모텔 방 초인종을 다급하게 눌렀기 때문이었다. 그는 잠결에 저 멀리서 들려오는 종소리를 듣고 있었다. 도망치던 청이와 덕이도 걸음을 멈추고 어디에선가 울리는 종소리를 듣고 서 있었다.

초인종은 쉴 새 없이 계속 울렸다. 그는 꿈에서 쉬 헤어 나오지 못해 눈을 뜬 후에도 한참 동안이나 멍하니 그대로 있었다. 그가 어기적어기적 문가로 갔다.

누, 누구세요? 더, 덕이니?

그가 천천히 자물쇠를 풀며 엉뚱한 소리를 뱉었다. 그는 자기가 그런 말을 한 것도 알지 못했다. 문을 열자 며칠 전에 보았던 보라다방 여자애가 문 앞에 서 있었다.

누구라고? 아저씨, 누구 올 사람 있어요?

여자애가 학규를 지나쳐 방에 들어서며 신경질적으로 구두를 아무렇게나 벗었다. 학규가 흩어진 구두를 가지런하게 모았다. 학규가 무슨 일인가 어리둥절해서 여자애를 멍하니 쳐다보았다. 여자애는 이미 담배에 불을 붙이고 있었다. 곧 그녀의 전화기에서 쉴 새 없이 벨이 울렸지만 그녀는 전화를 받지 않았다.

아저씨, 나 오늘 여기서 자고 가도 되지? 나, 잘 데가 없어.

…….

학규가 난감해하며 말을 못 하고 어물거렸다.

몰라, 아저씨도 쫓아내면 나 오늘 그냥 죽을 거야. 어차피 인생 쫑 났는데, 뭐.

무슨 말이야?

남자 친구는 헤어지자고 하고, 마담 언니는 곧 나 팔 거래. 여기서 더 촌으로 팔려 가면 나 이제 어떻게 살아.

여자애가 울었다. 담배 연기를 내뿜으며 입술을 물었다. 주르륵 눈물이 흘러내렸다. 마스카라가 번지며 검은 물이 그녀의 볼을 타고 흘러내렸다.

닭 시켜줄까? 술 마실래?

학규가 여자애를 달랬다. 여자애는 울면서 고개를 끄덕였다. 코로 담배 연기가 뿜어져 나왔다.

나 배고파. 오늘 한 끼도 못 먹었어. 겨우 도망쳐 나왔어.

그럼 도망가, 얼른.

여자애가 빤히 그를 쳐다보았다.

걸어서 도망가? 터미널이고 택시고 못 타. 내가 움직이면 다 알게 되어 있어. 어디든지 똑같아. 도시가 크면 큰 대로 감시하는 사람이 많고, 적으면 적은 대로 다 감시해.

학규가 고개를 가만히 끄덕였다.

그럼, 어쩌면 좋니.

아저씨는 닭이나 시켜줘. 재워주고.

학규가 티슈 박스에 붙어 있는 광고 전단을 이리저리 살폈다.

나 오늘 아저씨랑 할 거니까, 아무 말 마.

학규가 수화기를 들고 치킨을 주문하려다가 여자애를 돌아보았다. 여자애는 이미 옷을 다 벗고 침대로 향하고 있었다. 작고 어린 몸이 그에 눈에 어렸다. 희고 고운 살결이 바로 눈앞에서 있는 듯 눈부셨다.

아, 춥다.

여자애가 침대 시트 속을 파고들며 하품을 했다. 볼에 번진 검댕이 침대 시트에 번졌다.

치킨은 이따가 시키고 얼른 일루 와. 나 추워, 아저씨. 안아줘.

학규는 쿵쾅거리는 심장 소리를 들킬까 봐 시선을 돌렸다. 잊고 있었던 본성이 꿈틀거리기 시작했다. 학규가 천천히 침대로 향했다. 여자애가 이불 위로 얼굴만 내밀고 그를 올려다보았다. 검은 물이 눈가에 가득 고여 있었다. 학규가 화장지로 그녀의 눈물과 얼굴에 묻은 검댕을 꼼꼼히 닦아주었다.

의사는 학규가 얼마나 운이 좋은 사람인지 장황하게 설명했다. 의사가 자기 눈을 빨리 멀게 했다는 생각이 들지 않았다. 덕이는 병원 앞까지 함께 와서는 들어오지 않고 밖에서 그를 기다렸다. 의사는 사무적이고 냉소적으로 말했다.

기증자를 이렇게 빨리 찾는 경우는 거의 없어요.

그런데 지난번에 말씀하실 때엔 살아 있는 사람의 망막을 기증받을 수는 없다고 그러셨잖습니까?

원래는 차근차근 차례를 기다려야 하지만, 특별히 선생님한테 기증하겠다는 사람이 나왔어요.

저에게요? 누가요? 제가 아는 사람이에요?

그건 말씀드릴 수가 없어요. 아는 사람일 수도 있고, 모르는 사람일 수도 있어요. 선생님 사연을 듣고 한쪽 눈을 기증하겠다는 사람이 있어요.

혹시 덕이예요?

의사가 잠시 침묵했다.

무슨 말씀 하시는지 모르겠군요. 방 마담을 얘기하는 거면, 아닙니다.

학규는 혼란스러웠다.

그냥, 운이 좋다고 여기면 돼요. 다른 생각은 접어두고요.

학규는 갑작스러운 소식에 기뻤지만 걱정이 앞섰다. 덕이가 의사에 대해 얘기했던 터라 그렇기도 했고, 누군가 자기에게 눈을 줄 만큼의 애틋한 관계를 떠올려보려 해도 전혀 떠오르는 사람이 없었기 때문이었다.

가능하면 빨리 수술하길 원하세요, 기증자는.

그래도 생각을 좀 해봐야 할 것 같습니다. 조금 기다려주세요. 기쁜 일이지만 기뻐만 할 수 없는 일이라서요.

학규가 병원에서 나와 한참을 입구에서 서성였다. 학규는 살짝 들뜬 표정으로 덕이가 다가와주길 기다렸다. 덕이는 학규를 발견했지만 당장 다가가지 않고 한동안 그를 지켜보았다. 그는 가만히 서 있었지만 지나치는 소리들을 주의 깊게 듣고 서 있는 듯 보였다. 그는 살짝 미소를 머금었다가도 금세 표정이 심각해지곤 했다. 멀찍이 떨어져서 그를 지켜보던 덕이가 천천히 그에게 다가갔다. 서너 발짝 앞에 다다르자 학규가 얼른 덕이가 오고 있는 쪽으로 몸을 돌렸다.

이제 네가 내게 다가오는 소리를 겨우 구분할 수 있게 됐는데. 필요 없게 됐어.

학규가 다가오는 덕이에게 말했다.

무슨 말이에요? 병원에서 뭐래요?

네가 꾸민 일 아니지?

무슨 말이에요?

덕이는 예의 냉랭한 말투를 찾았다. 말은 그렇게 했지만 그녀는 그를 애틋하게 바라보았다.

기증자가 나타났대. 내게 망막을 주겠다는 사람이 있대.

정말이에요?

덕이가 펄쩍 뛰며 좋아했다. 드문 일이었다. 소식을 들은 덕이는 뛸 듯이 기뻐했다. 좀체 학규에게 감정을 들키지 않던 그녀였지만 이번에는 달랐다. 학규는 모든 것이 잘되어가는 것 같아 좋았다.

이런 일이 생길 줄 몰랐어.

덕이가 학규의 팔짱을 끼고 걸었다.

예전엔 이렇게 선생님 팔짱을 끼고 걷는 게 가장 하고 싶은 일이었던 때가 있었는데. 이렇게 선생님 팔짱을 끼고 사람들이 모두 쳐다봐도 아무렇지 않게 걷게 됐는데, 아무렇지가 않네.

학규가 팔짱을 낀 덕이의 손을 반대쪽 손으로 붙잡았다.

그러지 말아요, 선생님. 촌스러워.

어때, 그럼.

노인네 같다고요. 걸으면서 팔짱도 끼고 손도 잡고 걸으면.

학규가 슬그머니 잡았던 손을 놓았다.

모처럼 둘 사이가 유쾌했다. 덕이도 그 하루만은 학규에게 어떤 시비를 걸지 않았다.

그런데 말이야. 묻고 싶은 게 있어.

뭔데요?

그때 말이야, 그 사람 누구야?

덕이가 아무 말도 하지 않았다. 침울해져서 걷기만 했다. 턱이 나올 때마다 가만히 멈춰 섰고 학규는 조심히 내려서거나 올라섰다.

알 거 없어요. 아무도 아니에요.

괜찮아. 난 아무렇지도 않아.

선생님이 괜찮든 말든 상관없어요.

둘은 금세 분위기가 썰렁해졌다. 학규는 괜한 말을 꺼낸 것 같아서 머쓱해졌다.

미안해.

그런 말 좀 하지 마세요.

덕이는 앞만 보고 걸었다. 점점 걸음이 빨라졌다.

한밤중 덕이가 웬 남자와 함께 들어왔다. 문을 여는 소리가 들리자 온종일 주인을 기다린 강아지처럼 학규는 반가워서 문가로 더듬더듬 마중을 나갔다.

왔니? 오늘은 일찍 왔네?

덕이의 냄새 말고 다른 냄새가 풍겨왔다.

누구, 다른 사람하고 같이 왔어?

네.

덕이와 남자는 현관에 한동안 서 있었다. 남자가 귓속말로 덕이에게 뭔가를 얘기했지만 덕이는 대꾸하지 않았다.

여기서 잠깐 기다려.

누구에게 하는 말인지 몰라서 학규는 현관 앞에 멍청하게 서 있었다. 곧 남자가 소파에 앉는 소리가 들렸다. 남자가 아무 소리도 내지 않는 것이 학규는 내심 불편했다. 남자의 시선이 자기를 보고 있을 거라고 생각하니 불쾌하기도 했다. 덕이가 하는 말이든 행동이든 뭐든지 상관없다고 생각했지만 남자를 집으로 데려올 것이라고는 생각지 못했던 일이었다.

학규가 헛기침을 뱉었다. 남자가 담배를 피웠다. 아무 말도 없이 양해도 없이 담배를 피웠다. 학규는 불쑥 치밀어 오르는 화를 꾹 눌러 참았다.

선생님, 저랑 얘기 좀 해요.

덕이가 학규를 잡아끌고 서재로 갔다. 눅눅한 책 냄새가 가득했다.

저 남자 오늘 여기서 자고 갈 거예요.

으, 응 그래. 그런데 누구야?

몰라도 돼요.

내가 아는 사람이야?

모르는 사람이에요.

아무 말도 하지 않아서 당황했어. 인사도 하지 않아서.

원래 성격이 좀 그래요. 저기, 부탁이 있어요.

그가 아무 말도 하지 않아서 날 안다고 생각했어.

선생님, 오늘 밤엔 여기서 나오지 말아주세요. 화장실에 가는 것도 참고, 밖에서 무슨 소리가 들려도 여기에 있어야 해요.

아, 그, 그래. 알았어. 여기 있을게.

덕이가 서재를 나섰다. 문을 닫으려는데 학규가 나직하게 그녀를 불러 세웠다.

나, 부탁이 있어.

뭔데요?

책 좀 하나 찾아줄 수 있어?

덕이가 다시 서재로 들어와 문을 닫고 기대어 섰다.

읽지도 못할 책을 왜요?

그냥, 냄새도 맡고 품고 있으려고. 안정이 되거든.

…… 뭔데요?

나보코프의 『롤리타』 좀. 이 근처 어디에 있을 거야.

학규가 등지고 서 있던 책장을 내주며 비켜섰다. 학규의 말대로 손쉽게 찾을 수 있었다. 덕이가 책을 학규의 가슴에 안기더니 횡하니 서재를 나갔다.

학규는 가슴에 꼭 책을 품고 구석에 쭈그리고 앉았다. 그는 종종 자기가 『롤리타』의 주인공 험버트와 닮았다고 생각했다. 어린 양딸을 사랑하게 되어 둘이 멀리 여행을 떠나는 도중 사라진 롤리타를 애타게 찾으러 다니는 여정이 자기의 상황과 비슷하다고 여겼다. 오래전에 읽은 『롤리타』는 그저 금기와 경계를 넘어선 어떤 이야기가 가장 재미있고 흥미로운 것이었지만, 세월이 지나고 학규가 소설 속 주인공과 비슷한 연배에 다다르자 기억 속에 존재하던 소설의 내용이 다르게 다가왔다. 학규는 미치도록 소설을 다시 읽고 싶었다. 예전에 느낄 수 없었던 행간에 숨겨진 많은 것을 느끼고 싶었다. 덕지덕지 추한 것들이 열망하는 사랑이 아름답게 여겨졌다.

그는 소설을 꼭 품었다. 소설 속 추하고 더럽고 비난받아야 하는 모든 것을 가슴속에 품으려는 듯 그는 소설을 껴안았다.

건넌방에서 덕이와 남자의 교성이 들려왔다. 조용하고 정적에 휩싸인 아파트 안에 둘이 내뱉는 거친 숨소리가 벽을 타고 넘어왔다. 그것은 밤새 잠잠해졌다가 다시 폭풍처럼 휘몰아치기를 반복했다. 문을 꾹 닫고 학규에게 다다르게 하지 않으려 애를 썼지만 무엇보다 민감한 학규의 귀는 덕이가 내뿜는 숨결 하나까지도 느낄 수 있었다. 남자가 코로 내뿜는 뜨거운 숨의 절정마저 느낄 수 있었다. 둘은 격렬하고 격정적으로 성애를 나누었다. 동이 틀 때까지 둘의 서로에 대한 몰두는 여러 번 반복됐다.

학규는 어떤 고통스러운 감정에 휩싸였다. 그것은 질투나 시기, 열패감 같은 단순한 것이 아니었다. 그는 모든 상황이 좀 비애스러웠다. 덕이도, 남자도, 자기 자신도, 과거도, 아파트도 불쌍하지 않은 것이 없었다. 그는 『롤리타』를 가슴에 품고 조금 울었다. 아침에 되어 남자가 나가는 소리가 들렸다. 아침에 되어서도 학규는 서재에서 꼼짝하지 않았다.

아저씨는 뭐하는 사람이야?

여자애가 학규의 몸 위를 떠다녔다. 그녀의 몸짓은 파도를 타는 배와 흡사했다. 걸터앉아 허리를 꼿꼿하게 세운 채 학규를 내려다보았다. 학규는 참을 수 없는 황홀함에 젖었다. 여자애는 몸이 작았다. 키도 작고 어깨도 좁았고 허리도 가늘었지만, 양쪽 가슴은 사선으로 서로 얼굴을 돌리고 있는 듯 툭 떨어져 있었고 가는 허리에 비해 엉덩이는 육감적이어서 골반으로 넘어가는 선이 굵었다.

넌 이름이 뭐라고 했었지?

학규가 물었고, 여자애는 허리를 움직이며 빙긋 웃었다.

뭐든 아저씨가 부르고 싶은 대로 불러. 이름이 뭐면 어때. 어차피 다 가짜인데. 가게 옮길 때마다 바꿔서 이름이 열 개도 넘어. 가게를 옮길 때마다 그곳에 인생을 전부 남겨두고 왔어. 인생을 새로 시작한다는 생각으로. 그런데 매번 더 안 좋아져.

덕이 어때?

아, 촌스러워. 덕이가 누군데? 찾고 있는 딸은 아니지?

학규는 아무 말도 하지 않았다. 학규는 여자애가 퍽 덕이의 어린 시절을 닮았다고 생각했다. 실제 그의 기억에 덕이의 스물은 가물가물했고, 눈이 먼 이후에 서른 중반의 덕이는 실제로 본 적이 없으니 그는 믿고 싶은 대로 믿었다.

오래전에 알던 여자와 닮았어. 스무 살의 어떤 그녀와.

죽었어?

아니.

학규는 대답하고는 가슴이 철렁 내려앉았다. 그런 생각은 한 적이 없었다. 다시 보지 못하게 된다고는 정말이지 생각해본 적이 없었다. 눈이 멀고 그녀가 다시 찾아와준 것처럼 시간이 흐르면 그녀가 다시 나타나줄 것만 같았다.

지금 어디 있는데?

여자의 몸놀림이 빨라지자 학규의 숨이 가빠졌다. 그녀는 학규의 가슴을 짚으며 허리를 숙였다. 아이같이 작은 몸은 유연하고 자연스러웠다.

학규는 금방 절정에 다다랐다. 여자애가 그의 몸에서 내려와 옆에 꼭 붙어 누웠다.

아저씨는 꼭 아빠 같아.

여자애가 말할 때마다 그는 가슴이 내려앉았다. 번쩍 정신이 들었다. 그가 몸을 일으키자 그의 몸에 매달린 그녀가 따라 일어났다.

어디 가려고?

응, 그냥. 내가 이러면 안 되는데. 지금 내가 다시 이러면 안 되는데.

안 되긴 왜 안 돼.

여자애가 그를 다시 억지로 눕혔다.

나 안아줘.

학규가 그녀를 꼭 안았다. 그녀는 얼굴이 화려하고 예쁜 미인형은 아니었으나 앳된 티가 아직 얼굴에 그득해서 수수하고 귀여웠다.

진짜 이름이 뭐야?

그런 거 없어. 다 사라졌어.

학규는 S읍에 내려와 깊은 잠에 빠졌다. 악몽도 꾸지 않았고 중간에 놀라며 잠에서 깨지도 않았다. 창에서 쏟아지는 눈부신 햇살에 잠에서 깼을 때, 여자애는 그 옆에서 곤한 잠을 자고 있었다. 어린 나이에 고된 인생을 사는 그녀가 안쓰러웠다. 그의 눈에는 여전히 어린아이처럼 보였다. 꿈을 꾸는지 입을 씰룩거렸다. 그가 그녀의 머리를 가만히 쓰다듬었다. 머리를 귀 뒤로 넘겨주었다. 그의 손가락이 그녀의 머리에 닿을 때마다 여자애는 잠결에 기분이 좋은지 옅은 미소를 지었다. 학규는 잠시 아무것도 생각하지 않았다. 여자애의 자는 모습을 보고 있자니 그는 모든 것을 잠시 잊었다.

수술실에서의 기억은 짧았다. 덕이가 수술대 위에 누운 그의 손을 꼭 잡아주었다.

뭔가 내키지가 않아. 항상 그래 왔듯이 뭔가 잘못되고 있는 걸 거야.

좋은 일이잖아요, 선생님.

봉사가 되어보니 세상의 모든 것을 볼 필요가 없다는 것을 알았어. 그런데 보고 싶은 것을 보지 못하는 게 너무 고통스러워.

이제 아무 생각 마세요. 그간 너무 고생 많았어요.

내 눈 때문에 네가 힘들었지. 빨리 널 보고 싶어.

…….

울어?

왜 울어요.

눈 뜨면 나랑 결혼해줘.

…….

대답 안 해줘? 그 남자 때문이야?

아니에요. 그 남자하곤 그날이 마지막이었어요.

평생 너만 사랑할 거야.

알았어요. 아무 생각 하지 마세요.

고마워. 옆에 있어줘서.

미안해요, 선생님.

네가 뭘. 내가 매번 미안하지.

…… 사랑해요.

나도 사…….

의사가 들어왔다. 학규는 마지막 말을 채 하지 못했다. 학규는 볼 수 없었지만 덕이와 의사는 눈빛으로 뭔가를 교환했다.

어디 가지 말고 기다려줘, 덕이야.

덕이가 고개를 끄덕였고, 학규는 정신을 잃었다.

아침부터 여자애의 휴대 전화가 불난 듯 연신 울려댔지만 여자애는 받지 않았다. 이불을 머리끝까지 뒤집어쓰고 한가롭게 늘어져 있었다. 학규는 잠에서 좀체 빠져나오지 못하는 여자애를 넌지시 바라보고 있었다. 창에서 들어오는 아침 햇살이 여자애의 볼에, 이마에, 가는 목선에, 가슴과 옆구리에 내려앉았다. 그녀는 옆으로 누워 베개를 한쪽 다리에 끼고 있었다. 가슴이 밑을 향해 툭 떨어졌다. 가는 허리에서 엉덩이로 이어지는 선의 윤곽이 눈부셨다. 햇살이 살포시 그녀의 몸에 내려앉아 안 그래도 하얀 살결이 더욱 빛이 났다.

아저씨, 나 배고파.

그녀가 베개에 얼굴을 묻고선 말했다.

생각해보니, 어제 치킨도 못 먹었구나.

우리, 짜장면 먹어.

그녀는 눈도 뜨지 못했다.

그래. 그런데 너 안 가도 돼?

아저씨는 내가 갔으면 좋겠어?

…….

안 갔으면 좋겠지? 그럼, 짜장면 시켜줘.

이 아침에 문을 연 곳이 있을까?

아직 아침이야?

그녀가 다리에 베개를 차내고 그의 품에 파고들었다.

아저씨는 묘한 구석이 있어. 늙었는데, 안 늙었어.

학규가 여자애의 가슴을 가만히 쓸었다. 목과 좁은 어깨선을 따라 손가락을 움직였다. 학규가 그녀의 이마에 가볍게 입을 맞추자 여자애는 눈을 감고 입술로 더듬더듬 학규의 입술을 찾았다. 그러곤 가볍게 입술을 물었다.

그런데 찾고 다니는 딸들은 왜 잃어버린 거야?

한 명만 딸이야. 한 명은…….

부인이야?

아니. 그냥, 여자야. 애인이기도 하고, 딸이기도 하고.

역시 아저씨는 변태였어.

진동으로 해놓은 그녀의 휴대전화가 쉬지 않고 울렸다. 그녀는 난감한 듯 그의 품에 얼굴을 묻었다. 그녀가 그의 품에 안긴 채 전화를 받았다.

응, 언니. …… 술 마셨어. …… 하루만 쉴게요. …… 생각 좀 정리하려고. …… 어딜 도망가. …… 어떻게 되는지 알아. …… 그럼, 오후에 나갈게. 움직이질 못하겠어. …… 여관이야.

그녀가 쉰 목소리로 전화를 받았다. 학규가 그녀의 어깨를 토닥거렸다. 여자애가 학규의 몸 곳곳에 입을 맞추었다. 학규는 그녀의 입술이 몸에 닿을 때마다 지렁이가 자기 몸 위를 기어다니는 듯, 긴장되면서 간지럽고 짜릿했다. 그녀의 혀가 천천히 그의 몸 전부를 훑으며 밑으로 내려갔다. 몸 전체가 바짝 긴장하며 미세한 털 하나까지 편편이 일어서는 것 같았다. 그는 곧 다시 아주 깊고 몽환적인 세계로 빠져들었다. 청이와 덕이는 그의 기억에서 사라진 듯 그는 여자애에게 몰두했다.

학규는 덕이가 사라지기 전까지 전혀 어떤 낌새도 알아차리지 못했다. 둘은 빚을 갚느라 아파트를 내주고 조그만 오피스텔로 이사를 했다. 공간은 좁아졌지만 학규는 그것이 퍽 좋았다. 학규가 수술한 후에 덕이도 일을 쉬어서 둘은 온종일 함께 붙어 있었다. 서로에게 온전했던 유일한 시간이었다. 그는 덕이가 차려주는 밥을 먹고 그녀의 손을 잡고 산책을 했다. 일주일에 한 번은 함께 병원에 다녀왔다. 그녀는 그에게 헌신적이었으며 그는 오로지 덕이에게만 집중한 행복한 시간이었다.

그래도 책은 좀 더 가져올걸 그랬어요.

아니야, 괜찮아. 읽고 싶은 책만 다시 읽으면 돼.

이사를 오며 좁은 집 때문에 책 거의 대부분을 정리했다. 학규는 오랫동안 준비한 50여 권의 책 리스트만 챙겨 왔다.

매일 밤 둘은 벽에 비스듬히 기대어 앉아 책을 읽었다. 덕이는 나직하게 남겨진 그의 책을 읽었다. 황홀하고 아름다운 시간이었다. 자정에 시작된 독서는 동이 틀 무렵에야 끝이 나는 경우가 많았지만 둘 다 졸거나 피곤해하지 않았다.

이렇게 평생 살면 얼마나 좋을까요, 선생님.

그렇게 될 거야. 눈을 뜨게 되면 말이야. 비록 애꾸눈이겠지만. 그런데 수술하지 않은 눈도 느낌이 이상해. 뭐, 안 보이는 것은 매한가지지만. 꼭 수술한 눈 같아서 어느 쪽을 수술했었는지 헷갈려.

덕이가 별말 없이 그의 이마와 머리를 쓰다듬었다.

그새 많이 늙었어요.

이제 뭔가를 볼 수 있게 된다면 봐야만 하는 것들을 절대로 놓치지 않겠어.

선생님은 보게 되면 다시 저를 버릴 거예요.

아니야. 그럴 리 없어. 같은 실수를 두 번 할 리 없어.

그래도 상관없어요. 저는 아무래도 괜찮아요.

덕이가 슬픔이 가득 잠긴 목소리로 말했다.

…… 청이는 잘 있겠지?

걱정하지 말아요. 잘 있대요.

연락 왔어? 그래도 외국에서 혼자 지내는 게 쉽지 않을 텐데.

아무 생각 하지 말아요.

학규가 고개를 끄덕였다.

어려서부터 챙기지 못한 게 너무 마음이 아파.

뭐든 혼자서 잘하는 아이니 걱정하지 말아요. 선생님 눈만 당분간 생각해요. 눈을 뜨게 되면 모든 게 좋아질 거예요.

아침이 되면 둘은 15년 전 그때처럼 섹스를 하고 잠에 들었다. 덕이의 몸은 삼십대 중반에서 마흔을 향해 가기 시작했지만 여전히 육감적이었다. 학규는 눈이 먼 후 눈을 빼고는 모든 감각이 예민해져서 오히려 시각이 있을 때보다 훨씬 더 느낌이 강렬했다. 손끝에 전해지는 덕이의 피부와 끈적이는 냄새, 그녀의 숨이 귓불에 닿을 때마다 절정에 다다를 것같이 몸이 허물어졌다. 그녀의 손이 닿는 곳 모두가 파르르 떨리며 솜털 하나까지 일어섰고, 그녀의 혀가 닿는 곳에 몸이 갈라지며 길이 나는 것 같았다.

모든 게 좋았다. 예전보다는 가난해졌지만, 아직은 앞을 볼 수 없었지만 더 많은 것을 얻은 것 같았다.

이사를 오기 며칠 전 갑자기 청이가 집에 들렀다. 아침에 외출했다가 들어온 사람처럼 청이는 집에 돌아왔다. 그리고 며칠이 안 되어 청이는 떠나갔다. 일본으로 간다고 했다. 학규는 말릴 수도 없었다. 할 수 있는 일이 아니었다. 나중에 일본으로 간 것이 아니라는 것을 알았지만 그녀를 찾을 수 없었다. 마냥 그는 딸을 기다리는 수밖에 없었다. 덕이가 잘 알아봤다고 했으니 그녀를 믿는 수밖에 없었다.

덕이가 갑자기 사라졌다. 겨우 한 달여였다. 둘이 아무 걱정 없이, 시련 없이 오로지 서로에게 몰두한 시간은 한 달이 채 되지 않았다. 수술한 눈에 한 달여 붕대를 감고 차근차근 빛에 적응하는 시간이 지나고 붕대를 풀던 날, 덕이는 사라졌다. 병원 앞까지 평소와 다름없이 덕이는 학규를 데리고 갔다.

마음 졸이고 떨리는 마음으로 기다리는 동안 그녀는 학규 옆에 마지막까지 나란히 앉아 있었다. 진료실에 들어가 붕대를 푸는 동안에도 근처에 그녀는 서 있었다. 마침내 학규가 희미한 윤곽을 처음 볼 수 있었을 때 그녀는 없었다.

그런데, 선생님. 한쪽 눈만 수술을 한 게 아니었나요? 지금, 양쪽 모두 시력이 있는 것같이 보이는 데요.

그게, 기증자가 한 명 더 있었어요.

무, 무슨 말이죠? 기증자가 두 명이라니요.

더는 말씀드릴 수가 없어요. 그리고 꼭 지켜주셔야 할 게 있는데…….

진료실엔 의사와 학규 단둘뿐이었다. 학규는 혼란스러웠다. 주위를 둘러봐도 조금 전까지 함께 있었던 덕이의 모습은 보이지 않았다.

덕이 없이 오피스텔을 찾아오는 길은 멀기만 했다. 오피스텔에 돌아와보니 덕이의 물건은 대부분 없었다. 그는 우두커니 쭈그려 앉아 그녀를 기다렸다. 하루가 지나고, 이틀이 지나고, 한 달이 지나도 덕이는 돌아오지 않았다. 한 번만이라도 그녀를 볼 수 있다면 다시 눈이 멀어도 좋겠다고 생각했다.

애야.

나 아저씨가 그렇게 부르는 거 좋아. 나 이름, '애야'라고 할래.

이제 가야지. 한낮이야.

둘은 서로의 몸을 오전 내 탐하다 다시 잠에 들었다. 한낮이라고 했지만 이미 늦은 오후였다. 여자애가 이불을 당겨 뒤집어썼다.

정말 가기 싫어. 위도가 도대체 어디야?

위도? 섬?

아저씨 알아?

알긴 알지. 가본 적은 없어. 거긴 왜?

나, 그쪽으로 팔렸어. 다시 육지로 못 나올 거래.

아니, 왜?

왜긴 빚이 많아서 그렇지. 이제 겨우 스물다섯인데. 평생 어떻게 거기서 살아.

…… 빚이 얼만데?

3천? 4천? 몰라, 나도. 월세가 90만 원에 식대가 90만 원, 쉬는 날도 없이 하루 쉬면 30만 원이야. 생리 때문에 한 달에 3일은 쉬는데. 거기에 이자도 한 달에 백만 원을 내야 하고. 한 달에 아무것도 하지 않아도 난 370만 원이 까져. 그만두지도 못해. 빚만 계속 늘어. 티켓 팔면 겨우 5만 원 버는데 그럼 한 달에 난 일흔네 번은 남자랑 자야지만 겨우 본전이 돼.

학규가 여자애를 가만히 쓰다듬었다. 여자애는 속이 상해서 울먹였다.

그냥, 죽는 게 낫겠다는 생각이 막 들어.

전화가 또 울리기 시작했다. 이번엔 그녀가 잽싸게 전화를 받았다.

…… 몸이 너무 아파서 일어나질 못하겠어. 하루만 쉴게. …… 벌금으로 까면 되지. …… 마지막 날이니까 좀 봐줘요. 부탁해, 언니.

뭐 좀 먹어야지. 내가 맛있는 거 사줄게.

학규가 그녀를 꼭 안으며 속삭였다. 그녀는 그의 품에서 조금 울었다.

정말, 무서워.

잠깐 여기 있어. 내가 나가서 뭐 먹을 거라도 좀 사 올게.

학규가 서둘러 옷을 챙겨 입고 선글라스를 꼈다.

아저씨는 왜 맨날 선글라스를 껴?

학규가 빙긋이 웃었다. 그녀가 이불을 걷어내곤 알몸으로 앉았다. 그녀는 상체를 비스듬히 뒤로 젖히고 천천히 다리를 벌렸다. 그녀의 몸이 적나라하게 드러났다.

아마 보고 싶어서 못 참을걸? 빨리 와야 돼.

학규가 우두커니 서서 그녀를 바라보았다. 그녀가 얼른 이불을 끌어다가 몸을 가렸다. 학규가 서둘러 방을 나섰다.

금방 돌아온다는 학규는 한 시간이 지나도 돌아오지 않았다. 여자애는 샤워를 하고 옷을 입었다. 우두커니 앉아서 그를 기다렸다. 여자는 이제 다방으로 돌아가야만 했다. 막 일어섰을 때 모텔 방으로 전화가 걸려 왔다. 벨은 끊어졌다 다시 울렸다. 여자가 전화를 받았다. 학규였다.

지금 가고 있으니까, 조금만 더 기다려줘.

몰라, 아저씨 싫어. 나 가야 돼.

잠깐이면 돼. 얼굴만 보고 가.

얼마나 걸리는데?

한 5분? 거기 후문으로 나와봐. 참, 거기 내 가방 좀 챙겨줘.

학규는 다급하게 전화를 끊었다. 정적이 방 안에 가득했다. 여자는 방을 빙 둘러보았다. 학규의 낡은 가방이 눈에 들어왔다. 가방 안에는 별것이 없었다. 속옷 몇 벌과 낡은 수첩이 전부였다. 그리고 10만 원권 수표가 가득 들어 있는 봉투가 하나 있었다. 여자가 돈 봉투를 꺼내 안을 들여다보았다. 어림잡아도 백 장은 돼 보였다. 그녀가 한참을 만지작거리다가 가만히 봉투를 도로 학규의 가방에 넣었다. 어차피 돈은 그녀에게 있어도 없는 것이나 마찬가지였다.

여자가 밖으로 나와보니 낡은 차가 한 대 서 있었다. 선글라스를 낀 학규가 손짓을 했다.

뭐야?

얼른 타.

어디 가려고? 나 들어가봐야 돼.

갈 데가 있어. 얼른 타.

여자가 차에 올랐다.

이것 사 오느라고 좀 늦었어.

차는 여자가 타자마자 출발했다.

전화기 좀 줘봐.

여자가 휴대전화를 건넸다. 학규가 전화를 창밖으로 던졌다. 여자는 짧은 비명을 질렀다.

아저씨 뭐야.

도망가자. 위도 말고 다른 섬에 가서 살자.

여자가 뻔히 학규를 쳐다보았다. 학규는 신 나게 차를 몰았다. S읍을 벗어나 고속도로를 타고 남쪽으로 향했다. 여자는 조금 놀랐지만 싫지 않은 표정이었다. 슬쩍 학규의 가방에서 돈봉투를 꺼내 자기 가방에 넣었다. 학규의 낡은 중고차가 전속력으로 남쪽을 향해 돌진했다. 어둠이 금세 둘이 탄 차를 감쌌다.

14

덕이는 다방을 운영해서 돈을 좀 벌자, 불이 난 집을 다시 지었다. 그래서 그녀는 다시 빚을 지게 되었다. 완전히 허물고 새로운 집을 짓는 게 아니라, 예전 집 그대로 다시 지었다. 집 구조는 물론이고 집 밖 페인트까지 똑같은 색깔로 리모델링했다. 문간방도 보수를 했고, 무너졌던 담도 세웠다. 아버지가 오랜 시간 투병 생활을 했던 방도 다시 만들었고, 덕이와 엄마가 살았던 방, 엄마가 죽어간 거실도 예전의 모습 그대로 다시 만들었다.

그 집에 덕이와 덕규와 청이가 들어가 살았다. 각자의 방이 하나씩 있었지만, 덕규와 청이는 한방을 썼다. 오래전 덕이와 엄마가 그랬던 것처럼 밤이 깊어지면 청이는 덕규가 지내는 문간방으로 건너갔다. 덕이는 모른 체했다.

덕규는 집을 나가서 일주일이나 길게는 몇 달씩 집에 들어오지 않았는데 무슨 일을 하는지 물어도 답해주지 않았다. 돌아와선 며칠이고 잠만 잤다. 덕이는 도무지 자기 일에 대해선 말을 하지 않는 덕규가 걱정스러웠다. 청이는 덕규가 집에 없을 때엔 다방에서 지냈다. 덕이는 읍내의 사채업자와 동거를 했다. 새로 지은 집은 대부분 비어 있었다.

이번엔 오빠가 돌아오지 않을 것 같아. 예감이 그래.

청이는 다방 창가에 앉아 온종일 덕규를 기다렸다.

종종 그랬잖아.

덕이는 대수롭지 않다는 듯 말했다. 다방엔 청이 말고도 두 명의 아가씨가 더 있었다. 덕이는 점점 사업을 키웠다. 수입은 늘었지만 빚은 줄어들지 않았다. 다행히도 사채업자는 덕이를 사랑하게 됐다. 남자는 애인이기도 했고, 사업 동반자이기도 했다. 남자는 여전히 다른 사람들에게는 악질이었지만, 덕이에게는 달랐다. 덕이는 그 남자와 읍내의 한 아파트에 살았다. 남자는 덕이와 결혼하길 원했지만 덕이는 생각이 없었다.

빚을 갚는 셈치고 나랑 결혼하는 게 어때?

나를 전부 가졌잖아. 하나는 남겨줘요.

덕이는 대답했고, 남자는 수긍했다.

새로 지은 집은 셋이 함께 살고 있었지만 거의 빈집으로 남아 있었다. 지치고, 어두운 곳에 자기 몸을 뉘어야 할 때, 갈 곳이 없을 때 하나둘 집으로 돌아왔다.

아니야, 분명 이번에는 돌아오지 않을 거야.

너한테도 아무 말 없었어?

나한테는 아무 말도 안 해. 나만 좋아해. 오빤 나한테 관심 없어. …… 옛날에 우리 아빠하고 언니 같아.

…….

덕이가 빤히 청이를 쳐다보았다. 청이는 창으로 들어오는 햇살을 손에 받고 있었다.

알고 있었어? 어렸을 땐데.

어린애들은 다 바본가? 눈치도 없게? 나 밤마다 언니가 아빠방에 가는 거 다 알고 있었어. 그래서 실은 언니 정말 미워했어.

너, 나 좋아했잖아.

아빠한테 또 버려질까 봐 겁났던 거야. 엄마도 나 버리고 미국으로 갔는데, 아빠도 언니한테 가면 나만 혼자 남잖아. 밤마다 언니를 얼마나 저주했다고.

난 까마득히 몰랐네, 정말. 네가 엄청 나를 따라서 그런 줄 알았지. 무섭다, 너.

청이가 덕이를 돌아보았다. 무심한 표정에 담긴 속마음을 읽을 수 없었다.

청이의 말대로 덕규는 꽤 오랫동안 돌아오지 않았다. 1년 반 만에 덕규가 불쑥 나타났다. 그사이 아가씨들은 여럿 바뀌었고, 청이는 매일 창가에 앉아 덕규를 기다렸다. 기다리던 날이 왔다. 청이는 선뜻 그에게 다가가지도 못하고 얼굴만 붉어졌다. 덕이가 덕규를 반갑게 맞았다.

도대체 어떻게 된 거야?

외국에 좀 있었어.

외국 어디?

있어. 알아서 뭐해. 별일 없었어?

말을 덕이에게 했지만 먼발치에 서서 눈물까지 글썽이는 청이를 쳐다보며 덕규가 말했다. 덕규가 청이를 손으로 불렀다. 청이가 슬금슬금 수줍게 다가왔다.

우리 청이는 여전히 할배들에게 인기 좋고?

덕이 옆에 수줍게 앉은 청이에게 덕규가 농을 걸었고, 청이는 울음을 터뜨렸다.

너 못됐어, 정말.

덕이가 덕규를 나무랐다.

청이야, 내일은 일 나오지 말고 쉬어. 덕규랑 어디 가서 놀다가 와.

청이는 막 터진 울음을 삼키느라 애를 먹었다. 덕규가 귀엽다는 듯이 청이를 바라보며 웃었다.

그런데 선생님, 옛날에 나한테 왜 그랬어?

새벽에서 아침으로 가는 시간 덕이가 완전히 취해서 집으로 돌아왔다.

학규는 밤을 꼬박 새우며 그녀를 기다렸다. 밤과 낮의 소리가 달랐다. 공기의 체감도 달랐다. 그는 자기 서재에서 이젠 볼 수 없는 책에 둘러싸인 채 새벽을 기다렸다. 가만히 앉아서 기다리는 새벽, 미처 읽지 못한 책들과 이미 읽은 책들이 두서없이 암흑 속에서 떠오르곤 했다. 그럴 때면 그는 그 책이 꽂혀 있던 쪽을 더듬고는 했다. 미치도록 책을 읽고 싶고 애달프게 글을 쓰고 싶었다. 자기에게 가장 소중한 것은 이미 자기에게서 사라져버린 것을 알지 못하고 지낸 시간이었다. 그는 자기가 잃어버린 가장 소중한 것을 기다렸다. 다시 오지 않을 무엇을 그는 기다렸다.

밤새 서재에 앉아 덕이가 집에 오기를 기다렸다. 기다리던 덕이가 간혹 집에 오지 않는 날이 많았다. 이틀, 사흘 동안 오지 않는 날도 있었다. 그는 천형처럼 그녀를 기다렸다. 그녀가 올 때까지 그는 굶었다. 이틀이고 사흘이고 그녀가 돌아와 밥을 줄 때까지 굶었다. 죽을 때까지 그는 그녀를 기다려야 한다고 생각했다. 구겨지고 버려져도 그는 이제, 그녀를 온전히 기다릴 수 있을 것만 같았다. 덕이는 자기 때문에 상처 입고 아파하면서도 유일하게 남은 사람이었다. 그는 한 번이라도 그 사람을 지켜야겠다고 마음먹었다. 그래야만 한다고 믿었고, 그럴 수 있을 것만 같았다.

미안해, 덕이야. 내가 못된 놈이었잖아. 용서해줘. 아니 용서 안 해도 돼. 평생 나 미워하면서 증오하면서 살아도 돼. 나한텐 그래도 돼.

며칠 만에 술에 취해 들어온 덕이를 붙잡고 말했다. 짝. 학규의 고개가 세차게 돌아갔다. 덕이가 학규의 귀빰을 때렸다.

넌 그러면 안 돼. 그렇게 비굴해지면 안 된다구. 끝까지 뻔뻔해야지.

덕이가 울었다. 엉엉 소리 내어 울었다. 그녀가 무릎을 꿇고 엎드려서 울었다. 그가 다가가 토닥토닥 등을 두드리자 그녀가 매몰차게 손을 쳐냈다.

선생님, 나 돈 좀 줘. 돈이 필요해. 나한테 잘못한 거 많으니까, 돈으로 줘.

학규는 그녀가 아는지 모르는지 그저 고개를 끄덕였다.

아냐, 선생님. 돈 필요 없어. 미안해. 때려서 미안해. 미워해서 미안해. 선생님이 잘못해서 그런 게 아니야. 시간이 지나니까 그게 그래서 아닌 것을 이제야 알겠는데. 이제, 이제 아무것도 내 힘으로 바로잡을 수가 없어. 꼬인 것을 풀 수가 없어.

그녀는 울다가 말을 뱉다, 쓰러져 잠이 들었다. 그가 이불을 가져다 덮어주었다.

아침이 오고 있었다. 아파트 숲 속 저 멀리서 숨죽이며 토해내는 새의 지저귐이 들려왔다. 새벽 찬 공기가 베란다 앞을 서성였다. 그가 베란다로 나가 보이지도 않는 풍경을 바라보았다. 마음속에 가득 들어찬 풍광을 그는 바라보았다. 아련하고 잊힌 줄 알았던 앳된 덕이가 바로 눈앞에서 활짝 웃고 있었다. 그도 조금 울었다. 죽은 아내가 대롱대롱 허공에 매달려 있었다. 덕이의 죽은 엄마, 팽 마담이 검은 문을 열고 슬며시 그에게 다가왔다. 어린 청이가 두 팔을 벌린 그에게 달려오고 있었다.

미안해.

그는 허공을 바라보며 입술을 달싹거렸다. 그가 볼 수 없는 하늘은 그저 높고 맑았다.

덕규가 무슨 일을 하는지 덕이와 청이가 알게 된 것은 그가 교도소에 간 후였다. 이미 재판이 끝나고 형량이 확정된 후였다. 덕이와 동거하는 사채업자가 일러주었다. 그가 사람을 죽였다고 했다. 잘 알지도 못하는 사람을 죽였다고 했다. 그는 초범인 것이 감안되어 7년 형을 선고받았다. 사람을 죽인 것치고는 짧았다. 덕이와 청이는 아예 영영 못 볼 줄 알았다. 으레 집에 돌아오지 않는 밤이 긴 것이라고만 덕이와 청이는 생각했다. 죽은 사람의 가족들 심정 같은 것은 헤아릴 겨를이 없었다. 고등학교를 자퇴하고 거리를 떠도는 덕규를 돌봐준 사람들을 위해 그는 일하는 것뿐이라고 했다. 사람을 죽여야만 하는 이유를 가진 사람은 따로 있었는데, 덕규는 그들이 시키는 대로 해야만 했다고 했다. 자기 인생이 없었다. 덕이나 청이처럼 그도 마찬가지였다.

청이가 덕규의 아이를 임신한 것을 덕이는 한참 후에 알게 되었다. 덕규에게 함께 면회를 가서 알게 되었다. 덕이가 출산하겠다고 고집을 부리는 청이를 억지로 병원에 데리고 갔다. 학규가 그랬던 것처럼 덕이가 그랬다. 지나고 보면 옳은 일이었다는 것을 청이가 알게 될 것이라고 확신했다. 임신한 지 4개월에 접어들어서 애를 먹었다. 시간은 더디게만 흘렀는데, 지나고 보니 금방이었다. 덕이가 그랬던 것처럼, 청이도 그랬다. 7년이 금세 흘렀고, 덕규는 만기 출소했다.

덕이와 덕규는 서른이 넘었고, 청이는 스물일곱이 되었다. 별일 많은 이십대가 천천히 흘렀다.

이제 너도 제대로 살아야지.

그럴 거야. 누나처럼, 나도.

덕규는 예전보다 더 말수가 없어졌다. 어디에 간다는 말도 없이 사라졌다 나타나곤 했다.

너는 여전하구나? 할배들 꼬시는 건.

청이도 그새 많이 달라져서 이제는 기억도 나지 않는 아련한 첫사랑을 보는 느낌이었다. 그저 웃고 말았다. 오히려 청이를 바라보는 덕규의 눈이 애잔했지만 청이는 모른 척했다.

오빤, 몸이 더 좋아진 것 같아.

감옥에서 할 일이 뭐 있었겠어. 푸시업이나 하는 거지.

그는 다시 사라졌다. 서로 모두가 너무 많이 변한 것만을 확인한 게 전부였다. 덕규도 감옥을 가기 전의 모습이 아니었고, 덕이도 다방을 운영하던 그녀가 아니었다. 청이는 이제 스물의 덕규 오빠를 사랑만 하던 소녀가 아니었다. 과거의 기억만으로 사람을 만나는 것만큼 곤혹스러운 일도 드물었다. 덕규는 알았을 것이다.

청이도 아예 짐을 싸서 나갔다. 정 회장이 작은 집을 얻어줬다고 했다.

어떻게 온 기회인데, 언니. 나 그 할아버지 애도 낳을 거야.

미쳤구나. 너 아직 젊고 어려.

그러니까 더욱 이 기회를 잡아야지.

아빠가 알면 어쩌려고, 정말.

청이가 깔깔대고 웃었다. 덕이는 영문을 몰라서 웃는 그녀를 빤히 쳐다보기만 했다.

누가 누굴 걱정하는 거야.

덕이의 얼굴이 벌게졌다. 정 회장이 건네고 간 돈은 건드리지 않고 그대로 보관하던 차였다.

할배가 언니한테 돈 줬다면서. 이제 우리 사이는 빚 없는 거지?

덕이는 난처한 상황이 올까 봐 돈을 잠시 맡아두고만 있었다.

그거, 갚지 않아도 돼. 돈은 도로 돌려주고, 청이야…….

크게, 한몫 챙길 거야. 두고 봐. 할아버지에게서 절대 떨어지지 않을 거야.

덕이는 목으로 넘어오는 말을 도로 삼켰다. 청이의 얼굴에 드리워진 욕심과 결심을 읽자 그녀는 아무 말도 할 수가 없었다.

몸, 조심해.

언니나 조심해. 그리고 말이야. 울 아빠 좀 잘 보살펴줘. 알고 보면 좀 불쌍하잖아. 앞도 못 보는데.

덕이가 가만가만 고개를 끄덕였다.

언니는 우리 아빠 눈을 멀게 했지만, 내가 뜨게 해줄 거야.

그게 무슨 소리야?

언니도 참, 정말 내가 바본 줄 아는구나? 내가 왜 다 모른다고 생각할까? 그게 더 이상해.

청이가 천천히 덕이에게 안겼다. 덕이가 멈칫했다.

언니, 나 안아줘.

덕이가 청이를 꼬옥 안아주었다.

나, 그래도 언니 안 미워해. 세상에 믿을 사람이 언니밖에 없는걸. 아빠 일은 언니가 아빠 사랑해서 그런 거니까 이해할 수 있어, 충분히.

청이가 덕이의 몸을 더듬었다. 블라우스 속으로 손을 넣었다. 브래지어 속으로 손을 넣었다 가만히 덕이의 가슴을 움켜쥐었다. 덕이는 가만히 있었다.

난, 언니가 엄마 같아. 엄마한테 사랑을 못 받아서 그런가.

청이가 덕이의 무릎을 베고 누웠다. 덕이가 청이의 머리를 쓰다듬었다. 반짝, 청이의 눈에 눈물이 맺혔다.

청이야, 정 회장에게 돈 돌려주고 와. 아무리 생각해도 이건 아니야.

싫어. 나 돈이 필요해. 돈이 꼭 있어야 돼. 언니가 눈먼 아빠라도 있어야 되는 것처럼, 나도 돈이 꼭 있어야 돼.

덕이가 근심스러운 눈으로 청이를 바라보았다.

언니.

응, 왜?

언니를 보면 엄마가 생각나.

…… 내가 엄마랑 닮았어?

아니, 전혀. 우리 엄마는 예쁘지도 않고, 우울증 환자에 매일 누워서만 지냈어. 근데 언니를 보면 원래 엄마는 언니처럼 자상하고 따뜻했어야 되지 않나, 그런 생각이 들어. 그런데 말이야, 나, 언니가 우리 엄마가 되는 건 싫어.

…… 무슨 말이야?

언니, 우리 아빠랑 결혼할 거야?

아니, 그럴 생각 없어.

그래, 그냥 살기만 해. 아빠 괴롭히면서, 원망하면서. 그래도 같이 사는 건 사는 거니까.

이제 선생님 원망 안 해. 다 내 잘못이지.

그렇게 얘기 안 해도 돼. 나도 다 알 건 알거든?

덕이가 우물쭈물 얘기를 더 이상 하지 못했다.

정 회장 운전기사가 청이를 데리러 왔다. 청이는 간소한 짐을 챙겼다.

정말, 괜찮겠니?

덕이가 청이를 마지막으로 붙잡았다. 청이가 덕이의 시선을 피하며 고개를 끄덕였다.

나, 이제 자주 못 올지도 몰라. 전화는 자주 할게.

덕이가 밖에까지 배웅하려는 것을 청이가 말렸다. 계단을 오르는 청이의 뒷모습을 덕이가 무덤덤하게 바라보았다.

새벽에 덕이가 술에 취해 들어왔다. 다른 날보다 이른 시간이었지만 이미 인사불성이었다. 덕이가 비틀거리면서 옷을 벗었다. 학규는 소파에 얌전히 앉아서 옷이 살과 미끄러지면 떨어지는 소리를 들었다. 술 냄새와 연한 향수 냄새, 미약한 땀 냄새가 한데 어우러져 풍겨왔다. 덕이는 무릎을 세우고 웅크리고 앉아서 말없이 긴 한숨을 연신 내쉬었다.

선생님.

응.

선생님.

응. 왜 덕이야. 무슨 일 있어?

선생님은 제가 원망스럽지 않으세요?

내가 왜 널 원망해.

선생님은 아무것도 보이지 않으니까, 괴로운 일도 별로 없겠죠? 저는 모든 것을 다 보고 있어서 너무 괴로워요.

…….

선생님 눈 제가 멀게 했어요. 아니, 어차피 잃을 시력 제가 좀 빨리 없앴어요.

덕이가 한숨을 내쉬며 오르는 감정을 가라앉히려고 애썼다.

저 이제 원망스럽죠?

그게 무슨 말이야. 네가 내 눈을 멀게 하다니.

앞이 안 보이면 제가 가질 수 있을 것 같아서, 그래서 복수하려고 선생님 눈 제가 없앴어요. 복수를 하고 싶었는데, 제가 뭘 하고 싶었는지 이제 모르겠어요. 이제, 저 밉죠?

나, 아무렴 괜찮아. 네가 나 버리지 않아서 고마워. 난 어떻게 돼도 상관없어. 앞이 안 보이면서 더 볼 수 있는 게 많이 생겼어. 네 말이 사실이어도, 나, 너 원망 안 해.

학규가 더듬더듬 탁자 위에 있는 서류와 통장을 찾았다.

거기, 통장하고 서류 있을 거야.

이게 뭔데요?

나 연금 포기하고 왔어. 알아보니 네 명의로 이전하는 것은 쉽대. 퇴직금이랑 집이랑, 전부야. 네가 좀 맡아줘. 부탁이 있는데, 나중에 우리 청이 돌아오면 네가 좀 도와주고, 너도 필요하면 알아서 하고.

에게, 겨우 이것밖에 안 돼요?

덕이가 큰 소리로 웃었다. 웃고 있었지만 눈에 눈물이 그렁그렁했다. 그녀가 재빨리 눈물을 훔쳤다.

학규가 멋쩍은 듯 머리를 긁적였다.

미안해, 너한테는 맨날 빚만 지네. 부족하지만 그거라도 가지고 일단 어떻게 좀 해보렴.

덕이가 웃으면서 통장과 서류 뭉치를 학규의 얼굴에 던졌다. 웃고 있었지만 눈물이 하염없이 볼을 타고 흘러내렸다.

선생님은 그러면 안 된다니까. 그럼 내가 더 괴롭힐 수가 없잖아.

난 아무렴 괜찮아. 어차피 앞도 못 보는 봉사인데, 뭘. 더 하고 싶은 대로 해도 돼. 내겐 그래도 돼. 그래도 내게는 너밖에 없잖아.

아까 한 말을 못 믿는 모양인데, 진짜라니까요. 선생님 다니는 그 병원 의사가 우리 집 단골이에요. 그래서 내가 그 사람에게 부탁했어. 선생님 눈 좀 빨리 멀게 해달라고.

학규가 움찔했다.

너 때문에 앞을 못 보게 된 게 아니야. 그렇다고 해도 널 원망하지 않아. 내 잘못으로부터 시작된 거니까.

덕이는 잠에 떨어졌는지 곧 잠잠해졌다. 곤한 숨소리만 들려왔다. 한 번만이라도 덕이를 보고 싶었다. 무심했던 지난 시간이 덕이에 대한 기억을 가물가물하게 했다. 수많은 밤, 어린 그녀를 탐하고 바라보고, 그녀의 향기로 채웠으나 그녀에 대한 또

렷한 기억은 별로 없었다. 사람에 대해 자기가 품었던 감정이라는 것이 얼마나 일차적이고 표면적이었는지 그는 눈이 멀고 알게 되었다. 덕이뿐만이 아니라 아내를 비롯한 그가 관계 맺었던 수많은 여자들이 마찬가지였다. 그는 자신이 품은 감정의 형태가 어떤 실재를 가지고 있는지 고민해본 적이 없었다. 순간의 욕망에 대한 간절한 열망만 있었다. 그 순간이 지나고 나면 그는 그녀들을 잊었다. 결국 그것은 자신을 잊는 것이었다. 사람은 자기 자신만으로 실존할 수 없다는 것을 그는 눈이 멀고 난 후 깨달았다. 한 사람의 개인사라는 것은 홀로 세울 수 없는 것이었다. 타인에 대한 기억과 타인의 기억으로 한 개인은 온전히 존재하게 된다는 것을 알게 되었으나, 그것을 깨달은 후에는 앞을 볼 수 없었다. 본다는 것은 기억하고 추억한다는 것임을 그는 뼈저리게 느끼는 중이었다. 그는 음성과 냄새와 촉감으로 모든 기억을 채울 수밖에 없었으나, 그것은 훈련되지 않고 선천적이지 않은 사람에겐 여간 낯설고 힘들고 괴로운 게 아니었다.

오래전의 덕이는 그에게는 그저 지나쳐 가는 한때의 풍경과 다름없었다. 마주치는 바람과 볼을 스치는 향긋한 냄새는 무심하게 지나쳤고 오래 남지 않았다. 그런 느낌과 감정이 있었다는 사실로만 아련하게 남았다. 그는 덕이를 보고 싶었다. 단 한 번이라도 덕이의 모습을 볼 수 있다면 자기의 참회가 완전해질 것 같았다.

학규가 덕이 옆에 누웠다. 그는 그녀에게서 풍겨오는 술 냄새를, 담배 냄새와 향수 냄새가 섞여 풍겨오는 고된 생활의 냄새를 기억하려고 애썼다. 그녀의 숨이 그의 볼에 닿을 때마다 마치 자기의 몸이 조금씩 사라지는 것 같았다. 그가 손을 뻗어 그녀의 얼굴을 어루만졌다. 그녀가 잠결에 움찔하며 학규의 품을 파고들었다. 그가 그녀의 머리를 가만가만 쓰다듬을 때마다 조금씩 그에게 다가왔다. 그는 맥없이 눈물이 났다. 그녀가 가까이 다가올 때마다 가슴이 저렸다. 불쑥 청이의 얼굴이 떠올랐다. 평생 무심하게 내려놓았던 부정父情도 앞을 볼 수 없게 된 후에 생긴 것이었다. 아내의 죽음에 대한 책임과 그에 따른 책임감도 실명 후에 느끼게 된 것이었다. 그는 자기를 사랑했던 모든 사람의 사랑을 단 한 번도 지키지 못했다는 것이 고통스러웠다. 온전히 받은 사랑에 대해 그가 돌려준 것은 배신, 무심함, 냉정함 같은 반대말들이었다. 앞을 보지 못하게 된 것이 그는 신이 내린 천형처럼 여겨졌다.

보지 못한다는 사실이 절망의 끝이라고 생각했으나 아니었다. 보지 못함으로써 보게 된 것이 더욱 많았다. 알지 못하고 본 것을 기억하지 못하던 것을 깨닫고 추억하게 된 것이 더 많았다. 그가 실명하게 됨으로써 느꼈던 고통과 절망이라는 것은 자기가 남에게 준 상처와 고통에 비하면 보잘것없는 것임을 그는 겨우 알아가고 있는 중이었다. 보지 못하게 되니 그간 보면서도 볼 수 없었던 타인의 감정과 모습이 보이기 시작한 것이었다. 그는 그런 면에서는 처음으로 행복함을 느꼈다. 볼 수 있을 때 가져보지 못한 감정으로 처음 벅찼다.

그가 곤히 잠든 덕이를 가만히 안았다. 자꾸 눈물이 났다. 그가 덕이를 떠난 후, 그녀가 보냈을 한숨과 원망의 시간을 짐작하자 마음이 아팠다. 자기를 잊지 못하고 원망과 복수를 다짐하며 자기를 찾아온 그녀에게 그는 한없는 미안함을 느꼈다. 덕이가 자기를 괴롭히고 무시하는 것마저 이해되고 마음이 아렸다. 고통을 안겨준 것이 용서될 때까지 그는 그녀의 원망을 받아주고 싶었다. 그녀는 그러기엔 너무 심성이 고왔다. 자기에게 복수하고자 벌였던 일에 대한 자책으로 괴로워하는 그녀를 짐작할 수 있었다. 부디, 그녀가 그런 고통에서 자유롭게 자기를 대했으면 좋겠다고 바랐다. 그가 곤히 잠든 그녀를 가만히 안고 이마에 입을 맞추었다. 그녀가 그의 가슴에 얼굴을 묻고 깊은 잠에 빠졌다. 삼십대 중반을 넘어선 그녀가 꼭 아이 같았다. 그녀를 품으며 너무나 오래전에 자기 품에서 잠들었던 청이가 떠올랐다. 다섯 살이나, 여섯 살 무렵의 아이가 자기 가슴에 코를 묻고 새근거리던 한때가 그를 슬픔에 젖게 했다.

드문드문 아름다운 기억이 떠오를 때면, 곧바로 지금 그녀가 겪고 있는 어려움과 상처가 생각났다. 그는 다시 괴로워졌다. 보이지 않는다는 것은 어떤 생각을 떨칠 수 없다는 것이기도 했다. 하나의 좋은 기억은 현재의 괴로움으로 남았다. 한 번도 딸에게 온전한 관심과 사랑을 준 적이 없다는 것이 생각날 때마다 그는 죄스러워 견디기 힘들었다. 자기로 인해 엉뚱한 방향으로 흘러가고 있을지도 모르는 청이의 인생을 어떻게든 바로잡고 싶었다.

청이는 벌써 몇 년째 연락조차 없었다. 자꾸 나쁜 생각이 들었다. 혹시 어딘가에서 어려움에 처해 헤어 나오지 못하고 있는 것이 아닌지 그는 걱정스러웠다. 그는 죽은 아내를 보고서도 당황하지 않던 어린 청이가 떠올랐다. 죽은 엄마를 옆방에 두고 며칠을 지내면서도 태연했던 청이의 표정이 생각났다. 청이가 무심하게 내뱉던 말들이 시간이 흐른 후에 들려왔다. 감정이 사라진 딸이 처음 보였다. 어떻게든 청이를 되찾고 싶었으나 마음뿐이었다. 그는 앞 못 보는 봉사였다.

볼 수 없으니 보고 싶은 것이 더욱 간절해졌다. 그가 변하지 않고 유일하게 지켜왔던 사랑은 책이 전부였다. 그는 세상의 그 무엇보다도 자기가 미처 읽지 못했던, 다시 읽고 싶은 책을 보고 싶었다. 사방 가득한 서재에 들어가 그는 하루를 보내는 날이 많았다. 그는 책을 한 권 한 권 꺼내 냄새를 맡았다. 책이 가진 냄새는 모두 달랐다. 무슨 책인지 알 수 없었지만 그는 냄새를 맡으며 상상했다. 잉크 냄새와 종이 냄새가 책마다 자기만의 색깔을 갖고 있었다. 예전에 강렬하게 다가왔던 책의 내용을 상상하며 자기 마음대로 책에 이름 붙이고 정리했다. 하루하루가 금세 흘렀다. 끼니는 덕이가 차려놓은 밥을 대충 먹었지만 그마저도 굶는 날이 많았다. 간혹 상한 음식을 먹기도 했다. 덕이를 원망하기보단 아직도 냄새에 민감하지 못한 자기를 원망했다.

점자를 익히는 게 쉽지 않았다. 오랜 시간이 걸릴 거라고 했다. 손가락의 감각은 이미 무디어져 있었다. 뭔가를 시작하기엔 너무 늦은 나이가 되어가고 있다는 것을 실감했다.

계절은 금세 옷을 바꿔 입었지만 학규의 시간은 눈이 먼 뒤로

멎은 듯 천천히 흘렀다. 온종일 집에 있는 날이 대부분이었다. 가끔 아파트 주변을 산책하는 게 외출의 전부였다. 그마저도 덕이가 막아서 그는 집 안에서 꼼짝하지 않았다. 덕분에 집 안에서의 생활은 점점 나아졌다. 혼자 밥을 차려 먹을 수도 있었으며 목욕이나 청소 정도도 거뜬히 할 수 있게 되었다. 볼 수 없으니 그는 모든 것을 상상해야 했고, 예측해야 했고, 정확히 기억해야만 했다. 그럼에도 거실 탁자에 걸려 정강이가 까지고 뾰족한 식탁 모서리에 옆구리를 부딪치기 일쑤였다. 돌아서다 문간이나 벽 모서리에 얼굴을 찧기도 했다. 그의 몸 여기저기가 상처투성이였다. 그럼에도 그는 점점 앞을 보지 못하는 것에 익숙해지고 있었다. 그는 예전과는 달리 모든 것을 세심하게 기억하기 위해 애썼다. 사람은 물론 사물이나 시간에까지 애정을 가졌다. 실명한 채로 살아가는 방법을 터득하는 중이었다. 시간은 부지런히 흘렀지만 앞을 볼 수 없게 된 후, 학규의 시간은 멈추어 섰다. 시간은 과거로만 흘렀고, 그는 조용히 그것을 받아들이는 중이었다.

덕이는 학규를 떠나기로 했다. 그녀의 복수는 실패한 듯 보였다. 학규는 그녀를 원망하기는커녕 지난날 자기의 잘못을 빌었고, 그녀는 학규의 눈을 멀게 했다는 자괴감에 하루하루가 버거웠다. 그녀가 예상한 것과는 반대로만 상황은 흘렀다. 그녀는 무엇을 위해 지난날을 허비했는지 이젠 기억조차 나지 않았다. 엄마가 그랬던 것처럼 빚은 점점 더 늘어났고 인생은 그 굴레에서 좀처럼 벗어나기 힘들어졌다. 그녀는 자꾸 마음이 약해졌다.

학규의 집으로 들어가 산 이후로 그가 못내 불쌍하고 안쓰러웠다. 그냥 이대로 학규 옆에서 그의 눈이 되어 살고 싶었다. 결과는 그녀가 벌인 일과는 정반대로 다가오고 있었다. 어떻게든 그의 곁을 떠나야겠다고 마음먹었다가도 학규를 보면 연민으로 마음이 무너지기 일쑤였다. 앞 못 보는 학규는 예전의 냉정한 사람이 아니었다. 많은 것이 변했다. 다시는 그럴 수 없을 거라 여겼는데, 덕이는 학규를 다시 사랑하게 됐다. 아니, 한순간도 사랑하지 않은 적이 없었다는 것만 괜히 확인하게 됐다.

그녀와 동거하던 남자가 눈치를 채고 그녀를 추궁하기 시작했다. 사채업자는 사랑에 시련이 닥치자 이내 과거의 모습으로 돌변했다. 그녀는 그런 남자가 무서웠다.

원래 네가 원한 게 이런 건 아니었잖아? 날 속인 거야?

남자는 덕이의 계획을 듣고 여러모로 도와주었다. 학규의 인생을 망가뜨리기 위해 덕이가 하려는 일들에 동조했다. 모두 그녀를 사랑하기 때문에 가능한 일이었다. 덕이가 봉사가 된 학규의 집에 들어가 살겠다고 했을 때도 그녀를 믿기 때문에 동의한 것이었다. 1년 남짓, 모든 상황이 바뀌어버렸다. 덕이는 남자에게서 멀어졌다. 무엇보다 같이 있을 때도 진심을 들키지 않으려고 노력하는 덕이를 볼 때마다 남자는 조금씩 마음이 허물어졌다.

그런 거 아니야. 잘 알잖아.

지금 네 꼴을 봐. 복수를 한다고 해놓고선, 다 망쳤어. 그와 다시 살게 되니까 마음이 변한 것 아냐.

남자는 자기에게서 마음이 떠났다고 생각하자 덕이를 예전의 빚쟁이로 취급했다. 그녀는 이제 몸 전부를 팔아도 갚지 못할 만큼 큰 빚이 쌓였다.

그러게 나랑 결혼이나 하고 그냥 살자니까. 이게 뭐니? 이제 넌 내게 다시 그냥 빚쟁이야.

덕이가 남자에게 통장과 서류를 내밀었다.

이게 뭐야?

남자는 학규가 덕이에게 건넸던 서류를 대충 넘겨보았다.

돈이지, 뭐야.

넌 정말, 나한테 마음이 없었구나? 나쁜 년, 결국 이렇게 하려고 날 10년 가까이 잡아둔 거였어.

남자의 표정이 일그러졌다. 덕이는 그의 시선을 피했다.

그동안 고마웠어.

그렇게는 안 되지. 너, 내가 누군지 잊었구나? 잘해주니까 아주 그냥, 뭐가 뭐 무서운 줄을 모르고 덤비는 꼴이네.

남자가 헛웃음을 웃었다. 남자의 눈빛은 덕이를 연인으로 바라보던 그것이 아니었다. 무서운 살의와 잔인함이 배어 있었다.

그간 쌓은 정이 있으니, 그럼 나도 인정을 좀 베풀어야지. 대신 조건이 있어. 내가 말한 대로 하면 나머지 돈은 받지 않을게.

덕이가 그를 올려다보았다. 아무렇지 않은 척했지만 두려움이 가득했다. 눈이 마주치자 남자가 그녀의 눈빛을 피했다.

뭔데? 내가 어떻게 하면 되는데?

간단해. 마지막으로 나랑 한 번 해. 그럼 돼.

덕이가 일어나서 옷을 벗었다. 남자는 가만히 그녀가 하는 꼴을 바라보기만 했다. 덕이가 옷을 모두 벗고 남자 쪽으로 돌아섰다.

넌 정말 아름다워. 몇 년을 보았어도 매번 감동적이었는데 말이야. 다시 봐도 아쉬워.

나한테 잘해준 거 알아, 나도. 고마웠고, 나도 진심이었어. 정말이야.

덕이가 가슴을 가리고 있던 팔짱을 풀었다. 둥글고 아름다운 곡선이 가슴에 새겨져 있었다. 남자의 시선이 덕이의 몸 여기저기 옮겨 다녔다.

신파 났다. 우리 하는 대화가 사채업자와 몸 파는 창녀가 나누는 얘기라고 누가 믿겠어. 안 그래?

…….

덕이는 불안해졌다. 남자가 얼마나 극악한지 잘 알고 있었다. 남자가 더할 나위 없이 침착한 것이 두려웠다.

옷 입어. 여기서 하자는 게 아니야. 네 집으로 가자.

…… 집으로 가다니?

심 봉사 집으로 가자고. 거기가 네 집 아니야.

남자가 덕이가 벗어놓은 옷을 집어 던졌다.

쌍, 빨리 옷 입고 앞장서.

덕이가 남자를 뻔히 바라보았지만 이미 돌이킬 수 없다는 것을 눈빛으로 읽었다. 그는 자존심이 상한 것이었다. 건드리지 말아야 할 것을 건드린 것이었다. 그녀는 후회했지만 돌이킬 수 없었다.

저기, 그러지 마. 그러지 말자.

덕이가 채 말을 마치기도 전에 고개가 돌아갔다. 남자가 그녀의 뺨을 세차게 때렸다.

아직도 분위기 파악 못 하지?

덕이가 천천히 옷을 입었다. 몸이 덜덜 떨렸다.

꼭 없는 것들이 사랑을 주면 다 준 줄 알아요. 하나를 주면 두 개를 달라고 그래요. 하는 짓이 거지나 다름없어. 사랑으로 구걸하는 거지 말이야.

남자는 덕이를 바라보며 잔인한 웃음을 지었다. 덕이는 남자를 등지고 돌아섰다.

나도 부탁이 있어. 꼭 좀 들어줘.

덕이가 주섬주섬 옷을 입으며 나직하게 말했다.

아직도 나한테 부탁할 게 있어? 정말 내가 호구인 줄 아나.

네가 하라는 대로 할 테니, 너도 들어줘. 부탁하는 거야, 간절하게.

돈이면 이제 안 돼.

남자가 단호하게 말했다. 덕이는 고개를 설레설레 흔들었다.

망막 좀 알아봐줘. 하나만이라도 부탁해.

남자가 움찔 흔들렸다. 덕이의 말에 당황했다.

그게 얼마인 줄은 알아? 네가 돈이 어딨어? 나 몰래 숨겨둔 돈 있어?

괜스레 남자의 목소리가 높아졌다.

그런 거 없어. 돈 없으니 내 신장하고 바꿔줘.

남자가 빤히 그녀를 내려다보았다. 그의 눈은 알 수 없는 절망감으로 가득했다.

신장 두 개를 팔아도 하나 못 사. 알잖아?

그러니까 부탁하는 거야.

너 끝까지 내게는 잔인하구나. 사람 마음 가지고 장난질을 치네.

남자가 웃었다. 화를 내던 그가 아니라 사랑에 실패하고 실연을 당한 처연한 사람처럼 그는 금방 허물어졌다.

알았어, 그 부탁 꼭 들어줄게.

남자의 눈에서 절망이 읽혔다. 그녀를 바라보는 남자의 눈이 반짝였다. 그는 울고 있었다. 피도 눈물도 없이 매정하기만 한 남자의 눈가가 촉촉해졌다. 덕이는 그를 바라보지 못했다. 남자가 한동안 가만히 있었다. 뭔가 할 말이 있는 듯 말을 하려다 말고 망설였다.

남자가 휭 하니 밖으로 나갔다. 그가 남기고 간 찬바람이 그녀에게 불어왔다. 그녀는 몸을 떨었다. 그녀는 자기의 마음이 가는 쪽의 한 발자국도 알지 못했다. 굴곡진 인생이 모두 아픈 아버지나 죽은 엄마, 자기를 버린 학규 때문에 망가진 거라고 여겼는데 아닌 것 같았다. 삶이 틀어지고 인생이 어긋난 것이 모두 자기 때문인 것을 알았다. 갈피를 잡지 못하는 자기 마음 때문에 인생의 방향이 엉뚱한 곳으로 흘러가는 것을 깨달았다. 덕이는 담배 연기를 깊이 들이마셨다가 길게 내뿜었다. 담배 연기가 아주 천천히 차가운 공기 사이로 퍼져 나갔다.

그녀가 운영하는 바는 한적했다. 청이가 가게를 나간 후 단골들도 하나둘 발길을 끊었다. 청이는 아무 연락이 없었다. 덕이는 문득문득 청이가 떠올랐지만 전화를 하지는 않았다. 청이를 생각하면 도저히 맞출 수 없는 퍼즐 같았다. 같은 색깔을 맞추려고 하면 할수록 꼬여버리고 엉켜버리는 정육면체 큐브 같았다.

덕이는 매일 바에 나왔다가, 예약 없는 손님을 기다리다, 혼자 술을 마시다 집으로 돌아갔다. 남자도 곧 바를 정리하겠다고 했다. 손해를 보는 것은 그녀가 아니라 남자였다. 남자와 마지막으로 얘기를 나눈 후 남자는 한동안 바에 나타나지 않았다. 전화로 덕이에게 가게를 정리하겠으니 그런 줄 알라고만 했다. 덕이는 다시 가진 게 아무것도 없게 됐다. 다만 청이가 남기고 간 돈이 있었다. 적지 않은 돈이었다. 그 돈이면 어쩜 눈을 판다는 사람이 나올지도 모른다고 믿었다. 남자에겐 자신 있게 말했지만 심 봉사의 눈을 산다는 것이 가능한 일인지 그녀는 알지 못했다. 남자가 아량을 베풀어야지만 가능한 일이었다. 그런 생각이 떠오르면 그녀는 마음이 조급해졌다.

학규가 볼 수 있게 되면 그녀는 그를 떠날 생각이었다. 그녀에겐 돌아갈 집이 있었다. 모든 것이 뒤틀리고 꼬여버린 집이 그녀에게 있었다. 아무도 살지 않고, 모두 떠나가버린 버려진 집이 그녀에게 있었다. 그녀는 고급 양주를 병째 마시며 길게 누웠다. 눈이 멀고서 하루하루 표정이 좋아지는 학규를 보면 가슴이 미어졌다. 초라한 중년의 세월이 느껴질 때면 마음이 산산

조각 나는 기분이 들었다. 애초에 벌이지 말았어야 할 일이었다. 이렇게 후회가 클 줄은 미처 알지 못했다.

학규의 상태를 악화시킨 안과 의사는 덕이에게 점점 요구하는 게 많아졌다. 그는 시도 때도 없이 그녀를 찾아와 몸을 요구했다. 잘못된 거래는 잘못된 방향으로 결말을 맺는 게 분명했다. 안과 의사는 사악한 사람이었다. 그는 그녀가 아는 누구보다도 부유했지만 인색하고 여유가 없는 사람이었다. 그녀는 안과 의사가 학규의 실명을 재촉한 게 아니라, 어쩌면 자연적으로 그렇게 된 것이 아닐까 상상하기도 했다. 그랬으면 좋겠다고 생각했지만 바람뿐이었다. 의사를 경찰에 신고하고 싶었지만 그럴 수도 없는 일이었다. 분명 그는 어떻게든 빠져나올 게 분명했다. 거꾸로 그가 그녀를 협박하기 일쑤였다. 그가 말하는 모두가 맞는 것 같았다. 그는 강남에 살았고, 힘 있는 사람도 많이 안다고 했다.

덕이는 매일 술만 마셨다. 아예 가게 문을 닫았다. 어차피 손님도 없었다. 가끔 일부러 집에 들어가지 않았다. 하루 종일 자기를 기다린 학규를 마주하기가 힘들었다. 꼭 안아주고 싶었지만 그럴 수 없었다. 스무 살 때와 같은 감정은 아니었지만 그녀는 그때와 다르게 그를 사랑했다. 나이를 먹으며 사랑의 모습도 달라졌다.

한 무리의 남자들이 가게로 들이닥친 것은 본격적으로 찬바람이 불기 시작한 무렵이었다. 남자들은 청이를 찾았다. 누군지 물었지만 대답해주지 않았다. 그들은 점잖았는데 그게 더 큰 공포심을 주었다. 절대로 거짓말 같은 것은 할 것 같지 않은 분위기를 풍겼다.

마담에게 일주일 시간 드릴게요. 심청이 찾아오세요. 저희 영감님께서 화가 많이 나셨어요. 아시겠지만 돈이 아쉬운 게 아니에요. 하지 말아야 될 일을 하면 일이 꼬이는 법이죠. 마담은 잘 알아들었을 거라고 생각해요. 그 애, 돌아오지 않으면 일이 복잡해져요. 그러니까 어서 돌아오라고 하세요.

도대체 무슨 일이 있었어요? 저는 그 애 본 지 오래되었어요. 여기서 나간 후에 연락 한 번 없었는데, 어디에 가서 그 애를 찾아오란 말예요.

남자가 차분하게 말을 하니 오히려 덕이가 흥분됐다. 남자를 따라온 다른 이들도 조폭이나 건달이라기보다 샐러리맨 같은 느낌이었다.

그 친구, 남자가 있었더라고요. 하나부터 열까지 다 거짓말만 해서, 영감님이 엄청 화가 났어요. 물론 돈도 엄청 뜯어 갔고요. 어린 친구가 그런 쪽으로 제법 재능이 있더라니까요.

남자가 담배를 꺼내 들어 보이며 덕이에게 양해를 구했다.

남자도, 돈도 저는 몰라요. 청이랑 연락한 지 너무 오래됐어요. 그러니까 청이가 집을 나갔단 말이지요?

남자가 입가에 미소를 머금고 덕이를 바라보았다.

그러니까 영감님한테서 돈을 왕창 뜯어내서 도망을 간 거죠.

덕이는 침착하고 교양 있게 말하는 그가 이상하리만치 무서웠다. 말투만 정중했지, 내용은 협박에 가까웠다. 그가 만나고 상대해온 남자 중에 이런 분위기를 가진 사람은 처음이었다. 그녀는 그것이 굉장히 낯설었는데 두려움이 거기에서 왔다.

정말, 모르시는 건 아니죠? …… 그 남자가 마담 동생인 거. 돈은 그 친구가 다 빼먹은 거 같으니까, 마담도 전혀 관계가 없는 건 아니죠. 더군다나 지금, 마담은 심청이 아버지랑 함께 살고 있는 거 아니에요?

…… 덕규가요? 돈을 얼마나 썼는데요?

그런 게 중요한 게 아니라니까요. 마음이 중요한 거지. 진심이라는 것에 쓴 돈이니 아깝지 않을 수도 있는데, 상대방은 전혀 진심이 아니었다면 문제가 커지는 거죠. 무슨 말인지 알아요? 그렇게 되면 비즈니스만 남게 되는 거예요. 돈은 준 게 아니고 빌려 간 게 되는 거죠. 영감님은 그녀가 진심이 아니었다는 것을 알고 그녀가 가져간 것 모두를 돌려받길 원해요. 영감님은 진심이었는데 심청이는 아니었던 것을 알게 된 거니, 상처가 꽤 커요. 화도 많이 났구요.

남자가 속주머니에서 수첩을 꺼내 보았다.

전부 다 하면 4억이 좀 넘네요. 아니, 마담에게 건넨 돈까지 합치면 5억쯤 되겠어요.

남자가 수첩을 접어 다시 속주머니에 넣었다.

덕규가 그럴 리가 없는데. 뭔가 잘못된 걸 거예요.

그 친구 도박하는 건 알고 있죠? 그 친구가 빼내간 돈 모두 잃었어요. 지금은 전주에 있는데 정말 몰랐던 겁니까?

무슨 말을 하는지 하나도 모르겠어요.

꼭 알 것까지는 없죠. 그런데 그게 남의 일이 아니라는 거예요. 책임지는 사람이 없으면 마담이 책임져야만 하는 일이란 얘기예요. 마담이 아니면 심청이 아버지가 책임을 져야겠죠. 그런데 이건 개인적으로 궁금해서 묻는 건데, 심청이 아버지랑 마담이 살고 있고, 마담 동생이랑 심청이가 그런 관계면, 조금 이상한 거 아니에요? 저는 잘 이해가 안 돼서요.

남자가 담배를 꼼꼼하게 눌러 껐다. 그는 가게를 빙 둘러보았다.

한잔해도 돼요?

남자가 양주를 따라 마셨다.

덕규는 전주 어디에 있어요? 제가 한번 만나볼게요.

그 친구는 가망이 없어요. 동생한테 말이 너무 심한가요? 전주교도소에 있어요. 여러 문제가 얽혀 있어서 좀처럼 풀기 힘들 거예요. 마담, 정신 차려요. 지금 그 친구가 중요한 게 아니고, 심청이하고 마담이 중요한 거라니까요.

덕이는 말문이 막혔다. 덕규가 따로 청이를 만나는 건 정말 몰랐던 일이었다.

저기 이런 말을 전해야 하는 게 저로선 내키지 않는 일이니까, 이해하고 들으세요. 영감님이 이르길 "눈이 필요하면 눈을 뽑고, 신장이 필요하면 신장을 적출하고, 심장이 필요하면 심장을 도려내라"고 했어요. 표현이 과했어도 이해하세요. 영감님 말이니까.

덕이는 겁이 났다. 그가 하는 말 모두가 거짓처럼 들리지 않았기 때문에 두려웠다.

그런데, 알아보니 그 친구 아버지는 이미 눈이 없더라고요. 난감한 일이에요, 그래서.

남자는 끝까지 품위를 잃지 않았다. 덕이는 청이를 끝까지 말리지 못한 것을 후회해야만 했다. 일이 꼬여도 이렇게 될 줄을 상상도 하지 못한 일이었다. 학규 수술비로 남겨놓은, 청이가 건넨 돈 가지고서는 어림도 없는 돈이 필요했다. 덕이는 사뭇 사채업자가 절실하게 느껴졌다.

15

찬바람이 불기 시작했다. 사람들은 어깨를 잔뜩 움츠린 채 집으로 향하는 발걸음을 빨리했다. 가는 눈비 같은 것이 며칠 동안 계속해서 내렸다. 거리에 사람들이 드물게 나타났다 사라졌다. 사람들이 귀가한 거리, 손님을 기다리는 상점들이 드문드문 불을 밝혔다. 때 이른 겨울을 맞은 거리는 을씨년스러웠다. 학규와 덕이는 팔짱을 끼고 오래도록 산책을 했다.

나한테 갑자기 왜 잘해주는 거야?

학규가 덕이에게 농담처럼 말했고 덕이는 얼굴이 벌게졌다.

네가 떠날까 봐 불안해, 점점.

그럴 일 없어요. 선생님 옆에 있을게.

언젠가 기억나니? 시골집에서였나, 한참 너와 사랑을 나누는

데 갑자기 네가 다리로 내 허리를 꽉 죄고선 "선생님한테서 절대 안 떨어질 거야" 했던 거. 나, 무섭고, 겁났어. 그땐 지금보다 젊었으니까. 그게 사람에게 얼마나 소중한 말인지 요즘 알겠어.

뭐예요. 내가 언제. 선생님은 이상한 것만 기억해.

남자하고 여자하고 많이 다른 것 같아. 같은 일을 두고서 기억하는 것을 보면. …… 덕이야.

왜요.

나한테서 떨어지지 마.

싫어. 선생님도 이제 늙탱이잖아. 나도 시집도 가고 아이도 낳고 그래야지. 나도 벌써 서른 중반이라구요.

…… 그치, 그래야지. 미안해.

덕이는 볼멘소리를 뱉었는데 학규는 좀 심각해졌다.

농담한 거예요. 선생님 늙어 죽을 때까지 옆에 있을게.

그녀가 그 옆에 꼭 붙어 기대어 걸었다.

난, 아무 일도 일어나지 않고 이렇게 평온하고 행복한 게 불안해. 갑자기 안 좋은 일이 일어날까 봐 말이야.

그런 생각 하지 말아요.

눈이야?

아니요. 눈비 같은 게 내리고 있어요. 기분이 이상해.

S읍에 내려가던 날에도 이런 날씨였는데.

그랬어요?

네 엄마랑 술을 마셨던가, 그랬어.

엄마가 어떤 남자를 끌고 들어와서 깜짝 놀랐어요. 저보고 방을 비워주라고 해서 정신없이 방을 치웠어요.

아버지가 고생이 많으셨지.

좀 더 일찍 돌아가셨어야 했어요. 아빠 땜에 우리 너무 힘들었어.

저기 있잖아. 나 수술해서 한쪽 눈 생기면 말이야. …… 시골집에 내려가 살까?

…….

덕이는 대답하지 않았다. 그럴 수 있다면 좋겠다고 생각했지만 이젠 모두 불가능한 일이 되었다. 지난날 어리숙했던 복수심이 엉뚱한 결과를 가져온 것에 그녀는 후회했지만, 어쩔 수 없는 일이었다. 학규에게 그런 마음을 품지 않았다면 아마도 그를 다시 만나는 일은 없었을 것이다. 다만 자기의 감정에 대해 스스로 확실히 알지 못한 것이 문제였다.

선생님을 잊었으면 좋았을 뻔했어요. 그러지 못해서 다 틀어졌어. 그냥, 선생님 못살게 굴고 괴롭히고 말았으면 아무 문제 없었을 텐데.

무슨 말이야?

저 이제 추워요. 그만 들어가요.

덕이가 가던 길을 되돌아 발걸음을 재촉했다. 비인지 눈인지 모를 것이 둘을 가로막고 섰다. 잔뜩 움츠린 둘의 옷깃을 파고 들었다.

청이가 돌아왔다. 작은 트렁크 하나를 아무렇게나 내팽개치고 그녀는 소파에 길게 누워 잠들어 있었다.

청이냐?

집에 들어선 학규가 먼저 알아차렸다. 뒤따라 들어온 덕이가 청이를 보고 화들짝 놀라서 얼굴이 백지장이 됐다,

너 어떻게 된 거야?

청이가 부스스 몸을 일으켰다. 몰골이 말이 아니었다. 수척해진 것은 물론이고 몸 여기저기가 상처투성이였다.

둘이 사이 좋아 보이네.

도대체 어떻게 된 거야?

학규가 버럭 소리를 지르며 그녀에게 다가섰다. 덕이가 가만히 그를 붙잡았다.

언니, 나 부침개 좀 해줘. 내내 그것만 생각했네.

너, 괜찮니?

괜찮아 보여?

청이가 덕이를 쏘아보았다. 학규는 바닥에 앉아서 더듬더듬 청이에게 다가갔다. 몇 년 만인지 기억도 나지 않았다. 말을 하지는 못했지만 그간 청이 때문에 앓기만 했던 마음이 한순간에 몰려나왔다. 학규는 눈물이 나와서 말도 제대로 할 수 없었다.

내가 고생을 좀 해보고 보니 말이야, 누구 때문에 인생이 이렇게 모두 꼬였나 생각해봤더니 말이야, 다 언니 때문이더란 말이지.

덕이는 아무 말도 하지 못했다.

언니한테 무슨 말이야. 다 나 때문이야.

학규가 그녀를 덥석 붙잡더니 꼭 껴안았다. 청이는 학규 등 뒤에 선 덕이를 쳐다보았다.

잠깐 나랑 따로 얘기 좀 해.

학규는 청이를 안고 소리 내어 울었다. 청이는 무표정한 얼굴로 덕이를 좇았다.

나 배고파. 부침개 해줘. 아빠, 나 없으니까 둘이 좋았어? 앞 못 봐도 어린 여자랑 함께 사니까 좋았지?

청이는 영혼까지 망가진 것처럼 고된 모습이었다. 그녀의 눈은 초점을 잃고 자주 흔들렸고, 메마른 감정이 그녀의 입에서 흘러나왔다. 그간 감당해야만 했던 고생이 눈에 보이는 듯했다.

청이가 천천히 학규를 밀어냈다.

나 너무 힘들고 피곤해. 자고 싶어. 내 방 그대로야?

그녀가 터덜터덜 자기의 방으로 향했다. 문을 열고는 가만히 서 있었다.

내 방 언니가 쓰는 거야?

덕이가 청이를 따라 방으로 들어갔다. 학규만 혼자 거실에 남았다. 청이에게서 낯선 냄새가 풍겨왔다.

오래전에 셋이 살던 때가 있었다. 청이가 열둘, 덕이가 스물, 학규가 서른여섯 살이었다. 15년이 흐른 후 청이는 이십대, 덕이는 삼십대 중반, 학규는 쉰을 넘은 나이가 되었다. 그때처럼 셋은 행복하지 않았다. 사랑하는 사람에게 열망이 넘치지도 않았다. 서로는 서로에게 풀 수 없는 숙제를 안은 느낌이었다. 사랑은 깊어지기도 옅어지기도 했지만 관계는 변함이 없었다.

열여섯 살 차이는 많은 게 아니야. 그런데 두 사람은 결혼하지 않았으면 좋겠어. 난 언니가 엄마가 되는 건 싫거든. 죽은 엄마가 불쌍해져서 싫어.

청이는 덕이가 차려준 밥을 먹으며 얘기했다. 덕이도 학규도 아무 말이 없었다. 청이는 그새 너무 많이 변해 있었다. 덕이는 학규 눈치를 보느라 묻고 싶은 것을, 하고 싶은 말을 할 수 없었다. 학규는 청이에게 그간 어떻게 살았느냐고 묻지 않았다. 그녀의 몸에 짙게 밴 짠 내를 맡으며 많은 것을 짐작했다. 처음 집을 나가고 그가 찾으러 다니면서 겪었던 무수한 당황스러운 일이 불쑥 떠올랐다. 아버지였지만 딸에게 '도대체 왜 그렇게 사느냐고' 물을 수 없었다.

이젠 어디 안 갈 거지?

학규가 망설이며 한참 만에 입을 뗐다.

아빠, 수술 언제 해?

청이는 학규의 말에는 대답하지 않고 다른 말을 했다.

알고 있었어?

아빠 다니는 병원 들렀다 왔어. 기증자가 나타났다며.

청이가 덕이를 물끄러미 바라보았다.

응. 운이 좋대.

그거 다 불법인 거 알지? 돈 많이 드는 일인데, 누군가 아빠를 후원하는 천사가 따라다니나 봐.

덕이가 물끄러미 청이를 바라보았다.

무슨 말이야?

학규가 덕이 쪽을 바라보았지만 덕이는 청이에게서 눈을 떼지 않았다.

안과 의사는 학규의 눈을 수술하는 데 엄청난 돈을 요구했다. 모든 것이 불법이기 때문이었다. 혹시라도 누군가가 알기라도 한다면 의사 면허를 취소당할 수도 있는 일이라고 했다. 알아보니 맞는 말이었다.

덕이야, 청이가 하는 말이 무슨 말이야?

눈을 멀게 한 사람이 눈도 뜨게 해주려는 모양이지, 뭐.

청이가 비아냥거렸다.

원래 암암리에 그렇게 수술을 한대요. 의사가 다 설명했잖아요. 합법적으로 순서를 기다렸다가 수술을 하는 경우는 거의 불가능에 가깝다고요.

수술 비용은 어떻게 하려고?

지난번에 선생님이 준 것 그대로 있어요.

오랜만에 식탁 앞에 모인 세 사람 사이에 서로 다른 이유로 긴장감이 팽팽했다. 학규는 청이가 덕이와 자신과의 일을 알고 있는 것에 당황했고, 덕이는 청이가 자기와 의사와의 거래에 대해 알고 있는 것에 놀랐다. 청이는 덕이가 미웠고, 또 고마웠다. 복잡한 심정을 그렇게밖에는 표현하지 못했다.

오랜만에 청이와 덕이가 나란히 누웠다. 청이가 덕이 품을 파고들자 덕이가 슬그머니 그녀를 밀어냈다. 청이가 악착같이 그녀의 품에 안겼다. 청이의 손이 더듬더듬 덕이의 가슴을 찾았다.

너 어떻게 된 거니? 어쩔 거야?

몰라, 나두. 다 포기했어. 이제 도망 다닐 곳도 없어.

덕규가 그래도 네가 말렸어야지.

그게 맘대로 돼? 언니는 맘대로 돼?

청이가 버럭 쏘아붙였다.

…….

덕이는 아무 말도 못 하고 눈만 끔벅였다.

다 망쳤어. 할아버지가 나 가만히 안 둘 거야. 그 할아버지 많이 무서워. 우린 다 같이 망했어.

사람들이 찾아왔었어.

그럴 줄 알았어. 그래도 무사하니 다행이긴 한데…… 가만히 두지 않을 거야.

내일 당장 떠나. 꽁꽁 숨어서 나오지 마. 외국으로 가.

그 사람들 피해서 숨을 곳 없어. 언니는 언니 걱정이나 해. 언니도 다르지 않아.

청이가 말을 퉁명스럽게 뱉으며 브래지어 속으로 손을 넣어 덕이의 가슴을 움켜쥐었다. 덕이가 슬그머니 청이의 손을 빼냈다.

언니는 어쩔 셈인데? 우리 아빠만 불쌍하게 됐어.

덕이가 청이의 머리를 쓰다듬었다. 청이가 그녀의 가슴에 얼굴을 묻었다. 덕이는 소리 없이 울었다.

어쨌든 내일 떠나. 도망쳐야 돼. 여기는 내가 어떻게 해볼게.

청이는 금방 깊은 잠에 빠졌다. 가늘게 코를 고는 소리가 방 안에 퍼졌다.

시간이 별로 없었다. 곧 사람들이 들이닥칠 게 뻔했다. 어쩌면 그들은 청이가 집으로 돌아온 것을 이미 알고 있음에도 더욱 고통스러운 순간을 위해 그냥 두고 있는 것인지 몰랐다. 세상에 돈으로 해결할 수 있는 일이 가장 쉬웠다. 마음이 입은 상처에 대한 복수는 같은 크기의 고통을 동반했다. 앞으로 닥칠 일을 예상조차 할 수 없는 게 답답하기만 했다. 덕이는 자기로부터 시작된 일이 하나둘 다른 사람에게 번져가는 것이 마음 아팠다. 밤은 길었고, 덕이는 이내 잠을 이루지 못했다. 청이는 고된 숨을 내쉬며 깊은 잠을 잤다. 덕이는 아침이 다 돼서야 겨우 잠이 들었다.

잠에서 깨보니 청이는 사라지고 없었다. 짐도 그대로 둔 채로 몸만 사라졌다. 덕이는 어제가 그녀와의 마지막이라는 것을 직감했다. 그녀가 마지막으로 학규와 자기를 보러 들른 것이라는 것을 알 수 있었다. 눈물이 하염없이 흘렀다. 아직 젊고 어린 날이 풀지 못할 굴레로 뒤범벅된 청이가 불쌍해서 눈물이 났다. 부디 멀리멀리 훨훨 날아갔으면 하고 바랐다. 아무것도 알 리 없는 학규는 난리가 났다.

제가 배웅했어요, 선생님. 곧 다시 들를 거래요. 보세요, 짐도 모두 놓고 나갔어요. 길어야 한두 달이라고 했어요. 일본에 가게 됐는데 아빠에게 말할 수 없었대요. 말하면 붙잡을까 봐 그랬대요. 좋은 일로 간다니까 선생님이 이해하고 우리 함께 기다려요. 자리 잡으면 제게 연락 준다고 했어요. 별일 없을 거예요.

그런데 덕이야, 왜 그렇게 우는 거야?

보자마자 헤어져서 그래요.

덕이는 목이 메어서 제대로 말을 할 수 없었다. 목울대가 자꾸 미어지며 눈물이 볼을 타고 흘러내렸다. 덕이는 청이가 가지고 왔던 트렁크를 열어보고는 다시 또 한 번 오열했다. 또래처럼 가져야 할 젊음 중 무엇도 청이는 가지지 못한 것이 못내 가슴 아팠다. 버리지 못한 싸구려 옷들만 가득했다. 흔한 청바지나 티셔츠 하나 없이 모두 노출이 심하고 근천스러운 옷뿐이었다. 자기가 그랬던 것처럼 청이도 고단하고 지난한 시간을 살고 있는 것이 슬펐다. 모두 자기 때문이었다. 아무리 자학해도 되돌릴 수 없는 일이었다.

덕이는 학규의 수술 날짜를 앞당겼다. 소식을 들은 학규는 들떴다. 그러면서도 불안해했다. 덕이는 단 하나만이라도 제자리로 돌려놓고 싶었다. 가난한 사람들은 팔 수 있는 게 자기 몸밖에 없었다. 그게 가능하다는 것이 그녀는 감사했다.

어쩔 셈이야? 정말 괜찮겠어? 그렇게까지 해야겠어?

안과 의사는 옷을 추스르며 무심히 말했다. 덕이는 뒤돌아 옷을 입으며 쓴웃음을 지었다.

약속대로 하지 않으면 죽을 줄 알아.

그는 어깨를 으쓱해 보였다. 덕이가 들고 온 돈 가방을 열어보고는 빙긋 웃음을 지었다.

난 이 냄새가 너무 좋아. 그나저나 우리 관계는 이제 끝인 거야? 우린 제법 잘 어울리는 조합이었는데 말이야. 아쉬운걸. 우리 가끔 보자. 돈 벌어야지, 방 마담.

돈을 챙기며 그가 비아냥거렸다.

수술이나 잘해.

덕이가 문을 세게 닫고 병원을 나왔다. 뭔지 모를 해방감이 그녀를 덮쳤다. 그녀는 오랜만에 혼자서 아주 오랫동안 걸었다. 마지막으로 마음속에 모든 것을 담아두려는 듯 그녀는 찬찬히 눈에 들어오는 것을 바라보았다. 가늠할 수 없는 하늘의 높이와 길을 메운 낙엽과 조금씩 쓸쓸한 빛깔로 변해가는 것들을 그녀는 걸으면서 기억하려 애썼다.

청이는 자기 발로 영감님을 찾아갔다. 무엇보다 무서운 것은 감정은 사라지고 결심만 남은 사랑이었다.

넌 어려서 잘 모르겠지만 돈이 문제가 아니야.

죄송해요. 용서해주세요.

사람의 감정이란 게 말이다. 상하면 버려야 돼. 음식하고 똑같아.

아빠, 용서해주세요.

아빠는 아빠일 때 아빠인 거다. 그런 놀이는 끝난 지 오래됐잖아.

다시 기회를 주세요, 제발.

내가 네 진짜 아빠면 모르겠다만, 다 끝난 일이야. 난 네가 평생 진심으로 반성했으면 좋겠어. 사람이 후회하고 반성만 하면 일이 잘 풀리는데 말이다. 그걸 하지 않는 거야. 그래서 자꾸 엉뚱하게 작은 일이 커지는 거야. 내게 돈은 참 별일이 아니었는데 말이다. 이젠 다른 큰일이 생긴 거잖아. 네 몰골을 봐. 네가 네 자신을 어떻게 만들었는지 말이다.

청이는 억지로 울려고 노력했지만 눈물이 나오지 않았다. 할아버지가 자기에게 하는 말을 듣고 있기가 힘들었다. 참아야 했지만, 어떻게든 매달려 용서를 빌어야 했지만 쉽지 않았다. 어차피 노인은 이미 결심이 선 모양이었다. 그런 마음을 읽자 청이는 자포자기의 심정이 됐다.

뭐든 시키는 대로 할게요. 가져간 돈은 평생 갚을게요.

보렴. 넌 지금도 뭘 잘못했는지 모르고 있잖니.

부탁이 있어요. 제가 반성하는 것을 보여드릴 수 있어요.

어떻게 말이냐.

제 눈 한쪽을 뽑겠어요.

나는 그게 필요 없는데.

대신 우리 아빠 줄 거예요.

그럼, 난 얻는 게 뭐지?

할아버진 모든 사람이 반성할 수 있는 기회를 주는 사람이 되는 거예요. 보람을 얻게 될 거예요.

노인이 껄껄 웃었다.

네가 하는 말이, 말이 안 되는 건 알고 있지? 한때는 그게 참 보기 좋았는데 말이다. 그새 더 영악해졌구나.

할아버지가 복수하는 방법이 신체에서 뭔가를 떼는 거라는 걸 알고 있어요.

그걸 갖지는 않아. 그것으로 돈을 만들지도 않고.

그러니, 보람된 일을 하시라구요. 하여튼 답답해.

아까처럼 용서를 빌어야 하지 않겠니, 부탁을 하든지?

그것으로 많은 사람이 행복해지지는 않을 거예요. 장담할 수 있어요.

노인이 청이를 그윽하게 바라보았다. 도무지 표정을 읽을 수 없는 사람이었다. 청이는 한때 노인을 속일 수 있을 거라 자신 있었던 자기가 부끄러웠다. 그는 그녀가 상대하기엔 너무 늙고 오래 산 사람이었다. 그녀가 원하는 것을 그는 모두 주었지만 어쩌면 하나도 준 것이 없는 것일 수도 있었다. 겨우 그녀는 그때서야 그것을 깨달았다.

부탁드려요.

돈을 가져갈 때와 똑같구나.

이번엔 돈이 아니잖아요.

알았으니 이제 돌아가렴. 밖에 있는 사람이 적절한 조치를 취할 거야. 상의해보마.

한 번만 안아봐도 돼요?

청이가 두 팔을 벌리고 노인에게 다가갔다. 그는 어정쩡하게 그녀를 안았다.

…… 널 멀리 보내야겠구나. 다시 내가 다칠 거란 걸 알았다.

싫어. 우리 예전처럼 지내요.

노인이 그녀를 밀어냈다. 청이는 노인에게서 떨어지지 않으려고 애썼다.

네 부탁을 들어주는 것으로 이제 그만하자꾸나.

결국 청이는 끌려 나왔다. 지옥에 들어선 기분이었다. 나아진 게 있는지 없는지 가늠이 되지 않았다.

안과 의사는 많은 돈을 요구했다.

이게 불법이라, 할 수 없어.

덕이 언니에게는 말 안 한 거 맞죠? 아빠한테도 비밀이에요.

수술비만 주면 금방 된다니까.

말이 다르잖아요.

그건 그때 사정이었잖아. 지금은 지금의 사정이 있는 거고.

다시 노인에게 부탁해야만 했고 일은 쉽게 해결되었다. 청이를 잡으러 다녔던 남자가 나섰다. 청이를 나가게 하고 잠깐 이야기를 나누었는데 금세 안과 의사의 태도가 변했다.

수술을 마치고 나온 청이는 여전히 씩씩했다.

그런데 아저씨, 아까 의사한테 뭐라고 한 거예요?

점잖게 부탁했어.

거짓말.

정말이다.

그런데 저는 이제 어디로 가는 거예요? 애꾸눈을 하고 어디로 갈까요?

청이가 유리창에 비친 자기 모습을 신기한 듯 힐끔거렸다.

그러게 말이다. 널 어디로 보내지? 지도를 보고 고민 좀 해보자.

그런데 덕이 언니한테도 찾아갈 거죠? 다녀갔다는 얘기 들었어요.

고민 중이다.

음, 저는 해가 지는 쪽이 좋겠어요.

서해 말이냐?

네.

네 부탁을 너무 많이 들어주는 것 같지 않아?

덕이 언니는 아무 잘못도 한 게 없잖아요.

그럴 수 있지.

제 부탁 들어줄 거죠? 별일도 아니잖아요. 언니는 동생 잘못 둔 죄밖에 없어요.

위도 어떠니? 그것도 죄라면 죄가 될 수 있지.

거기가 어딘데요? 이름이 예뻐요. 맘에 들어요. 위도. 섬사람들은 착하겠죠?

해지는 것이 아름다운 곳이야. 어디든 착한 사람 반과 나쁜 사람 반이 있지.

둘은 어둠이 막 내려앉은 거리를 다정하게 걸었다. 곧 사람들 속에 섞여 둘의 모습은 사라졌다.

수술 날 아침, 학규는 잔뜩 상기되어 있었다. 덕이는 이미 결심을 마친 뒤였다. 지난밤에 청이를 데려간 남자가 찾아왔었다. 청이가 있는 곳을 알려주었다. 그는 거꾸로 그녀에게 어떻게 하면 좋겠냐고 물었다. 돈만 돌려준다면 없던 일로 할 수 있다고 했다. 그녀가 가진 것은 학규 수술비가 전부였으나 그마저도 의사가 가져가고 없었다. 그녀는 꾹 말을 참았다. 청이는 다시 돌아오지 못할 거라고 했다. 죽은 거나 다름없으니 단념하라고 했다. 살아 있는 것이 다행이었다. 그녀는 남자의 친절한 목소리가 섬뜩했다. 남자에겐 돈을 마련해보겠다고 거짓말을 했다. 노인에게는 비밀로 하겠다고 했다. 그가 사악한 것이 다행이라면 다행이었다. 시간을 벌 수 있었다.

수술은 생각보다 간단했다. 마취에 정신을 잃은 학규를 그녀가 멍하니 내려다보았다.

그녀가 학규의 얼굴을 가만히 쓰다듬었다. 이마에 입을 맞추었다. 그가 누운 옆 침대에 누웠다. 고개를 돌려 학규를 바라보았다. 눈물이 흘러내렸다.

그럼 시작한다.

덕이는 아무 대답 하지 않았다. 마취를 하자 스르륵 눈이 감겼다. 그녀는 완전한 암흑 속으로 빠져들었다.

학규가 붕대를 푸는 날, 오피스텔에서 나온 덕이는 택시에 올라탔다. 그녀를 이상하게 여긴 운전기사가 운행을 거부했다. 그녀는 지갑에서 돈을 모두 꺼내 기사에게 건넸다. 운전기사가 잠시 망설이더니 곧 차가 출발했다. 5분도 안 되어 다리 위에 도착했다.

아가씨, 그러면 안 돼요. 오긴 했지만 이건 아닌 것 같아. 돈 도로 받아요.

덕이는 얼른 차에서 내려 허우적거리며 다리 난간 쪽으로 걸어갔다. 택시 기사가 그녀를 붙잡으며 전화로 경찰에 신고를 했다. 그녀는 기사의 손을 뿌리치고 난간 위를 순식간에 넘어갔다.

그녀가 한강에 몸을 던졌다. 하늘을 나는 그 짧은 찰나, 그녀는 생애 두 번째로 행복했다. 다리 위에서 물로 떨어지는 순간, 잠깐 날았던 순간, 아무것도 보이지 않는 순간, 그녀는 보았다.

검은 재로 남은 엄마와 입을 벌리고 죽은 아버지와 학규와 황홀했던 스물의 봄빛이 보였다. 차가운 물에 닿는 것과 동시에 그녀는 정신을 잃었다. 그녀는 강물 깊은 곳으로 천천히 잠겼다. 그녀는 강이 흘러가는 대로 흘러가고 싶었다.

덕이가 한강 밑으로 떨어지자마자 한 남자가 나타나 뒤따라 수십 미터 다리 밑으로 뛰어내렸다. 사람들은 난간에 붙어서 구경을 했다. 남자가 물속 깊이 잠겼다 올라왔다. 그는 덕이를 품고 있었다. 물 밖으로 나오자 덕이도 정신이 돌아왔다. 그녀는 살기 위해 발버둥 쳤다. 그가 허우적대는 덕이를 뒤에서 꼭 끌어안았다.

시팔, 이게 뭐야. 이렇게까지 하면서 죽어야 되냐고, 말을 해봐.

사채업자가 덕이를 뒤에서 꼭 안았다.

죽지 마. 시팔, 죽지 말라고. 내가, 네 한쪽 눈이 돼서 살 테니, 제발, 죽지 마.

미안해.

덕이가 가쁜 숨을 몰아쉬며 겨우 말을 뱉어냈다. 어디선가 둘을 구하러 오는 구명정이 나타났다.

격포에서 위도로 가는 배 위에 청이는 서 있었다. 수십 년 전 이 구간에서 배가 침몰해 수백 명이 물에 빠져 죽었다고 했다. 구조된 사람도 없었고 산 사람도 거의 없다고 했다. 그녀는 남자들이 격포항에서 그녀를 배에 태워 보내면서 걸렁한 농담을 주고받는 것을 멍하니 듣고 있었다. 남자들의 임무는 배를 태우는 것까지였다. 선착장에는 또 다른 남자들이 기다리고 있을 터였다.

청이는 한쪽 눈에 안대를 하고 있었다. 철 지난 여름옷을 입고 있어서 몸이 덜덜 떨렸지만 그녀는 배 안으로 들어가지 않았다. 배가 나아가며 내는 물길을 그녀는 멍하니 하나의 눈으로 바라보았다. 해가 지고 있었다. 늦가을의 청명한 날씨 때문에 석양은 너무나 아름다웠다. 붉은빛이 푸른빛으로 변하고, 보랏빛으로 변하는 하늘의 끝을 그녀는 바라보았다. 한쪽 눈에서 눈물이 흘렀다. 그녀는 눈을 꼭 감고 발을 굴렀다. 심청이가 배가 낸 과거의 물길 속으로 순식간에 사라졌다. 그녀가 바다에 몸을 던지는 것을 본 사람이 아무도 없었다.

작가의 말

사랑은 매번 새로운 하나의 인생을 산다.

마흔을 이 소설과 함께 시작했다. 하나의 사랑이 저물었다. 하나의 인생이 마감됐다. 다음 생을 준비할 여력 없이 모든 게 소진된 기분이다. 작가로 사는 시간이 더딜수록 잘 살아보려는 의지를 버렸다. 시간이 지날수록 내게는 비루하고 근천스러운 것들만 남았다.

문득 바라본 서쪽 하늘은 찬란하게 허물어지고 있었다. 내일의 날씨 같은 것이 궁금할 리 없었다. 붉은빛에서 푸르다가 보랏빛으로 변해가는 하늘이 주는 교훈은 언제나 변함없었다.

'가난한 사람들이나 사랑을 하는 것이다.' 소설이 막힐 때면 나는 중얼거렸다. 소설을 쓰며 이처럼 아무 일이 일어나지 않은 경우도 없었다. 아니, 이처럼 소설 쓰는 시간을 방해하는 사건으로 일상이 채워진 것은 드문 경험이었다. 소설에서 도망치려고 이처럼 애쓴 시간도 없었다.

처음 영화와 소설 작업을 함께 해보자는 제의를 받고 망설였다. 온전히 내 것이 될 수 없을지도 모른다는 불안이 고민하게 만들었다. 여전히 확신은 들지 않지만 믿어보기로 했다. 『심청전』이라는 모티프를 공유하고 나는 내 소설을 썼다.

『심청전』에 숨겨진 사랑만 보였다. 행간과 행간 사이, 버려진 인물에 사랑이 숨어 있다고 상상했다. 이런 장르의 교환 작업이 서로에게 좋은 일이면 좋겠다. 꼭 결과가 좋아야지 좋은 일은 아닐 것이다. 이미 과정에서 많은 것을 얻었다.

세 번째 장편이고 여섯 번째 책이다. 평생 매달려도 이제 다 풀지 못할 실타래를 억지로 넘겨받은 기분이다. 책 만드는 데 도움을 준 최민석 편집자에게 고마움을 전한다.

소설을 여러 곳에서 집필, 탈고했다. 전주, 부안, 삼례, 익산, 제주 등 나는 여러 곳을 돌아다니며 이 소설을 썼다. 이 소설이 그렇게 여러 곳을 흘러 다녔으면 좋겠다. 특히 부안의 '변산바람꽃'에서 바라본 마지막 하늘을 따라가고 싶고 닮고 싶다. 서쪽으로, 서쪽으로.

백가흠

마담뺑덕

1쇄 인쇄일 | 2014년 9월 25일
1쇄 발행일 | 2014년 10월 10일

지은이 | 백가흠
펴낸이 | 정은영

펴낸곳 | 네오북스
출판등록 | 2013년 04월 19일 제2013-000123호
주　소 | 121-840 서울시 마포구 서교동 396-33
전　화 | 편집부 (02)324-2347, 경영지원부 (02)325-6047
팩　스 | 편집부 (02)324-2348, 경영지원부 (02)2648-1311
E-mail | neofiction@jamobook.com
Home page | www.jamo21.net

ISBN 979-11-5740-093-5(03810)

이 도서의 국립중앙도서관 출판예정도서목록(CIP)은 서지정보유통지원시스템 홈페이지(http://seoji.nl.go.kr)와 국가자료공동목록시스템(http://www.nl.go.kr/kolisnet)에서 이용하실 수 있습니다.(CIP제어번호: CIP2014027765)